どうしても生きてる

朝井リョウ

幻冬舎文庫

どうしても生きてる

目次

健やかな論理

　まただ。

　表情が変わったことがバレないように、私は顔の筋肉に力を込める。

「やっぱな、自殺じゃないんだよこんなの。わかってたことじゃん」

　左隣で、そのままごっそりと埋もれていくんじゃないかと思うくらいソファに全身を預けている恭平《きょうへい》が、嬉しそうに呟いている。恭平はドラマを観ながら携帯に文章を打ち込みつつ、たまに、思い出したように体幹トレーニングらしき動作を始めたりもする。そんな、どれか一つのことに集中していられない様子からは、生きていくことに対して能動的な人間だけが体内に抱える泉のようなものを感じ取れる。

「何で自殺じゃないってわかってたの？」

　テレビ画面の中では、仕事に一直線でモテない、という設定の女性警官が、その日のうちに何度か化粧直しをしたとしか思えない仕上がりの顔で、深夜のカップラーメンを啜《すす》っている。だけど今さら、そんな細かな矛盾点を突こうとは思わない。それを、鬼の首を取ったように高く掲げることで、誰かに〝物事を見つめる視点が鋭い自分〟を想像してもらおうなんて思わない。私は、右の掌で左の肘に尿素クリームを何度も塗りこみ続ける。目の前にある事象を目の前にある事象そのものとして受け入れたほうが楽だ、という諦めのポーズさえ取らなくなったのは、いつからだろうか。

「だってこの被害者、ちょっと前にアマゾンかなんかの再配達頼んでたじゃん。これから自殺するってやつはそんなことしないでしょ」

「へー、そんなシーンあったっけ？　よく覚えてるね」

これまで何度も挑戦して、そのたびに無理だということは思い知らされているはずなのに、私は左の肘の色をこの目で確認しようと試みる。はじめて鏡越しに、まるで何年も着続けているパジャマに付いた珈琲の沁《し》みの如く、繊維の奥深くまで到達しているような黒ずみを両肘に発見したときは、思わず声が漏れてしまった。

「この人が小さな紙見ながらなんか数字打ち込んでるシーンあったじゃん。あの動作、再配達頼むときの俺すぎた」

カップラーメンを食べ終えてすぐに爪楊枝をくわえた女性警官が、部屋の中で死んでいた男性の携帯電話を勝手に触り始める。「あっ、大事な証拠品ですよ！」慌てて制止しようとする若い男性刑事の手を軽く振り払い、女性警官は電話の履歴の画面を視聴者に向かって見せつけた。女性的なイメージとはかけ離れているキャラクターだと言いたいのはわかるけれど、深夜のカップラーメンのあとに爪楊枝、は、テンプレすぎるんじゃないのかな。そう思ったけれど、言葉にはしない。本当はどうでもいい。

ごそりと、視界の左側が動く。ソファの縁に上半身を預けていた恭平が、私に覆いかぶさるようにして、両脇に手を差し込んでくる。

「あーあ」

嫌がる素振りを見せながらも、私は、きっとその持ち主が思っているよりも大きな掌に身を委ねる。恭平の体に対しては適正な割合の面積なのだろう両掌は、私の体に関わるときはクレーンショベルのフックのように巨大に感じられる。

「肘にクリーム塗ったばっかなんだけど。服汚れるよ」

パジャマべとべとになるから、と言っても、恭平は「ん〜？」と甘えた声を出すだけで、すでに真っ当な思考回路が閉ざされていることがわかる。被害者は自殺じゃない、という予想が当たっていたことに満足したのか、ドラマの展開そのものはもうどうでもいいみたいだ。恭平は、鷹が魚を攫《さら》うように私の体を持ち上げると、ひょいと自分の上に乗せた。ソファの縁に上半身を預け、両脚を伸ばす恭平に、私の全身はすっぽりと収まる。

パジャマが汚れていいとして、それ洗うの私なんだよな——そう思ったけれど、この状態になったらそんななけなしの抵抗心は早々と手放したほうが得策だ。恭平はこうしてソファの上で私を後ろから包み込むのが好きで、私も恭平に背後から触られることが好きだ。出っ張っているところも凹んでいるところも硬いところも柔らかいところもそれぞれ違うのに、お互いにこうして重なってしまえば、もともとそう設計されていた部品のように、かちっと音が鳴るほどひとつになる。

「また塗り直さなきゃだよ、クリーム。もうあんま残ってないのに」

「つーか何でそこがそんなに黒くなるわけ？ デスクに肘つきまくってんの？」

またただ。

恭平の無邪気な声を聞きながら、私は体の真ん中の辺りにぐっと力を込めた。自分より九年間分も若い時の中にいる男は、何か明確な原因がないと体に変調は起きないと思っている。正しく健やかな論理だ。恭平は間違っていない。

「何でだろうね」

私はそう呟くと、仰向けの恭平の体の上で全身を回転させ、うつ伏せになった。互いに、触れてもいい、と認識している肉体同士が触れ合っている時間は、お互いの性感帯を刺激しているわけでなくても、まるで日光浴をしているときみたいにそれだけで気持ちいい。きっとこの現象は、性別や年齢に関係がなく発生するものなのだろうけれど、もう三十代も後半に差し掛かり、じゅうぶん大人で、かつ子どものいない私は、体の関係を結んだ成人を相手にしないと手に入れることができない。

　恭平の胸の上で、最も心地いい顔の置き方を探す。帰宅してすぐ化粧を落とし、少し高い化粧水をせっせと染み込ませた頬は、化学物質などで一切整えられていない胸筋の弾力に、いとも簡単に負ける。

「なんかちょっと」太った、と言おうとして、私は言葉を変えた。「体格よくなった？」

「え、わかる？」

　これだけの言い換えで、こんなにも嬉しそうな声を出すのだ。私は左耳を彼の胸にくっつけながら、体内の臓器が奏でるぐりゅりゅりゅという水っぽい音を聞く。

　再配達を頼んだ人間は自殺なんてしない。長時間に亘ってダメージを与えない限り人体が黒ずむことはない。そんな正しく健やかな論理を生み出し続けている工場音。

「プロテイン変えたんだよね。他人から見てそんなすぐ変化あると思ってなかったけど」

　私は恭平の腰の後ろに手を回すと、「ふうん」と相槌を打つついでに息を吐いた。全身から力が抜け、自分の形がより、恭平の輪郭に沿う。

「会社の近くに二十四時間営業のフィットネスができてさ、そこプールもあんのプールも」

「へえ、プール」

　一番居心地のいい体勢を取ると、テレビ画面を見つめることになる。相変わらずどれだけ働き続けても顔が仕上がったままの女性警官が、年下の男性刑事を突飛な言動で振り回している。

「平泳ぎしまくったら胸筋ついたっぽくてさ」

恭平はそう言うと、嬉しそうに「体重も増えてきたんだよな、筋肉がでっかくなってきた証拠」と言いながら、またぐりゅぐりゅと内臓を鳴らした。体重が増えたことを喜んでいる人間の上で、私は、同性の友人たちと百グラム単位で減った増えたと一喜一憂していた時代を懐かしく思った。

「体重、どれくらいになったの?」

「やっと大台乗った、八十キロ」

八十キロ。

見つめていたテレビ画面が、パッと、スマホの画像フォルダと入れ替わったような気がした。

だけど、そんなわけはない。

「背が百八十二あるからさ、八十くらい体重ないとヒョロヒョロに見えるんだよ、俺」

二人掛けのソファからあふれ出す恭平の腕。生えている産毛が、冷房の風に揺れている。

「つーかプールマジでおすすめ。俺たまに昼休みとかにも行ってるもん。すーげえスッキリするんだよ、午後からの仕事超捗《はかど》るから。佑季子《ゆきこ》も会社のそばにあったら行っちゃえばいいのに」

そうだね、と適当に相槌を打つと、私は恭平の腰に回した手をわしゃわしゃと動かした。筋肉の上に乗った脂肪は柔らかく、「うわっ、くすぐったいって」動かせば動かすほど反応する大きな体は確かに間違いなく愛おしい。

昼休みにプールなんか、行けるわけないじゃん。そりゃご飯食べたあとに体動かしたらスッキリするんだろうよ。でも化粧も髪の毛もどうすんの。もしかしてこれまで長い間ひとりの彼女と続いたことないのかな。できることなら私もあんたたちみたいにいつでも机に突っ伏して仮眠とか取ってみたいよ。居酒屋に着いたら熱いおしぼりで顔を思いっきり拭いてみたいって。

私は、右手を、いつのまにかその輪郭と硬度を変えていた部分にそっと添える。

「ごめん、勃《た》ってきたわ」

異性の体が密着すれば、性的に興奮する。今日も健やかな論理が、ひとつずつ積み重なっていく。

番組のハッシュタグが毎週必ずトレンド入りするような一話完結型の刑事もののドラマをなんだかんだ飽きずに毎週観ている恭平の姿は、エロい。体格が男らしいとか若くて感度がいいとかそういうことよりも、毎週楽しみにしているものがあって、しかもそれが世間に生きる多くの人たちと一致していて、そんな自分を全く恥じたり隠したりしていないところがどんな部分よりもエロく感じられる。

テレビ画面の中では、再配達を頼んでいたから自殺ではないと断定された事件が新たな展開を迎えている。

私はひとさし指で、パジャマ越しの先端を撫でる。

「ちょっと、佑季子」

テレビ画面が、CMに変わる。何の前触れもなく。

それくらいの滑らかさで、何もかもぶっ壊れればいいのにな、と思う。その一秒前、自分の真下にある八十キロの肉体を司る一か所をこの指で愛でていたのに、あまりにも自然に、私は。

ゆーじ@田舎移住&仮想通貨ブログ　@YUJIYUJIYUJI　2月18日

スポンサーしてもらってるモリケンさん（@ken_mori_beyond）から教えてもらったゲームアプリ、記事書きの気分転換にと始めたんだけどやばい……タスクいっぱいあるのにやっちゃう……ポケモンGO以来のドハマりの予感……もう少し遊びこんでから攻略

ブログでも書こっかな（仕事しろ）

21日午後4時40分ごろ、○○市××の市道で、△△県○○市の自営業男性（32）が運転する乗用車が道路左側のコンクリート壁に衝突、男性は頭などを強く打って死亡した。近隣の店舗が設置していた防犯カメラの映像によると、車はある地点から突然スピードを上げており、衝突時には時速80キロほどに達していたという。○○署は自殺の可能性も含め、事故原因を調べてい

「顔」

母の声が、私の両目とスマホ画面の間に滑り込んできたようだった。「そんな怖い顔で何見とんの」テーブルを挟んだ向かいの椅子に腰を下ろすと、母はさらに小さくなったように見える掌でぱたぱたと自らを扇いだ。

「夜でもちょっと歩いただけで汗かくなあ」

私は「そうやね」と頷きながら、スマホのホームボタンを押して写真フォルダを画面から消す。母の姿を視界に捉えた途端、自分自身から地元の空気が漏れ始めたことを感じる。

「今日は飲まんとこうと思っとったけど、汗かいたしビールにしちゃお」

「オッケー」

私はスマホを鞄にしまうと、母の分の水とおしぼりを持ってきてくれた店員に「オーダーお願いします」と声をかける。

「オーダーお願いします」と声をかける。平日ならば予約していなくても入れるこのイタリアンは、テーブルとテーブルの間隔が近すぎず、料理もそれなりにおいしいので重宝している。

「いっつも思うけど、あんたが連れてってくれる店はたっかいなあ。ビール一杯でこんなすんの」

もともと貧乏性の母が東京の物価の高さにより反応するようになったのは、弟の孝浩《たかひろ》に子どもが生まれてからだ。高校を出てそのまま地元で就職した孝浩は、父と同じく車関係の仕事をしている。孝浩の妻は高校の同級生で、専門学校を出て美容師として働き始めたところで妊娠が発覚した。慌てて籍を入れたため式は挙げていないし、私自身年末年始や盆に帰省しなくなって随分経つため、義理の妹にはまだ一度しか会ったことがない。何より、自分より十歳も年下の孝浩がすでに二歳の子どもの父親であることが、未だにピンと来ない。

「その分お給料もそれなりにもらえてるわけだから、気にしないで」

東海地方の中でも車関係の仕事ならば特に困らないと言われている地元で育った孝浩は、小さなころから当然のようにミニカーで遊び、鉄道を好きになり、自動車整備士になった。その間に、高校の同級生の中でもかわいい部類の女子と付き合い、地元の人間ならば誰もが知っているラブホテルで童貞を捨て、若いうちに子どもを作り、結婚した。

孝浩はきっと、恭平と気が合う。もし昨日のドラマを一緒に観ていたら、恭平と同じような推理をして、頷き合うだろう。

「うわ」

フードメニュー越しに、母がまた声を漏らした。いつのまにか、テーブルにはビールの入ったグラスが二つ、置かれている。

「一番高い肉、四千円もするん？　月謝と変わらんやん」

「月謝？」

申し訳程度に乾杯をして、私はビールを一口飲む。苦味のある炭酸の塊が、それまで閉じていた器官をぐいぐい押し拡げるように進んでいく感覚は、入り口が小さなちくわにキュウリを差し込むときに似ているような気がする。

前の夫がよく台所で作っていた、シンプルだけどおいしいつまみ。

「陽菜《はるな》にピアノ習わせたいんやて。その月謝だけ出してくれんかって孝浩から頼まれとるんやけど、ピアノ持っとんのって聞いたら、それは来月の陽菜の誕生日プレゼントで買ってほしいって。ほんと親に甘えるんだけはどんどん上手なって」

孝浩の娘の名前が陽菜に決まった、と母からラインが届いたとき、私は、やけに見覚えのある字面だな、と思った。なんとなく検索してみると、〝陽菜〟はここ数年、女の子の名前の人気ランキングで上位三つに選ばれ続けているものだった。

　男に生まれて自動車整備士になった父を持つ娘。人気ランキング上位の名前を付けられピアノを習うことになる女の子。

　不倫もなく、暴力もなく、これといった理由もなく離婚した私。

「今年もお盆、帰ってきたりせんの？」

「うん、多分難しいと思う」

　まとまった休みは取れないだろうし、と、スムーズに嘘を吐《つ》く自分に今さら驚いたりはしない。本当は、お盆も年末年始もきちんと休みが取れる。むしろ休暇をきちんと消化しないと、上長に注意されるくらいだ。

「孝浩も全然休めんみたいやし、そんでお給料も上がらんし……どうにかならんもんかねえ」

　母はそう言うと、「まあその分陽菜の面倒見れるんは楽しいんやけどね」頬を赤らめてほほ笑んだ。

　今勤めている会社は、間違いなくホワイト企業と言える。

　福利厚生のことを考えると、もし自分が子どもを産んだとして、母にべったり助けてもらわなければならないような事態には陥らないだろう。給与にも勤務体系にも文句はないし、偏見に満ちた嫌味を言ってくるような人もいない。月謝の四千円に対して、そんなものか、と思える程度に貯蓄はある。今の自分は、生きていくことに不自由がない。

だからこそ感じられる、世界からの疎外感は何なのだろう。

「ピアノの月謝って四千円とかなんだね」

「そうそう、個人教室やから安いみたいやけど、週に一回一時間家んなかで子どもにピアノ弾かせるだけでそんだけお金取れるんやから、いい商売やんねえ」

前菜の盛り合わせと、パスタとピザをそれぞれ頼む。母は結局、メインは肉でなく魚を選んだ。一杯目のビールがそろそろなくなりそうなので、次は白ワインかな、とぼんやり考える。

それだけで、二人合わせて八千円くらいだろうか。陽菜のピアノ、二か月分。

「電子ピアノって結構大きいんやね。孝浩の家にそんなん置く余裕あるんかと思うわ」

早速ピアノのサイズなどは調べたらしい母が、まんざらでもなさそうに言う。

「孝浩、次は男の子が欲しいとか気の早いこと言っとって、仲ええのはいいことやけどお金のこととかちょっとは冷静にいろいろ考えてくれんと」

そこまで話したところで、母は何かを思い出したように口をつぐんだ。私は、気にせず話してくれればいいのに、と思う。私から差し出せる話題なんて何もないのだから。

　母は、学生時代は周囲に合わせてちょっと悪ぶってみたりもしていた孝浩が、今では家族に尽くしている様子が嬉しくてたまらないみたいだ。その喜びはどうしたって隠せないのだから、思う存分喋ればいい。私のことなんて気にせず、話したいことを話せばいい。

　母が無言で、ビールを口に運ぶ。

　母がこうして定期的に東京に出てくるようになったのは、私が前の夫と離婚してからだ。

「おいしい」

　夏野菜がふんだんに使われた前菜を口に運びながら、母が言う。「お待たせいたしました」若い店員が、無駄のない動きでパスタをテーブルに置く。底の浅い皿に入っている、決して満腹にはならない量の炭水化物。それで千二百円。

　お金はある。時間もある。

「あんたはどう？　元気にしとる？」

　だけど、こうして親が新幹線に乗っては定期的に会いに来るくらい、人生を心配されている。

　前の夫に離婚を告げられたのは、結婚して三年目、三十二歳のときだった。

　彼も私も、他の誰かに恋愛感情を抱いたりはしていなかった。お互いに、暴力を振るうことも、借金などの隠し事もなく、セックスもきちんとあった。子どもはいなかった。私自身、自分が子どもが欲しいのかどうかよくわかっておらず、だけど年齢的なことを考えるとそろそろ人生の全体像を見据えたほうがいいのだろうなとは思っていた。子どもについてそもそも欲しいのか欲しくないのかを話し合い始めたころ、離婚を提案された。

週末をそれぞれ別々に過ごした日曜の夜だった。どちらも土日休みの仕事だったけれど、特別な用事がなければ一緒に出かけたりすることはなかった。それぞれ友人と会うこともあったけれど、ふたりとも、主に一人で過ごしていた。それがふたりにとっては自然なことだった。観たい映画や読みたい本、行きたい舞台や食べたいもの。自分のリズムでひとつずつ消化していくには、東京という街はじゅうぶんに複雑な造りをしていた。

「僕は自分を変えられないし、君もそうだと思う」

話し合いの中でどんな言葉が交わされたのかはもうよく覚えてはいないけれど、彼の言葉で最も覚えているのはその一文だ。私は離婚の話をしながら、やっぱりこの人は私と似ているな、と思った。だから一緒になったんだった、と。

家賃や光熱費は半分ずつ負担していたが、財布は別々だったし、それぞれ新卒で入社した、支社やグループ会社も含めれば従業員の数が数千人にも上るような企業に勤め続けていたので、金銭面で揉めるようなことはなかった。子どももおらず、親の介護もまだ始まっておらず、食事も特に平日はそれぞれ外で済ませることも多かったため、生活をするうえでどちらかが欠けると何かが成り立たなくなってしまう、というものはひとつもなかった。

あるとすれば心だった。

だけど結局、それも大丈夫だった。大丈夫だな、と思ったとき、私は、彼がいなくなっても心を含めた自分のすべてが成立し続けることを、ずいぶん前から知っていたような気もした。

両親には、手続きを全て終えてから、離婚を伝えた。どうしてそんな自分勝手なことをするのか、なぜ佑季子が捨てられなければならないのか――自分の何倍も怒りを露わにする両親の姿を目の前にして、私は、私の中にあったなけなしの疑問や不信が水面に辿り着いた泡のようにしゅわしゅわと消えていくのを感じた。両親は、どうして、なぜ、と繰り返していた。私は、離婚を切り出されて以降、自分だけが名字が変わり、免許や銀行口座などの情報をいちいち登録し直さなければならないことへは疑問を感じたが、心や気持ちにまつわることに関しては、どうして、も、なぜ、も、一度も浮かんでこなかったな、と思った。

私の精神の水面はずっと凪《な》いでいた。夫と恋愛していたときも、結婚したときも、離婚が決まったときも。生活をするうえでどちらかが欠けると成り立たなくなってしまうものがたったの一つもなかったことが、それを物語っていた。私と夫は、お互いの何かが変わってしまうまで、深く関わろうとしていなかった。それを自立と呼ぶのか冷め切った関係と呼ぶのか、私は未だによくわからない。

それから一年も経たないうちに陽菜が生まれ、両親の関心はそちらに注がれるようになった。離婚した直後、私がいつにも増して茫然自失した様子に見えていたらしい母も、上京するたび、自分の娘は元々このような様子だったかもしれない、と思い直していったようだった。

多いときはほぼ毎日のようにかかってきていた母からの電話も、今では陽菜の写真と一緒に送られてくるラインに取って代わられている。母が、「観たい舞台が東京でしかやってなかったから」「陽菜の面倒見るのもちょっと疲れちゃったし」と、本当の理由は明かさずに繰り返していた上京も、今ではもう二か月に一度ほどの頻度にまで減った。

私は、六つに切り分けられているマルゲリータを一切れずつ取り皿に移しながら、「別に元気だよ」といつも通り答えてみる。母は、「そう」と、なぜか私よりも元気ではない表情になった。

そんな様子を見て、私は、ふと、言ってみようか、と思った。

「うん。彼氏もできたし」

「え!?」

まるでつまらないドラマのように、母の大きな声に、銀のフォークが床で跳ねる音が重なる。「新しいものをお持ちしますね」相変わらず無駄な動きのないウェイターがフォークを拾い上げると、母はすみませんと小声で謝りながらおしぼりで口を拭った。

「そう、彼氏できたん、そうなん」

彼氏ができたなら、そばにいてくれる人がいるなら、大丈夫だ――瞳を中心に晴れ渡っていく母の表情は、健やかな論理の中に人間の心が組み込まれたときに発生する血液の流れそのものだった。私は、厨房から魚料理と新たなフォークを持ってきたウェイターの姿を捉えながら、彼は恭平と同い年くらいかな、と思う。今は白いシャツを第一ボタンまで留めて人畜無害な社会的な存在であるかのような顔をしているけれど、数時間前、もしくは数時間後には射精したりしているのだ。

健やかさが現れた空間には、それを崩壊させるほど不都合な何かを添えたくなる。

「なに、どんな人、何歳くらいの人なん」

どうせ会わせることはないのだから、私は適当に聞こえの良い情報を返す。それは、マッチングアプリのプロフィール欄を埋めているときと同じ感覚だった。

夫を失って成り立たなくなるものは何もないと思っていたけれど、ひとり穏やかな日々に身を任せているうち、唯一、セックスだけが身近な場所から随分と離れたところへ遠のいてしまったと感じた。そう思い至ったとき、一瞬、誰かの手に体を触られること、そして誰かの体に自分の手が触れることこそが心というものを形作る動作なのかもしれない、などという美しい考えが頭を過《よぎ》りかけたが、それは今自分が抱いているものが性欲としか呼びようのない、身も蓋もない衝動だという自覚があるからだった。

はじめは女性の自慰行為用の道具を使用していたけれど、やはり自分ではない誰かに自分の体に触れられる快感を代替できるものではなかった。女性用風俗は一度利用してみたものの、想像以上に内容と価格が乖離《かいり》していたため、マッチングアプリをダウンロードしてみた。そもそも継続的な人間関係を築くつもりはなかったので、年齢は少し低めに設定し、そのほかのプロフィールも異性が興味を持つ要素を自分の現実に適度に塗《まぶ》した。

アプリを通じて知り合う男たちの印象は、総じて、マッチングアプリを使っていそうだな、というものだった。それは、遊んでいそうとか性欲が強そうとか外見で女を選別していそうとかそういうことではなく、人生における予想外の出来事や事態をリスクと名付け、可能な限りはじめから排除したがりそう、という、はっきりとは言葉にしがたい雰囲気だ。コストパフォーマンスが悪いことを何よりも嫌がりそうな男たちは、目の前に現れた女を想像よりもかわいくないと判断しても、おそらく登録しているよりも年齢は上だろうと勘付いても、後腐れなく体を開く相手だと分かれば自宅でもホテルでも十分な広さのベッドをするりと用意してくれた。

二か月ほど前に出会った九歳下の恭平は、神奈川に実家があるが都内で一人暮らしをしており、勤め先は恵比寿に本社があるスタートアップ企業、というプロフィールだった。いずれ企業ではなく自分個人の名前で仕事ができるよう、週末はWEBライターとして活動しているらしい。まだアプリ上でメッセージをやりとりしているとき、「それってつまり副業ってこと？」と尋ねると、「今は複業っていうんだよ（笑）」と返ってきたことが、なんとなく忘れられない。

恭平のセックスは荒々しいし時間も短いけれど、終わった後になぜかぎゅっと強く抱きしめてくるところが好きだ。自分の裸体にすすんで触れようとしてくれる人間がこの世界に存在するという事実は、束の間の癒しを与えてくれる。

「なんかよさそうな人やね。今度会わせてよ」

ほっとした様子の母は、それまで話したくてたまらなかったけれど私の手前話せていなかっただろうエピソードをどばっと放流し始めた。主に陽菜のことを身振り手振りを加えて楽しそうに語る母の表情からは、不協和音の欠片《かけら》も聞こえてこない。世間の大多数が信じている数式の中でのびのびと生きる人間特有の、通りの良い言葉たちが真っ直ぐに放たれていく。

「やっぱ二歳くらいの子ってエネルギーがすんごいんよ、うちの居間なんか掃除するたび無駄に広いなあって思っとったんやけど、動き回る陽菜にとったらもう全然あかんね、足らん足らん」

　私は相槌を打つたび、これまで母が私のことを、〝夫に捨てられたかわいそうな娘〟と認識していたことを思い知る。

「ピアノもおもちゃのやつやらせとったらどんどん本人がやりたがるみたいで、やっぱ小さい子ってのは吸収力がすごいわ、もう全部やりたがるし覚えたがるし」

　相槌を打つたび、今では母が私のことを、〝新しい恋人ができたから幸せな話にも耐性のある人〟と認識していることを思い知る。

「好奇心旺盛なんはええことなんやけどな、この前はおんなじ歌を十四回も聴かされて、でもちゃんとリアクションしてあげなスネるやろ、大変やけどこういうん懐かしいなあとも思って」

　じゅうよんかい。

　その音が流れ込んできた私の指先の神経が、カバンの奥深くに仕舞い込んだはずのスマホが放つ電波と、そっと繋がった気がした。

なつきたかはし　@natsuki__TKHS　9月26日

今日あやと撮った動画まじウケたけどたぶん乗せたら怒られるやつっぽいからやめとく笑 見たい人いいねしといて学校で見せるわ笑 てかDAMやったらアニマルボーイズの新曲入っとったー!!!

27日午前3時半ごろ、○○県××市△△町の15階建てマンションの住民から「音がしたので見てみると、女の子が倒れていた」と110番通報があった。○○県警××署員が駐車場で全身から血を流して倒れている県立高校2年の女子生徒(17)を発見。女子生徒は頭などを強く打ち、搬送先の病院で約1時間後に死亡が確認された。同署によると、女子生徒はこのマンションの14階に家族と住んでおり、自室のベランダの手すりには女子生徒のものとみられる手の跡があった。同署は飛び降り自殺を図った可能性があるとみて調べている。遺書などは見つかっていない。

入社して二つ目の部署が、営業部の管理課だった。同期は何度か異動を経験しているみたいだが、私は二つ目の部署にずっといる。主にオフィスや店舗を対象としたスチール家具全般や産業機械などの製造、販売を行っているこの会社は、最近アジア圏に販売網を拡げており、その業務に関係する人たちは忙しそうにしているものの、老舗かつ業界最大手ということもあり基本的に労働環境はかなり良い。

「以上の問題については継続して調査しておりますので、また何かありましたらご連絡ください」

月に二度聞いているお決まりの文句が出たところで、会議室内の空気がふっと緩む。社内で使用している決済システムのメンテナンスに関する定例会議。管理課は営業部にまつわる数字を扱うためこの定例会議にも参加するよう言われているが、主に社内のシステム課とメンテナンスを外注している会社とのやりとりに終始するため、ほとんど月に二度ある一時間の休憩時間と化している。木曜の午前十一時からということで、溜まっているメールを返したり、と前半三十分ほどはやることがあるが、後半三十分はほとんどそこにいるだけの存在になる。優先度が低いが解決されていないトラブルが延々と引き継がれており、「継続して調査しておりますので、また何かありましたらご連絡ください」という呪文によって引き続き解決されないことが明らかになるだけの会議。何の意味があるんだろうと思いつつ、その時間にも給料が発生しているという幸運を絶対に手放すもんかと強く誓っている自分もいる。

デスクに戻り、部ごとに掲げているホワイトボードに書いていた文字『システム会議　9F⑥』を消す。営業部は地味な色のスーツ姿の男が大半を占めているため、島の景色がひどくシンプルだ。担当役員が「会社の顔となるセールス隊は男でないと」という考え方らしく、営業部営業課に女性はいない。恭平にその話をすると、「そんな古い考えの会社って今でもあるんだ、セクハラじゃんセクハラ」なんて憤っていたけれど、私は蔑《ないがし》ろにされた側であるはずなのに、全く怒りを感じていなかった。むしろ、今から会社の顔になれと言われ、外回りや出張に駆り出されることのほうが嫌だ。

管理課は基本的に社外へ出る機会がない。はじめは気分転換ができないことが辛かったが、慣れてくるとコーヒーを買いに出たりコンビニに行ったりすることでオフィスから出られない閉塞感を払拭できるようになった。毎月の締めの時期でもなく、予算や収益予想などの資料を頼まれているわけでもない時期は、イレギュラーなトラブルが発生しない限り定時で帰れる。

スリープ状態になっていたパソコンを立ち上げる。定例会議中に届いていたメールは全部確認し終わっているし、今日の夕方にある会議用の資料は昨日のうちに上長の確認をもらってプリントアウトもホチキス留めも済ませている。緊急でやらなければならないことは、ない。

よし。

私は、ダブルクリックでデータフォルダ内の奥深くへと突き進んでいく。この作業は一週間以上ぶりだろうか、と考えているうち、【引き継ぎ書】というタイトルがマウスポインタの先に現れる。

　差し当たってやるべきことがなくなると、私は、引き継ぎ書を最新版に更新する。いずれ絶対に必要となる書類であり、丁寧かつ細やかであればあるほど資料としての完成度が上がるため、意外と作業に終わりがないのだ。システムの使い方など、段階ごとに画面をプリントスクリーンして説明文を添えていくだけで、かなりの時間を要する。何かを学んで新しい知識や技術を会得したいという気持ちにはならないが、ネットサーフィンで時間を潰すという行為を許せるほど不誠実へ振り切ることができない自分にとって、引き継ぎ書の精度を上げるという作業はとてもちょうどいい。

　ワードが開くまでに数秒かかる。大量の画像が貼り付けられているので、データはなかなかの重さになっている。基本的なパソコンスキルがあればあっというまに身に付いた、一日、一週間、一か月、三か月、半年、一年、それぞれの大きさで波打つ業務の数々。今ではもう、目を瞑《つぶ》っていたって乗りこなせるような文字の羅列を見つめながら、恭平や、恭平が目指している〝団体ではなく自分の名前で仕事ができる〟ような人たちがいかにもバカにしそうな仕事たちだな、と思う。

　いつからだろうか。体の内側から湧き出てくる泉というか、細胞の隙間から何かが滴るほどの豊かさのようなものが、どんどん喪われている感覚がある。

団体ではなく自分の名前で仕事ができるようになりたいなんて一切思わないし、土日も働いて複業、なんて全くやりたくない。起業も海外経験も外国語の習得も、人間を成長させると言われているあらゆることが、自分にとってはどうでもいい。適度に働いて、税金も納めて、そのまま日々を過ごし続けたい。それがひどく怠惰なこととして数えられるようになったのはいつからなのだろう。

チャイムが鳴った。

エレベーターホールへと出て行くと、同期の実加《みか》に会った。久しぶりだったので、昼食を一緒に摂ることにする。気心の知れた仲なので、各テーブルにティッシュ箱が置いてあるような、安くてボリュームのある定食屋へと向かう。

「なんか久しぶりな気がする」

メニューを見下ろす実加のアイラインはしっかりと濃い。一企業の広報という立場上、見た目にはしっかりと気を遣うよう上長から言われているみたいだ。人の親となった同期も増えてきた中、結婚はしているものの子どものいない実加は会話の内容がかなり合うほうだ。生姜《しょうが》焼き定食を二つ頼み、御冷に口をつける。この定食屋にはテレビがあるので、気心の知れた関係だからこそ生まれる沈黙も、なんとなくごまかされる。

「最近さ、社員証変わったじゃん」

実加がふいに、私の胸元にぶら下がる長方形を見ながら言う。

「なんかちょっと派手になりやがったよね」

社員証のくせに、と笑いながら、私は、鮮やかな水色の社章がプリントされたカードを指で弄《もてあそ》ぶ。セキュリティを強化するとかで、新たにＩＣチップが組み込まれて、デザインもよりも明るくなった。清涼感あふれるそれを手にするたび、地味な服装が多い自分の胸元になんかぶら下がりたくないだろうな、と思う。

「そのせいもあるのかなって感じなんだけど、最近、こういう投書が来たんだよね」

実加が、社用携帯を私に向かって差し出してくる。

「ゾッとするよ」

私が読み始める前にそう言うと、実加はぼんやりとテレビを見つめた。携帯電話がなくなった途端、視線の行く先をなくしてしまうような私たちにとって、テレビは結局数多《あまた》の視線を引き受ける受け皿となる。

広報部広報課のチームリーダーを務める実加の社用携帯には、会社の公式ホームページにある【お問合せ】に寄せられたメールが自動転送される。名前や年齢、性別、メールアドレスなどのあとに、本文、が表示される。

本文：私はたまにこの辺りに用事で来るのですが、毎回、ビルの外の喫煙所で御社の社員の方々が長々と休憩をしておられます。安くない飲み物を片手に談笑されるのはいいのですが、近隣の飲食店などにご迷惑なのではないか、と案じます。特に今日はわりと夜遅かったにもかかわらず、何人もの社員の方々が煙草を吸いながら談笑しておられました。安くない残業代をその間にも稼ごうという算段なのでしょうか。先月××が発表した平均年収ランキングにも入っていた御社なのですから、だらだら休んでいる姿よりも、てきぱき働いている姿を見せていただきたいものです。

「こういうのって」

画面の向こう側から、実加の声が届く。

「どんな人が送ってきてんのって感じじゃない？　やばくない？　そのへんの知らない人が休憩してる姿見て、社員証から社名特定して、その公式サイトにアクセスして、問い合わせページ探して、わざわざそんな長文送ってくんだよ？」

軽蔑の感情がたっぷりと織り込まれている声が、店内の空間を滑らかに巡る。

「最近ご飯食べてる消防士とかにクレームが届くってのあったけどさ、民間企業にもそういうの来るってほんと世も末だよね。平均年収ランキングにも入っていた御社なのですからとか、今後いろんなところで使えそうな名フレーズすぎるわ」

　実加の声に重なるようにして、テレビ画面の中で繰り広げられている昼のワイドショーが、先週発生した連続通り魔事件の犯人の詳細を報道している。

「私、どんな嫌なことがあっても喫煙所で休んでる人の会社にクレーム送るとか絶対やらない自信ある。ネットニュースのコメント欄で芸能人に向かって死ねとか言いまくってる人とかもそうだけどさ、マジでどんだけ満たされてなかったら人間こういうことしちゃうんだろって感じだよね」

【連続通り魔事件の犯人なのですが、中学校の同級生によりますと、当時からスプラッター映画などを好んでいた、自分でもノートなどにそのような絵を描いて友人に見せていた、ということらしいんですね。自宅からも、いわゆる、暴力描写の多い作品が多数見つかったとのことですが、この点コメンテーターの皆さんはどう――】

　どんだけ満たされてなかったら、人間、こういうことしちゃうんだろ。

　自宅からも、いわゆる、暴力描写の多い作品が多数見つかった。

「お待たせしました」

　テーブルの上に生姜焼き定食が置かれたと同時に、私は、自分のスマホを実加の社用携帯の隣に並べた。

本文と同時に社用携帯に転送されている、名前、年齢、性別、メールアドレス。

ダメ元だが、まず、名前で検索をかけてみる。こういうときの〝名前〟や〝年齢〟はウソの情報である可能性が高いが、今回は文面的に投稿者が高齢者な気がする、となると、もしかしてワンチャンあるかも——なんて甘い期待はすぐに打ち砕かれる。めぼしい検索結果はなし。となると——私は、表示されているメールアドレスをそのまま自分の携帯に打ち込んだ。めぼしい成果はなし。ヤフーメールの場合、メールアドレスを検索すればヤフオクなど別のサービスにまつわる頁《ページ》が出てくる可能性があり、そこに出品しているものから趣味や居住地など様々な情報を読み取れるのだが、今回は残念。じゃあ——私は、メールアドレスの＠以降の部分を消し、アルファベットと数字の部分だけでもう一度検索をかける。アルファベットと数字を組み合わせているということは、初期設定から意思をもって変更しているということだ。数字が入っている場合、おそらく生年月日だったり普段クレジットカードなどでも使っているお馴染みの番号だったり、本人にとって何かしら意味がある可能性が高い。その場合、ツイッターなどのアカウント名にもそのまま流用している人が結構たくさん——

ビンゴ。

私は、検索結果に現れたアカウントをクリックする。ツイッターのアカウント名が、メールアドレスの＠以前の部分と一致している。プロフィールを読むに、一男一女の母親で、ある俳優のファンみたいだ。いわゆる追っかけ活動用の〝ファン垢〟として、四年ほど前に登録されたアカウント。過去の投稿をいくつかチェックすると都内在住であることが確認でき、この会社近くの商業施設によく出入りしていることもわかった。本人と断定して間違いないだろう。

問い合わせ内容が社用携帯に転送されている時刻は、昨日の二十一時四十二分。私は、昨日の投稿を確認する。ファン垢らしく、投稿数は多い。

やっぱり。

「ほら、見て」

私は、自分の携帯の画面を実加に差し出す。

「この人、別に、満たされてないわけじゃないんだよ」

昨日の二十一時四十二分。その人は、確かに、会社の問い合わせページからクレームを送っていた。だけど昨日は、一男一女の食事を夫が担当する日で、俳優ファン仲間の友人たちと外食を楽しんでいたようだ。十九時三十二分に投稿されているのは、テーブルいっぱいに広げられたタイ料理の写真。会社の向かいにある商業施設の中に入っている、いま人気のレストランだろう。二十二時五十四分に投稿されているのは、〈今日の夫は後片付けまでしてくれておりました。よしよし。次の集まりも楽しみ！　今日はありがとう〜〉という書き込みと、食事をしたメンバーとの集合写真。そして、きれいに片付いたダイニングテーブルと、子どもたちがピースをしている写真。

人気のレストランでの会合を終え、駅へと向かう間に、ビルの外にある喫煙所を通りかかったのだろう。そしておそらく、仲間と別れ、電車の座席に腰を下ろしたあとなどに、問い合わせページにアクセスした。

「満たされてないから休憩してる人の会社宛にクレーム送るわけでも、暴力描写の多い漫画が好きだから通り魔になるわけでもない」

生姜焼きの甘辛い香りが、ゆっくりと鼻腔《びこう》を刺激する。

「自分にも見えないものが、ずっと積もってるんだよ。最後の一滴が何なのかは、誰にもわからない」

○○だから××、という健やかな論理は、その健やかさを保ったまま、やがて、鮮やかに反転する。

「満たされていないから他人を攻撃する」「こんな漫画を読んでいたから人を殺した」はやがて、「満たされている自分は、他人を攻撃しない側の人間だ」「あんな漫画を読んでいない自分は、罪を犯さない側の人間だ」に反転する。おかしいのはあの人で、正しいのは自分。

私たちはいつだって、そんな分断を横たえたい。健やかな論理に則って、安心したいし納得したい。だけどそれは、自分と他者を分け隔てる高く厚い壁を生み出す、一つ目の煉瓦《れんが》にもなり得る。

再配達を頼んだのだから、自殺なんてしない。

離婚を申し込まれたのだから、かわいそう。

新しい恋人ができたら、もう大丈夫。

満たされていないから、クレームを言う。

暴力描写のある漫画を好んでいたから、人を殺す。

そんな方程式に、安住してはならない。

自分と他者に、幸福と不幸に、生と死に、明確な境目などない。

「すごいね」

実加が、私の手元にある社用携帯を自分のもとに引き寄せる。

「え、特定したの？　このクレームの人のツイッターを？　今の、二、三分で？」

実加は、笑っていた。だけどその表情は、必死に笑おうとしているように見えた。

「やっぱ、びっくりしたんだけど。ていうか佑季子すごくない、探偵とかできんじゃん。顔めっちゃ怖かったからね特定してるときの」

指もめっちゃ速かったし、と、おそらく私の動きの真似をしながら、実加は社用携帯を鞄の中に仕舞う。そして、いつの間にか半分以上食べ終わっていたらしい生姜焼き定食に手をつけながら、また、テレビ画面を見上げて言った。

「ていうか私、あの司会者めっちゃ嫌いなんだよね」

私は、自分の分の生姜焼き定食の盆を、ずず、と鳩尾《みぞおち》に引き寄せる。味噌汁も豚肉も白飯も、どれもすっかり冷めてしまっている。

「毒舌で斬るとか言ってるけど、自分の主張と違うこと言い出した人の話ガンガン遮るしさ、毒舌じゃなくて高圧的なだけだよね」

テレビの中では、司会の男性が「表現の自由と規制、難しい問題ですね。では次のニュース」と、難しい問題だと認識しているとは思えない速度で話している。

「昼から人心掌握ショー見せられてる感じで気分悪いわ」

人心掌握ショー。

そうだね、と呟きながら、私は、箸を割る。

じんしん。

齋藤　@saito_saito_saito　11月24日
帰りにデパ地下寄ったら軽率に財布の紐緩んだ。先輩からもらった酒もあるし、ちょっと豪華な晩酌でもしようかな。

ＪＲ〇〇線で人身事故　27歳の男性会社員、ホームから飛び込み死亡
24日午後7時ごろ、△△県××市□□町のＪＲ〇〇駅で、××市の会社員男性（27）が回送列車にひかれ、死亡した。所持品から身元が判明した。××署によると、男性はホームから線路内に飛び込んだとみられる。同署で詳しい状況を調べている。

事故や自殺のニュースを目にした途端、その死亡者のＳＮＳのアカウントを特定するようになったのは、いつからだろうか。前の夫から離婚しようと告げられた日がきっかけのような気もするし、そんなこととは関係なく、ＳＮＳが流行する遥か昔から頭の中では行っていたような気もする。

初めて死亡者のアカウントを特定できたときに感じたのは、自分でも驚くくらいの安心感だった。人がいなくなることに前触れなんて何もない、という、健やかさからかけ離れた論理を視覚的に実感できたとき、いつだってずっと少しだけ死にたいような自分に暖かい毛布を被せてもらえたような気持ちになった。

個人を特定する能力は、回数を重ねるうちにどんどん上昇していった。死亡者は基本的に名前が報道されない。だが、その事故や自殺に関連する単語で検索をかければ、死亡者の友人だったり同僚だったり、何らかの関係者の投稿がすぐに見つかった。殊《こと》に学生の特定は簡単だった。死亡者と同じ学年、同じ部活の子などが見つかれば、あっというまに彼ら彼女らがフォローしているリストの中から本人のアカウントを特定することができた。最近はロックをかけている人も多く、なかなか簡単にはいかないケースも増えたが、中にはご丁寧に「昨日はこんなやりとりもしてたのに、やだ、信じたくない」なんて、なぜか最も傷ついているのは自分だと言わんばかりのコメントと共に死亡者との直近のやりとりを引用投稿している人もいて、その過剰で簡易な弔いはこちらとしては本当にありがたかった。

なんてことない投稿を最後に更新が止まっている様子は、突然ぶった切られた人生の断面図をこちらに見せつけているようで、爽快だ。同時に、まだ乾いておらずぬらぬらと光っているはずのその断面は、日々〝死ななかった〟という籤《くじ》を引き続けているだけの、自分自身の生の不安定さそのものだと感じた。

マッチングアプリで知り合った男と待ち合わせているとき、トイレの便座に腰を下ろしたとき、眠りいる前。ふと気づいたら、報道からわかる地名、年齢、性別などの条件をもとに、インターネットの海に広がる何千万という命をかきわけ、ついさっき知ったたった一つのそれを目指してわき目もふらず突き進んでいる自分がいる。その作業を経るたび、同じアカウントなんて一つもない、つまりすべての命はこの世界で代替不可能な唯一のものなのだと実感するのだが、その実感が頂点に達する瞬間はつまり最期の投稿を見つけた瞬間でもあるわけで、代替不可能な唯一の命が消えたあとも回り続ける世界が同時に襲ってくるという強烈な二律背反に、心は甘く震える。

誰もいない部屋に届く再配達の段ボール。

友達とも恋人とも家族とも誰とも共有しない独りの時間に潜む、圧倒的幸福。

そばにいてくれる人と繋がりながら襲い来る、今すべてが終わってしまえばいいという強大な破滅願望。

発生した原因に悪意の欠片も過去のトラウマも何もない、人を傷つける言葉。恵まれない子どもたちのために学校を建てたその手で握る性器やナイフ。

健やかな論理から外れた場所に佇《たたず》む解しか当てはまらない世界の方程式は、沢山ある。

「おい、内線」

電話の音が鳴り響く。

「はい、えーっと、ちょっと待ってね、デスクにいるはいるんだけど」

隣に座る管理室長が、受話器を片手にこちらを見ている。私はそこでやっと、自分宛の内線電話を室長が代わりに取ってくれていることに気づいた。

「なんか午後からずっとぼーっとしてない？　大丈夫？　電話繋ぐよ？」

一度無駄に室長を経由させてしまった内線はシステム課からのもので、以前から改善をお願いしていた部分のヒアリングをもう一度したいという内容だった。話を終え、電話を切り、「すみませんでした」と室長に頭を下げる。

「体調悪いなら診療室行ってきたら？　今ならギリギリ開いてるし」

室長はちらりと時計を見ながら言う。いつの間にか、あと十数分で定時のチャイムが鳴る時間だ。

「なんかぼーっとしちゃってただけで、体調悪いとかじゃないんです、ほんとすみません」

代わりに内線取らされるとかあんま経験ないわ、と笑う室長は、ミスさえしなければ何も言ってこないし、上司として、異性として、こちらの心が削られるようなコミュニケーションを仕掛けてくることもない。自分が暮らす世界には、ネットニュースを騒がせるような、ツイッターで何万人にリツイートされるエピソードの種になるような悪人はいない。

だから幸福なわけでもないけれど。

実加との昼食を終えたあとも、特に緊急でやらなければならないことは発生しなかったので、引き継ぎ書の更新を続けた。夕方に一件、営業部の予算にまつわる会議があったけれど、資料は前日のうちに作っておいたし、会議中は特に意見する役割を求められていないのでただ静かに座っていた。デスクで数十分おきに新着メールを確認するついでにアクセスしていたニュースサイトには、午後の間だけで、過労死や働き方改革という単語の交ざったトピックスが新たにいくつか表示された。若い息子を亡くした母親の訴えに本気で胸を打たれながら、季節を問わず温度の調節された場所で定時に鳴るチャイムを待つ自分がいる。

あと少しでチャイムが鳴る、というところで、ついに、更新すべき箇所がなくなってしまった。

私は椅子の背もたれに体重を預け、まるで緊急性のある業務を無事やりおおせたかのように両腕を思い切り伸ばした。一日、一週間、一か月、三か月、半年、一年、それぞれの大きさで波打つ業務のすべてを、襞《ひだ》に分け入るような細やかさで説明し終えてしまった。文書が表示されているディスプレイを、少し遠くから眺める。不当なほど大きな満足感が湧いてくる。

文章量も勿論だが、画像を沢山貼り付けたので、ワードファイルとはいえかなりの容量になった。ぽきぽきと背中の骨を鳴らしながら、部が持つ共有のコピー機にICカードをかざす。ざーっとトレイに飛び出してくるA４用紙は、できたての料理のようにあたたかい。

最後の一枚が出てきた。私は、十数枚の紙の束を、右手のひとさし指と親指でつまみ上げる。

　厚さにして数ミリ。重さにして数十グラム。

　これさえあれば、いま私が何の理由もなく消え失せたところで、世界は滑らかに続いてくれる。

　チャイムが鳴った。

　と思ったら、それは電車の発車メロディだった。

　気が付いたら、駅のホームで電車を待っていた。いつの間にか、退勤していたらしい。きちんと打刻をしたのだろうか。あまり覚えていない。摑み逃した川魚の尾のように、鼻先からつるんと、煙草の臭いの最後の一粒が逃げていく。ああ、この臭いがするってことは、オフィスビルの裏にある喫煙所のそばを通ってここまで来たということだ。いつも通りの行動。ならば打刻もしたのかもしれない。

　電車が来た。だけど足が動かない。電車がまた、いなくなる。

　私は、立っているだけの体から、それ以外に必要な力がずるりと脱落していくのを感じた。

　帰路に就いたところで、何がどうなるのだろう。

　週明けからは締め作業が始まるので、毎月のルーティーンワークとしての業務が発生してくれる。ただ、明日金曜は一日、何をしていよう。会議が一件あったけれど、それは総務部主催の防災会議に営業部代表で参加するだけなので、特にやるべきことはない。というか、あのフロアにいる人全員、本当に朝九時からずっと、何らかの仕事をしているのだろうか。

電車が来た。だけど足が動かない。

腕時計を見ると、まだ十九時を回っていない。今から家に帰ったとして、誰かと何か約束をしているわけでもない。というか、地元を出て、社会人になり、結婚し、離婚し、いつの間にか、わざわざ約束をして会うような、おそらく友達という名のつくような人が、私の人生からこっそりといなくなっている。

腹が鳴る。

私は、風に少しだけ揺れる前髪の中で冷蔵庫の中身を思い出す。賞味期限が怪しいものから順に、いくつか思い浮かべてみる。それらを組み合わせてできそうなものを頭の中に並べてみる。

あれ？

今度は、最寄り駅からマンションまでにある道のりを想像する。通り過ぎる飲食店を、ひとつひとつ、頭の中に並べてみる。

電車がいなくなる。

頭の中からも、何もいなくなる。

お腹は空いているはずなのに、食べたいものが何なのか、全くわからない。

からっぽの線路に、もう何度やり過ごしたかわからない、同じ形の電車が入り込んでくる。

もう、いっか。

まっさらな思考に、もう何度見たかわからない、お気に入りの画像たちが流れ込んでくる。

ゆーじ@田舎移住&仮想通貨ブログ　@YUJIYUJIYUJI　2月18日
スポンサーしてもらってるモリケンさん（@ken_mori_beyond）から教えてもらったゲームアプリ、記事書きの気分転換にと始めたんだけどやばい……タスクいっぱいあるのにやっちゃう……ポケモンＧＯ以来のドハマりの予感……もう少し遊びこんでから攻略ブログでも書こっかな（仕事しろ）

21日午後4時40分ごろ、○○市××の市道で、△△県○○市の自営業男性（32）が運転する乗用車が道路左側のコンクリート壁に衝突、男性は頭などを強く打って死亡した。近隣の店舗が設置していた防犯カメラの映像によると、車はある地点から突然スピードを上げており、衝突時には時速80キロほどに達していたという。○○署は自殺の可能性も含め、事故原因を調べている。

死亡者のＳＮＳのアカウントを特定できたときは、決まって、その人の最期の投稿をスクリーンショットする。そして、そのアカウントを見つけ出すきっかけとなった死亡記事の画面に戻り、それもスクリーンショットしておく。そうすると、ひとさし指を数センチ横にスライドさせるだけで、健やかな論理から見事に外れた瞬間たちが、滑らかに連なるのだ。

何気ない投稿、死亡の報道、何気ない投稿、死亡の報道。

マッチングアプリで知り合った男と待ち合わせているとき、トイレの便座に腰を下ろしたとき、眠りいる前。恭平に触れられている最中、母がレストランに来る前、実加とランチをしたあと。いつも見ている滑らかな連なりが、いつもよりもずっとずっと速い、電車だってすぐに追い抜いてしまうようなスピードで、どんどん視界に流れ込んでくる。

なつきたかはし　@natsuki___TKHS　9月26日
今日あやと撮った動画まじウケたけどたぶん乗せたら怒られるやつっぽいからやめとく笑　見たい人いいねしといて学校で見せるわ笑　てかＤＡＭやったらアニマルボーイズの新曲入っとったー!!!

27日午前3時半ごろ、○○県××市△△町の15階建てマンションの住民から「音がしたので見てみると、女の子が倒れていた」と110番通報があった。○○県警××署員が駐車場で全身から血を流して倒れている県立高校2年の女子生徒（17）を発見。女子生徒は頭などを強く打ち、搬送先の病院で約1時間後に死亡が確認された。

同署によると、女子生徒はこのマンションの14階に家族と住んでおり、自室のベランダの手すりには女子生徒のものとみられる手の跡があった。同署は飛び降り自殺を図った可能性があるとみて調べている。遺書などは見つかっていない。

私は鞄からスマホを取り出す。

最新のお気に入り画像を、指一本で呼び出す。

齋藤　@saito_saito_saito　11月24日

帰りにデパ地下寄ったら軽率に財布の紐緩んだ。先輩からもらった酒もあるし、ちょっと豪華な晩酌でもしようかな。

ＪＲ○○線で人身事故　27歳の男性会社員、ホームから飛び込み死亡

24日午後7時ごろ、△△県××市□□町のＪＲ○○駅で、××市の会社員男性（27）が回送列車にひかれ、死亡した。所持品から身元が判明した。

××署によると、男性はホームから線路内に飛び込んだとみられる。同署で詳しい状況を調べている。

午後7時ごろ。ホーム。

何度も見つめた文字が、網膜に焦げ付く。

自分が今いる場所。

なんか、もう、いっか。

って、思ったんだろうな。

わかるな、なんか。こういうことがあった辛くてたまらないもう死にたい死にたい死にたいって助走があるわけじゃなくて、ふと、なんか、別にもういっか、ってなる瞬間。いきなり風が吹いたみたいに、わって。よくわかんないけど、めちゃくちゃよくわかる。

並んでいた列が、動いたような気がした。自分の前には誰もいないのに。

ひとり分、スペースを詰めるみたいに、私は一歩、前へ進む。

そのときだった。

〈恭平　新着メッセージがあります〉

画面上部に、そんな通知が表示された。

指先で触れる。

〈早く仕事が終わったから、デパ地下寄ったら軽率に財布の紐緩んだ。もらいものの酒もあるし、ちょっと豪華な晩酌でもしようかなって思うんだけど、ウチ来ない？〉

画面に触れている指先が、その場に突き刺さったように、動かない。

この指を動かしたくない。

私は、恭平から届いた、知らない誰かの最期の投稿とほとんど同じ文章を見つめながら、そう思った。

指を少しでも動かしてしまえば、いつもみたいに、その言葉を放った人がこの世界からいなくなってしまう気がする。

いなくなってほしくない。

私は、いきなり風が吹いたみたいに、わっと、そう思った。

すると、どん、と、前に並んでいた人に体がぶつかったような気がして、足が止まった。

自分の前には誰もいないのに。

電車が来る。風に前髪が舞い上がる。

白い線の内側へお下がりください。

そんな声が聞こえてくる。

好意を伝え合ったわけでも、付き合っているわけでもないのに、都合よく体の関係を結んでいるだけなのに、いなくなってほしくないと、突風に飛ばされるように思った。

電車がいなくなる。頭の中には恭平がいる。

あるとき何の前触れもなくこの世界から消えてしまいたくなるときがあるように、何の前触れもなく、この世界にいる誰かを想う自分の存在を熱烈に感じるときがある。いつだって少しだけ死にたいように、きっかけなんてなくたって消え失せられるように、いつだって少しだけ生きていたい自分がいる、きっかけなんてなくたって暴力的に誰かを大切に想いたい自分がいる。

白い線の内側へお下がりください。

私は、白い線を後ろ向きに跨ぐと、恭平の家へと繋がる線路を探し始める。こんなふうに、ものすごく愛しさが爆発している数日後に、会うために着替えたりすることすら億劫に思う自分を私は知っている。健やかな論理だけでは成立させられない人生だからこそ、1足す1の答えとして真っ先に2を選ぶ瞬間の輝きに、張り倒されそうになる。

なんだかわからないけれど、とても会いたい。そう伝えられればよかったのかもしれない
過去が、今の私を次の線路へ導いている。

流転

1

五百円玉と交換してもらった小さな缶バッジを、今度は酒と交換する。そのとき豊川《とよかわ》は、さきほど当日券を購入したときにぼんやりと抱いた懐かしさが、その解像度をぐっと上げた気がした。チケットの半券と共に返ってきた五百円玉、それに触れたときに湧き上がった身に覚えのある安心感。あれは、かつて二か月おきにライブハウスに通っていたころ、その都度抱いていたものだ。

ドリンクを手に入れるための五百円玉や、ロッカーを使うための百円玉が、きちんと生まれてくれたという余裕。

ライブハウスに着くまでにあらかじめ小銭を用意しておくほど真面目な瀬古《せこ》に、「また小銭ないの？」なんてイライラされなくて済むという安堵。

豊川は、一瞬、骨の間から溶け出しそうになった心臓の形を整える。予感はしていた。このライブハウスの前を通りかかったとき、今の精神状態で足を踏み入れれば、きっととんでもないダメージを受けることになると、心のどこかでわかってはいた。さらに、今の自分にはその予感を上回る覚悟が伴っていないこともわかってはいたけれど、それでも爪先の向きを変えることができないほど強烈な磁力が、この場にはあった。

会社は、早退するしかなかった。昼休みに入る直前、営業と人事を司る役員に呼び出された瞬間、何かが崩れる音が聞こえた。三十分ほど滞在した会議室で、豊川は、見慣れたはずのテーブルにいつまでも目が慣れないことが不思議だった。会議室を出ると、そこには明石《あかし》の姿があった。役員たちは、会議室を出た途端、明石にも豊川にも一瞥《いちべつ》もくれなかった。明石は豊川のことを見ていた。豊川は何も言えなかった。

会社を早退したところで、片道一時間半かかる道程を経て埼玉にある自宅に戻る気にもなれず、なんとなく新宿に向かった。名刺に載っている情報や、自分のこれまでの人生がその意味をなくすほど雑多な街並みに紛れ込みたかった。豊川靖典《やすのり》という名の歴史が当てはまるたったひとりの人間ではなく、誰の目にも留まらない名もなき個体になりたかった。

喫茶店に入って煙草を吸ったり、なんとなく歩きまわっているうち、意識的なのか無意識的なのかわからないが、昔よく行っていたライブハウスの前に着いていた。グーグルマップで検索するとなぜか辿り着きづらくなるそのライブハウスの前には、いつも通り、当日券ありと書かれた小さな看板が立っていた。そこに書かれた二つのグループ名と、〝恒例の、二か月に一度のツーマンライブです〟という文字を見たとき、豊川は、アラームを設定した時刻の一分前に自然に起床したときのような、ふと顔を思い浮かべた数秒後にその当人から連絡があったときのような、奇跡的な偶然にぴったりと寄り添う不穏な何かに肌を粟立《あわだ》たせた。

開演は十九時。あと十分くらいだろうか。

豊川は、まだ誰もいないステージに向かって右側、フロアの後方に体を落ち着かせる。黒い壁にスーツをまとった背中を預けてやっと、自分の両脇に大量に汗をかいていることを自覚する。体の一部が冷たく湿っていることに対する不快感が湧き上がるが、このライブハウスの前を通りかかるまで全身に満ちていた不快感がある一点に凝縮されたのならば、このくらいで済んでよかったのかもしれないとも思う。

スーツの胸ポケットに収められている携帯が震え出す。これまでと同じく、豊川は、ポケットから携帯を取り出すことも、ポケットの外側から何かしら操作をすることもしない。

明石の名前が表示されている画面を見てしまったら、きっと、無視し続けることができなくなる。そして、そうなったとき自分は一体どうするつもりなのか、自分のことなのに全く見当がつかない。

ロッカーに預けることをサボった鞄が、今になってうっとうしい。豊川は、やわらかいプラスチックカップに入った酒がこぼれないようにしながら、両足の間に鞄を置いた。すると、日に日に張りをなくしていく革靴の甲を、ステージを照らす光が歪《いびつ》な形で滑り落ちていったのが見えた。

二か月に一度のペースでライブハウスに通っていたころは、履き古した安いスニーカーでどれだけ跳び跳ね続けても、疲れなんて全く感じなかった。

もう二十年前のことだ。

あのころの自分は毎日スニーカーを履いていて、隣にはいつも瀬古がいた。二人それぞれペンを握り、このツーマンライブを楽しみに原稿に向かう日々だった。今思えば、前もって用意しておいた小銭ですみやかにロッカーを使うような性格だったからこそ、瀬古は、絵を描くというあまりに細やかな作業に傾倒したのかもしれない。豊川が何度、それで完成でいいんじゃないかと言っても、瀬古は絶対に首を縦に振らなかった。

二十年前、スニーカー、瀬古、握りしめていたペン、音楽がガソリンだった日々。

今、革靴、明石、触りたくもない携帯電話、音楽を聴かなくなった自分。

きれいに呼応する記憶たちの間に線を引くように、酒を喉にすうと通す。ただ冷たいだけで、味は薄い。昔から、ライブハウスで飲む酒の味自体はおいしくない。それはずっと変わらない。前売券は三千円、当日券は三千五百円、ワンドリンクは五百円、荷物を入れるロッカーを使うために必要なのは百円玉たち。変わらない。音楽を生で聴くことができる場所がこちらに求めてくるものは、ずっとずっと変わらない。

変わるのはいつだって、人間のほうだ。

気づけば、フロアの三分の二を埋めるほど、人が集まっていた。といっても、満員になったとして二百人にも満たない規模のハコだ、この客の入りではきっと、目立った黒字ではないだろう。豊川は、脇の下の汗が引いていく感覚とともに、自分の意識が少しずつ冷静さを取り戻していることに気が付いていた。パッと見る限り、今日の客の中で一番年上なのは自分かもしれない。一組目が出てくる前にすでに足が疲れてきている自分は、平日のライブハウスに集まる客層から外れていることを改めて認識する。

ステージに、四人の人間が現れた。

わっと起こった拍手に、手を挙げたり頭を下げたり、それぞれの形で応えている。フロアからバンド名や個人名を呼ばれることなんて、彼らからしたら日常茶飯事なのだろう。これから生演奏を行うというのに、緊張している素振りが全く見えない。

全然変わってない。豊川は、久しぶりに目の前にするその姿に、しばらく見とれた。

「平日に集まっていただきありがとうございます」

ヴォーカルがバンド名を口にすると、また、拍手が沸き起こった。ツーマンライブの一組目だ。メンバーは全員四十代、少し前にメジャーデビュー二十周年を迎えた四人組のロックバンド。デビューしたときからずっと、あらかじめ録音しておいた音源を使用する〝同期〟

と呼ばれる手法を使わず、この四人だけで演奏するという方針を貫いている。

「二か月に一度、というペースで続けているこのツーマンライブも、あっという間に二十二年目になりました。だからというわけではないですが、今日は昔の曲もたくさんやろうと思っています。じゃあ一曲目、聴いてください」

イントロが流れる。

と同時に、スーツの左の胸ポケットの中で、携帯電話が震え始めた。

耳から流れ込んでくる音が、瀬古と過ごした日々を呼び覚ます。胸で感じる振動が、明石の存在を刻み込む。ここにいる自分自身が、こんなときでさえ寄りかかる相手として妻の奈《な》央《お》子《こ》を選べない事実を確固たるものとしていく。

この電話をかけてきているのは、明石でも誰でもなく、過去の自分なのかもしれない。瀬古から離れた自分。奈央子を利用した自分。明石から目を逸らした自分。今の自分を形成する過去の自分が束になって、心臓に一番近いところを震わせているのかもしれない。

豊川は相変わらず、胸ポケットに手を伸ばすことすらせず、振動が収まるのを待ち続ける。音楽に合わせて体を揺らし始める様々な形の後ろ姿を見つめながら、こんな心臓の鼓動も一緒に止まってしまえばいい、と、体が千切れるほどに思う。

自分たちが描いた漫画がそのまま掲載されている画面を見たとき、瀬古は腰を抜かした。豊川はそのとき、腰を抜かす、という現象を初めて目の当たりにした。

2

「ほんとに載ってる」

実際にアップされるまで、自分たちの作品が新人賞という冠のもと公開されるなんてまずいんじゃないかと思っていたけれど、見慣れた画面の中で動き回るオリジナルキャラクターたちは、不思議とどの作品の誰にも負ける気がしなかった。それは、自分たちの作画能力に自信があるというよりも、自分たちが生み出したキャラクターの魅力には自信があるという感覚だった。周囲の友人たちが就職活動を始める、二十一歳、大学四年生の春だった。

瀬古とは大学に入学してすぐ、語学のクラスで出会った。二人とも地方から上京してきたこと、サークルに入り損ねたこと、初めてのバイト先にやっぱり馴染めなかったことなど、仲間意識を抱くポイントが悉く《ことごと》重なり、すぐに意気投合した。加えて、住んでいるアパートが偶然近かったことも大きかった。漫画やイラスト集が山のように積まれている瀬古の家、家賃を抑えてまであらゆるドラマ、映画を観られるストリーミングサービスを複数契約している豊川の家、それぞれの家を行き来しているうち、豊川は瀬古の家にあったとある長編漫画に出会った。

それは、物語を考えることが好きな主人公と、絵を描くことが好きなクラスメイトが手を組み、男子高校生二人組の漫画家として、日本で最も有名な漫画雑誌で活躍するという話だった。これまで、ボールが友達とも思えなければ、学校の先生にバスケをしたいと頼み込みたくなったこともなかった豊川にとって、その漫画の肌触りは明らかにこれまでのものと違った。

これは自分の物語かもしれない。漫画を読んで、初めてそう思えた。

豊川が瀬古の家でその作品を読み終えたころにはもう、それを原作とした映画が配信されていた。今度は豊川の家で、瀬古と二人、その映画を観た。観終わったあと、黒く光るテレビ画面に映る自分の表情を確認してから、豊川はパソコンデスクの引き出しを開け、一冊のノートを取り出した。

それは、この瞬間まで、自分以外の誰かがいる外気に晒《さら》したことのないノートだった。

豊川は物語が好きだった。子どものころからドラマや映画を観ては、自分だったらこうするのに、自分だったらこんな話を考えられるのに、と、ひとり密かにペンを走らせていた。小説とも脚本ともいえない物語の種ばかりが撒き散らされたノートは、上京する時点で四冊目になっていた。

豊川が文字だらけのノートを見せると、瀬古は「今から俺んち来れる？」と訊いておきながら、豊川の返事を待たずに立ち上がった。そのまま、歩いて行ける距離にある瀬古のアパートに行った。部屋に入ると、瀬古は、豊川と同じような家具屋で買ったのだろう同じような造りの引き出しから、同じような形のノートを取り出した。その表紙を見たとき、豊川は不思議と、瀬古はこのノートを自分と同じように誰にも見せたことがないんだろうな、と思った。開かれたどのページも、描きかけの漫画やイラストでいっぱいだった。

あの一日で最もよく覚えているシーンは、自分のノートを見せた瞬間でもなく、瀬古のノートを見た瞬間でもない。豊川の住むアパートから、瀬古の住むアパートまで、二人で縦一列になって歩いた道のりだ。

いつもは横に並んで歩くのに、あの日は巨大な照れくささが邪魔をして、お互いの表情を見ることができず縦に並んで歩いた。いくら東京といっても、ある程度のところまで家賃が下がるような町並みは地元のそれとほとんど変わらず、とっくに閉まっているチェーンの喫茶店のガラス戸が知らん顔のまま二人の不安定な足取りを映していた。瀬古の毛量の多い頭が、一歩進むたびにもさもさ揺れるのが面白かった。

暑かった。体が汗ばんでいた。豊川は、これから夏が始まることと、夏よりももっと温度の高い何かに対して灯ってしまった炎の存在を、ほかならぬ自らの体内に感じた。

豊川がストーリーを考え、それを基にした簡易的なネームを作成する。瀬古がそのネームを漫画的に変換し、その時点で一度ふたりで話し合う。改善点を洗い出したのち、瀬古主導で漫画にしていく。絵を描く作業は瀬古にしかできないため、豊川はせめてもの戦力になればとトーン貼りやベタ塗りを覚えた。漫画雑誌やWEBメディアを持つ出版社へ原稿を持ち込みながら、共同で作成したSNSに作品を投稿したり、新人賞への投稿を続けた。SNSへの投稿が何度か爆発的に拡散される機会に恵まれるもその反響は花火のように一瞬で、持ち込みも賞への投稿も、なかなか実を結ばなかった。ただ、豊川はひたすら物語を考え、瀬古はひたすら絵を練習し、二人で漫画を完成させ続けた。それしか方法はなかった。実際、そうしているうち、持ち込みに関しては少しずつ編集者の反応がよくなってきた。

あのころは、それだけの熱を持つ心がきちんと収まるほど、器の部分が強靭だった。一日中机に向かっていても、腰も肩も痛くならなかった。水を得た魚、筆を手にした自分たち。恥ずかしげもなくそう思えるくらいの充実感があった。今までの人生は、脳も体も、全体の数パーセントほどしか使っていなかったのではないかと思うほどだった。

だが、作業を続けていると、手や腕はどうしても痛くなる。根を詰めた状況が続く深夜などは、ネットで調べたマッサージを自分自身に施しながらテレビをぼんやりと眺めた。

バラエティ番組は、制作中の頭にちょうどよかった。物語を作るとは、これまでの人生経験と、それだけでは辿り着くことのできない場所へ飛び立つための想像力によって思いつくあらゆることを、もうこれ以上は一滴も出てこないというところまでひり出し続ける作業だ。自分の中身が空っぽになったあとも自分自身を逆さに振り続けるようなことを繰り返していると、断食のあとはおかゆなど軽いものから食べるべきであるように、他の漫画はもちろん、あれだけ好きだった映画や本も脳が受けつけてくれなくなる。作者の人生を濾《こ》して出てきたような本音のメッセージは、空っぽの脳と体をいとも簡単に負かすからだ。そういうとき、そこにいる誰もが大量に建前を着込んでおり、丸裸の本音や本心を明かさないよう気を付けて振る舞っているようなバラエティ番組はちょうどよかった。

大学二年生、十九歳の夏だった。

その日も、少し休憩を挟むべく、豊川は手のマッサージをしていた。そのころにはもう、自宅作業の御供となるコーヒーの淹れ方に詳しくなり、栄養ドリンクの効き目をメーカーごとに把握し、おかゆの代わりとなる番組を時間帯ごとに記憶していた。そして、持ち込み先によってコロコロ変わっていた漫画へのアドバイスが、なんとなく似通うようになってきたころでもあった。

豊川は、まだ熱いコーヒーの入ったコップを右目の瞼《まぶた》に当てながら、これまでにもらったアドバイスの数々を思い出していた。少し前までは、「まずは絵の練習を」「内容と絵柄が合っていない」「外見も内面も、キャラクターの書き分けが必要」というような、主に技術の向上が解決策になるようなことばかり指摘されていたけれど、最近は、「台詞にリアルさがない、読者の心をつかむ熱が足りない」「舞台設定がファンタジックなものでも現代的なものでも、紙の上からこちら側に迫ってくるような切実さが欲しい」「作品全体を貫く本音のようなものを宿してほしい。どこか嘘っぽい。フィクションを描くことと嘘っぽいことは違う」など、技術では対応しようのないことばかり言及されるようになった。日々、いかに面白いフィクションを、作り物の世界を構築するかということばかり考えていた豊川は、嘘っぽい、などと言われても、どうすればいいかわからなかった。

いつのまにか、瀬古がリモコンを握っていた。新たな味のおかゆを求めてザッピングしてみるみたいだ。リアル。熱。切実さ。本音。嘘のなさ。豊川は、コップを左目の瞼に移動させる。リアル。熱。切実さ。本音。嘘のなさ。それらと真逆の要素でできているバラエティ番組が、くるくると画面の中を入れ替わっていく。

そんなとき、画面に映ったのは、マイクを握る二人の男の姿だった。

ラッパーだ。豊川は、マイクを握る男、という映像を観ただけで、歌手という言葉よりもラッパーという言葉を先に思い浮かべた自分に、ここ最近のラップブームを痛感した。いま世間でラップが流行っているということは、大学に行く日が目に見えて減っている豊川や瀬古でも肌で感じられる現象だった。そして、そのブームは、とある深夜番組がきっかけであるということもなんとなく把握していた。

「これがあれか」

そんな指示語だらけの発言でも、瀬古が何を言いたいのかはわかった。「俺ちゃんと観るの初めてかも」「俺も」お互いに自分にしか聞こえないようなボリュームで話しながら、それぞれ疲労の溜まっている箇所をほぐそうと努める。

リアル。熱。切実さ。本音。嘘のなさ。両目が温まったので、今度は指で目の周りをぐいぐいと押さえてマッサージをする。リアル。熱。切実さ。本音。嘘のなさ。言葉がぐるぐる回る。

目を開けると、テレビから耳慣れないビートが流れ始めた。マイクを持った男が二人、観客に囲まれたステージの上、至近距離で向かい合っている。まるでこれから殴り合いの喧嘩でも始まるかのようなムードだ。豊川は、両目をほぐし終えながら、これはおかゆではないような予感がした。この人たちには、他のバラエティ番組の出演者に感じるような、心に何かを着込んでいる雰囲気がない。

目のマッサージのあとは、立ち上がり、腰と背中のストレッチをしようと思っていた。そして腕と肩を回して、首の筋を伸ばそうと思っていた。そのまま、運動不足の解消としては甘すぎるが、腹筋や腕立て伏せなんかもしようかなと考えていた。

だけど、結局、何もできなかった。

豊川はそのとき初めて、テレビの中で丸裸になった人を見た。

もちろん、物理的に裸になっていたわけではない。マイクを握る二人とも服を着ていたし、おそらくきちんとテレビ用のメイクだってしていただろう。だけど、そういうことを飛び越えて、ずるりと剝かれた心臓が画面から差し出されたような気がした。臓器を巡る血管と、脈打つ鼓動さえはっきりと見えた気がした。おかゆ代わりに摂取していた番組とは、何もかもが違っていた。

リアル。熱。切実さ。本音。嘘のなさ。自分の中だけで唱えていたはずの言葉たちが、何百万人という人々が観ているテレビ画面の中から差し出された。

その番組は、MCバトルと呼ばれる文化をフィーチャーしたものであること。MCバトルとは、二人のラッパーが、DJの流すビートに乗せ、即興の歌詞でフリースタイルのラップを披露し合うこと。それがテレビを通して放送され、MCバトルだけでなく、カウンターカルチャーとしてのヒップホップ文化が国民的なブームになる、というこれまでには起こり得なかった現象が発生していること。MCバトルの大会は、こうしてブームになる前から継続的に行われており、今でも全国のライブハウスで様々な名バトルが繰り広げられているということ。即興性、内容、韻、節回しなど、MCバトルにおいて評価される観点は多くあるが、何より重要なのは、バトルに臨む姿勢や言葉が、本人にとっていかにリアルなものであるかということ。

調べれば調べるほど、豊川も瀬古も、その魅力に取りつかれていった。今まで色んな編集者から聞いた断片的なアドバイスは、すべてここに集結しているような気がした。二人は早速、最も近い日程で行われているMCバトルの大会を観に行った。初めて行くライブハウスは、入口も通路もトイレもフロアも何もかもが狭く感じられたが、豊川は、見知らぬ人々と身体的に接触し続けているまさにその最中、なぜか強烈に、自分は故郷を出て上京したんだなと自覚した。

バトルには多くのラッパーが出ていた。若い人もベテラン風な人も男も女もいかにもヒップホップな服装の人もスーツ姿の人もいた。だけど、マイクを握って向き合えば、そんな情報は一切消え、誰もが外側の要素を全て剝かれた心臓のみの存在に見えるから不思議だった。

見るからにベテランの相手を前に、お前の時代はもう終わったと言い放つ若い女性。その端整なルックスからCMなどにも出始めた人気者を前に、ある特定の商品を褒めるなんてラッパーの魂でもある言葉を捨てたも同然だと迫るまだあどけなさの残る少年。性経験がないお前はリアルな人間関係なんて築けないと指摘されたのち、生涯のパートナーになるつもりもない相手と安易に体の関係を結ぶなんてそれこそリアルではなくフェイクだと言い返す男。

ステージを観ていると、知らないうちに自分の心が着込んでいた何かが、全身の毛穴からどろりと溶け出ていくような感覚に陥った。姿を現した心の中身は、まるで沸騰を続ける溶岩のようにぶくぶくと泡立っており、その泡がひとつ弾けるたび、これまで誰にも伝えられなかった気持ちたちが生々しく脈打った状態で転がり出てきた。

部屋の引き出しに隠していた物語たち。

周りのみんなと同じように、ドッジボールやサッカー、ゲームが好きだと見せかけていた少年時代。

田舎町の隅にある実家、その二階の隅にある自分の部屋、その隅にある勉強机の上で、ひとりペンを握っていた夜。

思ってもいないことを書いた、卒業アルバムの〝将来の夢〟。

あの夜、瀬古と縦に並んで歩いた道。話したいことがたくさんあったのに、声をかけることができず、黙って歩いた夏の入口。

本当はずっと訊いてみたいのに、瀬古に訊けていないこと。就活が始まる時期になっても、このまま漫画を描き続けるのかということ。

なのに、どうしてあんまり授業に来なくなったのかと訊いてくる大学の同級生に、「バイトが忙しくて」と嘘をつき続けている自分。

もう、自分に嘘をつくことだけはしたくない。豊川はふいに、神ではなく自分自身に誓うようにそう思った。そして、そう思うことができたこの瞬間をいつでも思い出せるよう、記憶に杭を打ち込んでおこうと思った。

「大切なのって」

左隣から、瀬古の声が聞こえた。

「俺たちに嘘がない、ってことなのかもな」

瀬古の声は、こんなにも多くの音が飛び交っている空間の中でも、真っ直ぐに届いた。

「最近ずっと色んな人に足りないって言われてた、リアルさとか、熱とか、切実さとか、本音とかって、そういうことなのかもな」なんつうか、なんだろう、と、瀬古が危うげに言葉を探る。「物語の舞台が架空の国でも、いつでもない時代でも、どんなにフィクションでも、それを作り出してる俺らが本気かどうかとか、俺らの原作力とか、作画力に嘘がないってことが、一番大事なのかも」

うまく言えないけど、と呟く瀬古の瞳に、マイクを通して本当のことだけを伝えようとしている二つの命が映っている。

「俺、もっと、絵、うまくなるよ」

これまでの人生を言葉に乗せて、真実という要素ひとつで視覚では捉えられない大きな何かを突き破ろうとしている人たち。

「俺の場合、誰よりもうまく絵を描くってことが、嘘がない、本物の絵描きだっていう証明になる気がする」

瀬古の目に、ステージが映っている。

漫画の映画を観て漫画を描き始めて、MCバトルに触れて嘘のない自分たちであろうと誓う。自分たちはなんて影響されやすいんだろうと、なんてダサくてカッコ悪いんだろうと思う。だけど豊川は、感動したものに対して感動したと素直に言える、照れくささを捨てて決意を曝《さら》け出し合える、そんな自分たちの青臭いやわらかさを、もう一度どうしても手に入れたく思う日がいつかやって来るような気がした。

だから、今度はちゃんと、言葉にしよう。豊川は、風になびく旗のような瀬古の横顔を見て、そう思う。できればあの夜みたいに、顔も見ずに何も伝えずにいられたほうがずいぶんと楽だけれど、でも。

「俺も、」

豊川が口を開いたとき、瀬古の瞳がぱあと輝いた。そして、周囲を漂っていた観客の声が、天井を吹き飛ばすほど膨れ上がった。バトルの勝ち負けが決まったらしい。ジャイアントキリングだったようだ、会場にいる全員が、何かを叫んだり拍手をしたりと忙しい。

ステージの上で、名も知らぬ男が拳を突き上げている。

あのとき自分は、言葉の続きを、声にしたのだろうか。

誰よりもうまく絵を描くことを誓った瀬古に対し、誰よりもおもしろい物語を考えることを、誓ったのだろうか。

今となってはもう、覚えていない。

3

じっとりとした痺れが、両方の太ももを満たしている。ツーマンライブはまだ序盤、後ろの壁にいくらか体重を預けているはずなのに、自分の身体で自分の身体を支えきれなくなっている。

「まずは四曲、聴いていただきました。ありがとうございました」

最初の四曲を終えたところで、ヴォーカルをはじめとする四人のメンバーが頭を下げる。

自分と同じく、もう四十代に足を踏み入れて数年経っているはずなのに、メンバー全員、初めてライブを観た日から体型が変わっていない。人前に出る仕事をしている人たちにとっては体型を保つことも重要な業務の一つなのだろうと思うと、一瞬、羨望のような嫉妬のような気持ちが湧き上がるが、同時に、本当に困っている人を救う保険サービスを生み出したいという夢を叶えるべく、健康維持と激務を両立させていた明石の姿が頭に浮かんだ。やりたいことをやり続けるために、心を収める入れ物である身体をケアし続けることは、人前に出る仕事かどうかということとは関係なく、とても大事なことだ。

羨望や嫉妬はいつだって、そうなれたかもしれない自分を打ち消すための毒ガスだ。

ずいぶん重くなった体を動かす心臓の真上で、また、携帯電話が震え出した。だけど、そのタイミングでヴォーカルが曲の説明を始めたので、振動音が目立たなくなった。そんなことにさえ安心している自分に、豊川は、思わず少し笑ってしまう。音が聞こえなくなったからといって、着信がなくなったわけではないのに。

「今日はやりたい曲も多いので、喋りは短めにしときます。四曲、少し昔の曲をやったので、次は一番新しいアルバムの曲をやりますね」

ヴォーカルが、ドラムに視線を投げる。初めてこのバンドのライブを観たのは、そんな細かな動作なんて全く判別できないくらい、大きな大きな会場だった。

大学三年生の大晦日《おおみそか》、瀬古と初めて幕張メッセに行った。

その年は、年内最後の作業を終えたら、二人でカウントダウンフェスへ行くと決めていた。豊川と瀬古に初めてMCバトルというものを見せてくれたラッパーが出演するというので、早くからチケットを押さえたのだ。

大学三年生になると、受賞まであと一歩というところまで賞の選考に残ることが増えた。すると、編集者からのアドバイスが再び多様化した。この展開ではネットで話題になりづらくビュー数が見込めない、こっちの展開だと紙でまとめて読むときに読者が飽きる、もっとわかりやすさがほしい、もっと考察できる深みがほしい、ニッチなテーマなので売りにくい、流行を狙いすぎている――自分の中にある物差しを全身で覆いかぶさるようにして必死に守り続けないと、目の前の関門を通り抜けるためだけに、どこかで目盛りを書き換えられてしまいそうだった。書きたくない物語を、描きたくない絵を生み出す自分になりかけたとき、豊川と瀬古はヒップホップを聴いた。邦楽、洋楽を問わず、自分の人生をありのまま、嘘をつかずに鳴らす人たちの音楽を聴いた。そして、それをかっこいいと思う自分を信じた。

初めて行ったライブハウスの小さなステージに立っていたあのラッパーは、ほどなくしてMCバトルをフィーチャーした例のテレビ番組にも出演しはじめ、その類稀《たぐいまれ》なる実力で一気に知名度を上げた。そして、大きな会場でチケットが売り切れるようなアーティストになったが、彼の音楽は変わらなかった。マイクを持つ場所が何処《どこ》だって、相手が誰だって全国放送のカメラだって、あのときたったひとりの対戦相手にそうしたように、その瞬間に体からあふれ出す本物の感情を、嘘偽りなく鳴らしているように見えた。

豊川は、今にもしゃがみ込みそうになっている自分の体を、何とか立たせ続ける。

あのころは、自分たちの漫画もそうでありたいと、瀬古と何度も語り合った。そんな日々が懐かしくて、何より、恥ずかしい。

リアル。熱。切実さ。本音。嘘のなさ。

それらを真っ直ぐに守り続けることができると信じていた自分は、確かに、存在していたのだ。

あの年のカウントダウンフェスには、目当てのラッパー以外にも、ヒップホップと呼ばれるジャンルに属するアーティストが多く出演していた。その数年前、世間がアイドルブームに沸いた時代、ロックバンドばかりだった音楽フェスにアイドルグループがたくさん出るようになったときのように。

時代は巡る。

今はもう、自分で音楽フェスの情報をチェックすることもない。今、どんなジャンルの音楽が流行っていて、どんなアーティストがフェスのタイムテーブルに並んでいるのか、自分から知ろうとはしていない。

ただ、今日このライブハウスで演奏する人たちが、そこにいないということだけはわかる。社会は変わる。

カウントダウンフェスで、豊川と瀬古は、目当てのラッパーが出演するステージを良い場所で観るため、その前の時間帯に出演するアーティストのライブから観ることにした。四人組のバンドで、その年何かのドラマの主題歌になった一曲が大ヒットしたということしか知らなかったが、客が入れ替わるときにステージに近づくことが目的だったため、それくらいの情報で十分だった。

その人たちが、今、目の前で演奏している。二十二年前の大晦日、日本最大級のフェスで何千人、何万人という人々を沸かせていた人たちが、今は新宿の隅にある小さなライブハウスにいる。

時代は巡り、社会は変わる。流行の音楽も、フェスのタイムテーブルも、売れる漫画も、自分を取り巻く環境も、そのときの世間にとって価値があると判断されるものも、自分の中にある物差しも、何もかもが輪郭や目盛りを変えていく。変えていかざるを得なくなる。

生きていくために、直線は曲線になる。

「次で最後の曲になります」

投げかけられた声の先端に釣り針でもついていたように、顔が自然にくいと上がる。いつのまにか、最後の曲、なんて言葉が出てくる時間になっていたようだ。

「そこで、ちょっと相談なんだけど」

ヴォーカルが急に、後ろを振り返った。

「ラスト、リハーサルとは違う曲やりたくなっちゃったんだけど、どう？」

「出たよ」ドラムが面倒くさそうに呟けば、ギターとベースはそれぞれ困ったように笑う。全員、観客に向けて話していたときとは違って、その声には皮を剥いた果物のような柔らかさがある。

それは、いいときも悪いときも含め、長い付き合いを経た仲間同士だから醸し出されるものだ。豊川は、目を閉じるみたいに耳を閉じてしまいたくなる。久しぶりに来て、思い出した。自分がライブを好きになり、よく通うようになった理由を。そして、ライブを嫌いになり、通わなくなった理由も。

「いや、今日ちょっと若いお客さん多いっぽいからさ、逆に初期のころの曲やりたくなっちゃって」

ヴォーカルの申し出に、「いつもどおり天邪鬼《あまのじやく》ですね〜」ドラムが突っ込み、観客にも笑いが広がっていく。やがてドラムを除いた三人でどの曲をやるのか打ち合わせが始まり、

「おいおい俺にもちゃんと教えろよな！」とその場から動けないドラムが喚《わめ》く。最後の曲が

変わるのは最近では定番なのか、観客も特に動揺も興奮もしていないように見える。

ライブという、本物の実力がある者しか戦い抜けない場所。

「はい、最後の曲、決まりました。では、一発本番ではありますが、聴いてください」

やがて、豊川の知らないイントロが流れ始めた。一発本番というが、言われなければそうだとは全くわからない演奏だ。ギターも、ベースも、ドラムも、歌も、すべてがきれいに重なり合っているように聴こえる。だが、その中にはきっと、本人たちにしか感じ取ることのできない微かなズレもあるのだろう。

眩しい。豊川は、こちらに向かって真っ直ぐに伸びてくる光線に、目を細める。

何もかもが巡り、変わりゆく中で、唯一、誰にも曲げられず、何にも奪われないもの。それは、その人自身が築き上げた歴史と、そこから手に入れた技術だ。その人が築いた歴史がその人に宿す技術は、誰にも奪われず何にも削られず、どこまでも伸び、どこにでも届く。文化も国境も時代も社会も、何にも操られることのない弾道で。

その事実に励まされるうちは、ライブという場所が大好きだった。その事実に傷つくようになってからは、ライブという場所に行けなくなった。

二十二年前のカウントダウンフェス、このバンドのステージで最も盛り上がったのはやはり、何かのドラマの主題歌として大ヒットした一曲だった。それ以降このバンドは、いわゆる大ヒット曲を出していない。だが、そんなことはもう関係ない。この人たちは、誰の目にも明らかな形で、音楽を奏でることができる。ライブという場で、自分たちの手に入れた揺るぎない能力を証明することができる。あのとき、豊川も瀬古も、場所取りのためにそこにいるということも忘れ、彼らの生みだす音楽に聴き入っていた。メンバーだけの生演奏にこだわっているバンドの実力と魅力は、その曲が何枚売れたのか、その曲が何人に知られているかなど、そんなふうに数値化できる物差しでは測れないところで、厚く輝く。

「今日はありがとうございました」

演奏を終えると、ヴォーカルをはじめとする四人のメンバーがゆっくりと頭を下げた。拍手が鳴りやむころ、歌声とも、最後の曲をメンバー間で相談していたときの声とも違うよそ行きの声で、ヴォーカルが話し始めた。

「この、ロックとヒップホップというジャンルを超えた組み合わせでのツーマンは、二十二年前のフェスで偶然出番が前後だったことから続いています。自分たちの力だけですべての楽器を演奏することこそが音楽家にとってのリアルだと思っていた俺たちにとって、楽器をステージに登場させず、これと決めた歌詞とメロディを超えて、マイク一本で観客を魅了する彼の存在はあまりにも強烈でした。いつだって嘘がない彼からは、熱というか、切実さというか、混じりけなしの本音をそのままの声で届けるという音楽のやり方を教えてもらった気がします。彼のことは今でも、音楽という大きな山の頂を、俺たちとは真逆の方向から目指し続けている仲間だと思っています」

リアル、熱、切実さ、本音、嘘のなさ。

ヴォーカルが、す、と息を吸う。

「では、後半も楽しんでいってください」

後半。その言葉が耳に届いたとき、豊川は、自分の心臓が止まったかと思った。だけど実際には、携帯電話の振動が止まっただけだった。

4

初めての連載が打ち切りになったあと、まず、いま大切にしている考えを捨てろと言われた。

「プロになったんだから、素人時代に言われたことに拘《こだわ》ってたらダメ。それはあくまで素人が新人賞をとるために大事な要素だったんだから。お前たちはもうプロなんだよ。だったら、もっと広いところを見ていかないと成り立たない。読者のこととか、ビュー数とか」

ビュー数、と、隣に座る瀬古が小さな声で繰り返したのを、豊川の左耳だけが捉えた。

「その、リアルとか本音ってつまり、作者自身の思いってことだろ。それで突破できるのは、デビュー後一作目までかな。あとは代表作がいくつもある大御所とか、ね。大抵の読者は、お前たち自身に興味なんてない。キャラクターの台詞からはみ出る自意識は切り捨てろ。特にWEB媒体の読者は、移動中とかに電車で立ったまま読んだりするんだよ。学校とか会社とかに行きながら。そういうとき、作者自身の本音をガンガン真っ直ぐにぶつけてくる漫画、読みたいか？」

大学四年生の春に、新人賞を受賞した。大学進学に合わせて上京したもののやりたいことが見つからずフラフラしていた男が、偶然テレビで観たラップに魅了され、MCバトルの大会に初めて出場するまでを描いた物語だ。

カウントダウンフェスのあと、年末年始の休みを利用して、簡単なネームを完成させた。瀬古に見せるとき、豊川は、それまでに感じたことのないような圧倒的な自信と、これまで築いてきたすべてが崩れ去るかもしれないという巨大な不安を、全くの同量で抱えていた。これまで描いてきた異世界ものやバトルものとは百八十度違う、自分たちの中にある言葉をほぼそのまま吐き出したような作品。零点か百点か、そのどちらかだろうと思った。

読み終わったあと、瀬古は「あつい」と呟いた。暖房を止めようかと思い豊川がリモコンを探し始めたとき、「話が、ね」と瀬古はネームをつまみ上げながら笑った。

いくつかある持ち込み先の中、若い読者が多そうなWEBの漫画誌を選んだ。それまでも何度か持ち込んでいたところだったため、いつしか担当者のようになってくれていた編集者がいたのだが、その人が初めて「これ、ちょっと時間ないんだけど、再来週までに仕上げられる？　新人賞、狙える気がする」と言った。受賞が決まったときは、自分たちよりも先にその編集者が泣いたので、豊川も瀬古も呆気《あっけ》に取られてしまった。入社三年目、自分が関わった作品が初めて賞をとったらしかった。

ＷＥＢで公開された受賞作は、例のテレビ番組や世間のラップブームとの相乗効果もあり、ネット上で瞬く間に評判になった。そして、同級生たちが、内定という最強の武器を手にし卒業旅行の計画を立て始めた夏、好評だった新人賞受賞作の続きを描くという形での連載が決まった。初めての週刊連載は、想像していたよりも何倍もつらく苦しい作業だった。

その中で心の支えになっていたのは、二か月に一度行われるツーマンライブだった。

あのフェスで登場順が前後だった二組は、その後意気投合したらしく、二か月に一度の割合でライブをするようになっていた。ロックバンドとラッパー、どこに親和性があるのかわからなかったが、あのフェス以来どちらのファンにもなっていた豊川と瀬古は、自分たちへのご褒美としてそのライブに通った。会場は都内のライブハウスで、キャパシティはオールスタンディングで三百そこそこのところばかりだった。一度だけ、ロックバンドのヴォーカルが、「本来もう少し広いところでもできるんですけど、このあと出てくる男がマイクを通さずとも全員に肉声が伝わるくらいの場所でやりたいってうるさいんで」と自身のMCパートで少し笑いながら話したことがあった。豊川はそのMCを聞きながら、笑いながら話さなければならないくらい本当の本音なんだな、と思った。そのライブに行けば、商業的な場の週刊連載という新たなフィールドでも自分を貫き通す強さを分けてもらえるような気がした。「ラッパーの男は、派手なセットが組まれたテレビで観るより、何万人と収容できる大きなフェス会場で観るより、小さなライブハウスにいるときのほうがなぜだか一番強く見えた。

同級生たちが卒業旅行を終え、もうすぐ始まる社会人生活に向けてイヤだイヤだと嘆き始めたころ、豊川に、上京して初めての彼女ができた。大学生活最後の定期試験の日、あまり話したことのなかった同級生の女子が、「卒業式も来ないかもしれないから、今日言っちゃおうと思って」と、突然告白してきたのだ。漫画家としてデビューしてから生活が不規則になり、もともと整っているわけでもない外見をますます野放しにしていたが、その子——奈央子は、豊川の顔や服装ではなく、豊川と瀬古の漫画が初めてワンカットだけ掲載された漫画雑誌を見ていた。

「私、これから、別に働きたかったわけでもない業界で販売員をやり続ける人生なんだよね。そういう人間からすると、豊川君とか瀬古君って、なんか、真っ直ぐに見える。やりたいことがあって、それに向かってとにかく突き進んでるっていうか。見た目とかそういうことじゃなくて、たまに授業に来てもずっとノートになんか書いてる豊川君のこと、ずっと気になってた」

そんなことを言われたのは、人生で初めてのことだった。だけどそれは、二か月に一度のライブに行くたびに、あのバンドにもあのラッパーにも、痛いほど思わされていたことでもあった。

豊川は、自分の姿が誰かにとってはあの輝かしい直線のように見えているという事実に、ひどく興奮した。

奈央子が社会人になるまで、豊川は寝不足が続いた。連載と、いつでもセックスができる相手と場所があるという事実、その両立には想像以上の自律心が要求された。いっそどちらかに思い切り溺れられたら、と夢想する日々だったが、当時はそのどちらも両立できるほどの若さがあった。

奈央子をはじめとする同級生たちが大学を卒業し、会社員として働きはじめたころ、例のテレビ番組が終わった。

すると、風船の口をほどいたように、世間をぱんぱんに満たしていたラップブームも終息の一途を辿っていった。ぽっかりと空いたその枠には男同士の恋愛をテーマにした深夜アニメがはめ込まれ、やがて、それまでにも発生していたミュージカルや2・5次元と呼ばれる舞台ブームとも相まって、空前のオペラブームが発生した。それまで舞台で活躍していた人たちがテレビに出るようになり、AI審査員の採点による歌唱力バトルや有名な楽曲の知られざる歴史が解説されるような番組がゴールデンタイムに放送されるようになった。腹式呼吸による歌唱法、ギリシャ神話という世界一有名なフィクションを基にした楽曲たち。マトリックスを描けば、ラップの対極にあるのがオペラだった。それまでラップを用いてCMを作っていた企業が次々に舞台を中心に活躍する人たちを起用するようになり、商品名やセールスポイントが高らかに謳い上げられるようになったころ、WEB媒体での漫画の連載が終わることを告げられた。

単行本は、三冊出た。だが、アップされていたデータが違法サイトにまとめて転載されていたことも影響したのか、重版がかかることはなかった。

そのタイミングで、担当編集者が代わった。入社四年目に、元担当はアプリ開発の会社へと転職した。新人賞を受賞したときに豊川より瀬古より早く泣いた男は、送別会もさせてくれなかった。新しく就いてくれた担当者は、かつて他社で老舗漫画雑誌を支えていた男性で、昨年WEBをメインに漫画を展開するその会社に転職してきた人だった。

新たな担当者は、豊川や瀬古よりずいぶん年上で、「今の若い人たちって」が口癖だった。

今の若い人たちって、生まれたときから便利な道具に囲まれて、全部自分でコントロールできる世代なんだよね。つまり、自分でコントロールできないものが苦手なんだよ。だから恋愛もしないしセックスもしない、自分を他人に脅かされたくないから。そんな人たちが、君たちが描こうとしてる、お前の本音を暴いてやるみたいな漫画読むと思う？――そんなことを、まさに〝今の若い人たち〟である豊川と瀬古に、煙草の煙を吐きながら澱《よど》みなく説いた。

「瀬古君の絵はいい。センスがあるし、レベルも高い。これなら紙でも十分通用するだろうね。だから、原作担当がもっとしっかりしないと。そもそも、君は自分自身の経験とか思いから物語を作ろうとしすぎ。リアルとか熱とか、そういうのもいいけど、もっと想像力で書けるようにならないとプロの世界では長く続かない。君のそれっぽっちの人生なんて、世間や漫画にすぐ追い越されるんだから」

新しい担当編集者は、豊川のことを一度も名前で呼ばなかった。

いくらネームを提出してもＯＫが出なかった。だけど豊川は、リアル、熱、切実さ、本音、嘘のなさ、自分の物差しに刻まれたこの五つの目盛りを、他の何かと取り替えることをしたくなかった。ボツを食らうたび、アドバイスや課題を与えられるたび、心臓を剝き出しにしてＭＣバトルを勝ち上がっていったあのラッパーの姿を思い出しながら、自分に告白してきた奈央子の表情を思い浮かべながら、感情を吐瀉物のごとく紙の上にぶちまけていった。新たな担当者の言う〝世間〟や〝プロの世界〟からより遠ざかろうとも構わない、むしろ遠ざかってこそ自分らしいとさえ思っていた。そうすることで、あの日ステージの上でマイクを握り締めていた人たちのように、誰かにとっての輝かしい直線のままで階段を上り続けられると信じていた。

瀬古はその間ずっと、絵を描き続けていた。豊川が、プロットがなかなか通らないことを謝ると、決まって、紙から顔は上げずに「大丈夫、大丈夫」といつものやわらかい声で答えてくれた。

今ならわかる。あのラッパーは、ただただ感情をぶちまけているだけではなかった。どんなビートにも声を乗せることができる技術があり、言葉をより響かせられるような韻を即興で踏める能力があった。発信している内容以前に、本人に本物の力があった。

そのことに気が付いたのは、ずっとずっとあとのことだ。

十作目のプロットがボツとなり、貯金がなくなり、豊川がいよいよ自分のアパートを引き払い奈央子の家に居候することを決めたころ、瀬古が、SNSで話題になった泣ける投稿ばかりを集めた本にイラストを描く仕事を新しい担当者から斡旋されていることを知った。

「何してんだよ」豊川は瀬古を責めた。「俺ら二人で頑張ろうって約束したよな？　何でこんな裏切るようなことするんだよ。ずっと何かしてんなと思ってたけど、こんな絵描いてたのかよ。何、金？　これギャラいくら？　ていうか、こんな世間に媚びまくった本の絵描いて心が痛まねえのかよ。俺らずっと、自分に嘘だけはつかないようにしようって言ってただろ。こんな嘘ばっかりの本、描いてて恥ずかしくねえのかよ」

「坂下《さかした》さんは」大きな声と早口で責め続ける豊川に対し、瀬古は、小さな声でゆっくりと話し始めた。「俺にずっと、デッサンの課題を送ってくれてた」

坂下さん。瀬古の口からその名前を聞いて、豊川は、自分が新しい担当編集者のことを名前で認識していなかったことに気が付いた。

「基本のポーズ集から、人がスポーツしてるところ、車を運転してるところ、料理してるところ自転車に乗ってるところ働いてるところ……それ以外にも、描けたら便利な色んなアイテムとか、高齢者とか乳児とか、これまで描く機会が少なかった色んなものの課題をくれた。それをひたすら打ち返してたら、坂下さんは、俺が送ったイラストを集めて、これだけ描けるやつがいるんですけどって、色んなところに営業をかけてくれた」

何も知らなかった。豊川は、「は？」「何だよそれ」と繰り返すだけで、瀬古の言葉を十分に嚙み砕くことができなかった。

「坂下さん、ずっと言ってたよ。とにかく瀬古は、うまく絵を描けるようになれって。お前が絵を好きな気持ちは原稿から伝わるから、ちゃんと練習すれば今より何倍もうまくなれるからって。今のうちにきっちり訓練しておけば、いずれ豊川が成熟したときに、絶対に大ヒット作を描けるからって」

「成熟？」

「豊川」

瀬古は、豊川の口に蓋をするように、言った。

「俺、誰よりもうまく絵を描けるようになりたいんだよ」

——俺、もっと、絵、うまくなるよ。

「描かせてもらえる場所があるなら、どこでだって描きたい。だから、お前がまた面白い物語を考えてくれたら、俺はそのときどれだけスケジュールが厳しくても描くよ。坂下さんが今回みたいな仕事を持ってきてくれて、それを進めてたとしても、絶対に描く。坂下さんがくれた仕事のせいで豊川との漫画を進められない、なんてことには絶対にしない。絵を描く場所が増える大変さは、絵を描く場所がなくなるつらさに比べたら、どうってことないから」

——俺の場合、誰よりもうまく絵を描くってことが、嘘がない、本物の絵描きだっていう証明になる気がする。

初めて観に行ったMCバトル、あの小さなライブハウスの中で聞いた瀬古の誓い。

「豊川は、物語が好きなんだよね？」

あのとき自分は、何と答えたのだろうか。結局、何も答えなかったのだろうか。

「最近、俺、思うんだよ。自分に嘘をつかないことと、もらったアドバイスを頑なに拒否することとはまた違うんじゃないかって。ひとの意見を取り入れてみたり、本当はやりたくないかもしれない仕事にも本気で向かったりしながら、その先にある自分が本当に好きなことをできる場所だけは守り続けるっていうのも、自分に嘘をつかないことと同義なんじゃないかなって。俺だって、泣けるってバズっただけの、嘘か本当かもわからないようなSNSの投稿を漫画にするなんて、それ自体をやりたいわけじゃないよ。だけど、自分じゃ思いつかないシチュエーションをたくさん描くってことを本気でやりきれば、絵を描く技術は上がるだろうし、これが売れてお金が入れば、本当に好きな絵を描いて暮らす時間を引き延ばすことができる」

瀬古は一呼吸置くと、一度目を伏せ、

「俺がそうやって時間を引き延ばしてる間に、豊川のプロットが通るかもしれない。だから俺は、この仕事を引き受けた」

と、呟いた。

「ちょっと前から思ってたんだけど」

瀬古は、豊川の目を見て、言った。

「豊川は、物語を考える自分を超えて、自分に嘘をつかずに生きるって腹を括《くく》ってる風な自分を好きになっちゃったんじゃないの？」

瀬古に会ったのは、その日が最後だった。

そのあと何も言い返せなかったこと、言われたことを咀嚼《そしやく》したうえで合わせる顔がないこと、今思えば初めての喧嘩で、二人ともどう歩み寄ればいいのかわからなかったこと。関係が絶たれた理由は様々だったが、最も大きかったのは、そのタイミングで発覚した奈央子の妊娠だった。

豊川は、奈央子から生理が来ないと告げられたとき、正式な理由が見つかった、と思った。漫画から離れる正式な理由。物語を作ることができない自分から逃げたのではなく、家族のために、生まれてくる新しい命のために地に足を着けることにした——誰の文句も届かない防空壕を見つけることができて、心底ほっとした。奈央子には「父親としてきちんとしたいから」と話したが、慌てて籍を入れたのも就職をしたのも、漫画から離れなければならなかった自分を確固たるものにしておくためだった。瀬古と坂下に、奈央子の妊娠と結婚、そして就職を伝えるメールを送ったが、返信はなかった。

奈央子は、誰かから何を言われるでもなく漫画を辞め就職をした豊川のことを、静かな表情で見つめていた。奈央子のすすめで豊川の漫画を読んでいた父親は、結婚の挨拶のとき、「奈央子から話を聞いてると、これからも漫画を続けるって仰《おつしや》る方かなと思っていたので、ちょっと拍子抜けしたかな。実際言われても困ったとは思うんだけど」と、小さく笑った。

二十五歳の秋だった。

つらいと聞いていた保険の新規営業は、ネームを見てもらっては坂下に突き返される日々に比べたら何でもなかった。毎日メールで届く顧客名簿の一番上から順番に電話をして、話を聞いてくれそうな人には簡単な資料を送ったのち詳細な資料を手に直接会いに行く。この名簿がどこから手に入れているものなのかも、マニュアルにある『インシュアテックとは、情報通信技術をはじめとする最新テクノロジーを活用することで、サービスの収益性や効率を高めたり、革新的な保険サービスを生み出せるようになることです』だったり、『弊社はこの技術を最大限に活用しておりますので、ビッグデータなどを基に個人に合わせた個別性の高いサービスを提供できるのです』などという文章が一体何を意味しているのかも、豊川にはよくわからなかった。おそらく、理解すればするほど、顧客の利益よりも会社の利益を優先しているサービスであることがわかるだろうから、あえて理解しないようにしていた。

ただ、保険業界に新規参入するベンチャー企業ということで、採用数は多く、社員の平均年齢も若く活気に満ちていた。そして、自分自身の中にある本音を一切明かさなくていい、むしろ明かすべきではない状態で他人と関わることがこんなにも楽なのかと驚いた。ゆえに、どれだけ相手に無下にされたとしても何のダメージも感じない豊川は、営業成績をどんどん上げていった。

毎日会社に行き、体調を崩しがちな奈央子の代わりに家事をした。奈央子はつわりがひどく、それまでのように店頭に立つことはせず事務所内での業務に従事するようになっていたが、それでも体調はなかなか安定しなかった。ただ、やるべきことが目の前に並んでおり、それらを一つずつクリアするだけで一日が終わっていく状態は、豊川の精神を想像以上に安定させた。本当に漫画を辞めてよかったのか、とか、奈央子が妊娠していなかったら結婚もしていなかったのではないか、とか、会社が売り出している保険のシステムは実際はほとんど詐欺のようなものなのではないか、とか、そういうことをいちいち考える暇がない日々は、あまりにも健康的だった。

ある日、いつも通り、アポを取ることができた人のところへ向かう途中のことだった。学校の近くにある住宅地を歩いていると、軽音楽部なのか、ギターケースを背負った制服姿の学生たちとすれ違った。

二か月に一度のツーマンライブ。豊川はふと、そんな言葉を思い出した。

最後に行ったのは、一体いつだっただろうか。あのライブは、今でも行われているのだろうか。ヒップホップブームが終わり、オペラブームが終わり、今、どんなジャンルの音楽が流行っているのかも、全く知らない。気にしてもいない。

そもそも、これまで自分は、一体いつ音楽を聴き、漫画を読み、映画を観ていたのだろう。

豊川は、一瞬だけ止まってしまった身体を、すぐに動かし始めた。携帯を触り、地図のアプリが示す場所と自分がいる場所を照らし合わせる。予定より、二分遅刻していた。

5

空になったプラスチックのカップを捨て、トイレに向かう。出演者が入れ替わる休憩中、さすがに混んでいるかと思ったが、すぐに個室に入ることができた。そもそもフロアにいる人がそこまで多くはないのだから、当たり前かもしれない。

便座に腰を下ろし、用を足す。体内から確実にある程度の量の物体が出ていっているはずなのに、立ちっぱなしによる疲労でスカスカになってしまった細胞がじんわりと満ちていくような感覚に陥る。

誰もいない場所に身体を落ち着かせると、さっきまで浴びていたはずの音楽が、あっという間に五感から遠ざかっていくのがわかった。その代わり、向き合わないようにしていた今日一日の出来事が、無意識のうちに形を整え始める。豊川は、冷たい水で顔でも洗おうと、足に力を込めた。

立ち上がったそのとき、胸ポケットがまた、震え出す。

あのときと同じだ。豊川は下着を足元までずり下げたまま、個室の中に立ち尽くした。下半身を露出した状態で直立している、そんな不自然な開放感まで、あのときと全く同じだった。

あのとき豊川は、オフィスの個室トイレに座っていた。二十六歳の春のはじめだった。

主に精神的な苦痛が原因で同期や後輩が次々と転職していくので、引き継がなければならない案件や、担当する新規開拓エリアは増えるばかりで残業続きの毎日だった。安定期を迎えても奈央子の体調は良くならず、内勤にしてもらった仕事も休みがちになっていた。だからこそ、豊川は今こそ自分が働かなければならないと思っていた。生まれてくる子どものため、結婚した奈央子のため、何より、逃げるように漫画から離れた自分を認められるようになるため。

豊川から離れた瀬古は、イラストレーターとして活躍の場を広げていた。泣けるSNSの投稿をまとめた例の本が若い世代を中心にベストセラーとなったこともあり、同世代のアーティストからの依頼で手掛けたアートワーク、新進気鋭のお笑い芸人からの依頼で描いた単独ライブのポスターにチラシ、様々なシチュエーションで瀬古のイラストが視界に入るようになった。そのたび、自分では見えない心の死角をつねられるような気持ちになるため、瀬古のSNSのアカウントはミュートした。だが、現実の世界でWEBマガジンを見たり広告に触れたりすれば、そこには瀬古の絵があった。豊川から見ても、瀬古の作画技術はどんどん向上していた。

――続けていれば。

ひどい言葉を放たれた電話を置くと同時に腹が鳴ったとき。辞めたいと相談してきた後輩と入った居酒屋の会計をまとめて支払うとき。逆方向の電車に乗ってしまい、到着が遅れる旨を伝えるメールを顧客に送っているとき。風呂に入る前、取り替えられるバスタオルのストックがなかったとき。ふとしたときに、小さな小さな囁《ささや》きが脳内に木霊《こだま》するようになった。漫画を続けていれば。あのとき、できない自分から逃げなければ。もしかしたら、瀬古は本当に、漫画ではない場所で技術を磨きながら、自分を待ち続けてくれたのかもしれない。

電気が消えた。豊川は、眠りかけていた体をぱっと起こした。オフィスのトイレの電気は、人間の動きに反応するセンサーにより、自動的に点いたり消えたりする。

ここ最近、さすがに終電では帰るようにしているものの、帰っても体調のすぐれない奈央子が不機嫌そうにしており、心身共に休まらなかった。奈央子の勤め先の産休は短く、どこの店舗も人手不足の今、休暇の延長は申請しづらい。かといって辞めてしまうと、世帯収入は半減するし、保育園に入りづらくなり出産後の再就職も遠のくだろう。豊川は腕時計で時刻を確認する。営業は、腕時計と靴だけでもいいものを買っておけ——そんな教えに従い見栄を張って購入した高い時計が、終電まであと一時間弱だと知らせてくれる。下着から解放された性器が、なぜだかこのタイミングで、少しずつ隆起し始める。疲労が溜まっているときほど、何でもないところで勃起してしまうのはなぜなのだろう。というか、いつからセックスどころか自慰もしていないのだろう。豊川は、頭の中を流れゆくいくつかの事柄を引き留めることもせず、ゆっくりと立ち上がる性器の先を見ていた。残尿でぬらりと光る先端と目が合ったとき、カチッと小さな音がして、トイレの電気が消えた。

——続けていれば。

今はまずい、豊川はそう直感した。この声が聞こえるスパンが短くなっていることも、怖かった。今は、生まれてくる子どものためにがんばるときだ。そのために結婚だってしたし、部屋数の多いマンションにも引っ越した。職場からは遠くなり、家賃は少し上がった。これから奈央子は今まで通りには働けなくなる。ビッグデータを用いた保険サービスは競合他社が増え、ますます詐欺まがいのプランを笑顔で営業しなければならなくなったが、それも奈央子のため、子どものため、家族のため。

他に何も考えてはいけない。

脳内に響く声を断ち切るべく、足に力を入れ、立ち上がった。再び電気が点いたとき、携帯電話が震え出した。

奈央子からだった。

電話口から、後期流産、という言葉が聞こえてきたとき、豊川の性器は、未だ完全に勃起した状態で天を指していた。

その日は検診の日ではなかったが、下腹部痛がひどかったため、奈央子は仕事を早退しひとりで病院に行ったらしい。すると、赤ん坊の心臓の動きが止まっていること、十四週目あたりから実はお腹が膨らんでいなかったことが不安視されていたこと、十七週目の流産となると子宮から掻き出すことは危険を伴うため、陣痛を起こして普通の出産と同じようにしなければならないこと、入院は早ければ早いほうがいいことなどを順に告げられたという。

「帰ってきたら話そうかと思ってたんだけど、今日も遅いんだよね」そう話す奈央子の声には、人形の手を触っているような冷たさがあった。

流産。心臓の動きが止まっている。入院。

つまり、子どもは産まれてこない。

ということは、あのとき、

「大丈夫?」

慌てて結婚しなくてもよかったのか。

「とにかく、奈央子のことが心配だよ」

慌てて就職しなくてもよかったのか。

声になっていたのは、脳がゴーサインを出したほうの言葉だったはずだ。心の表面に湧き上がってきた思いのほうは、少なくとも、心臓部分に留まってくれていたはずだ。

だけど、奈央子から返ってきた声は、予想外のものだった。

「嘘つくときいつも、そういう声になるよね」

奈央子は、本当のことを話すとき、いつも声が少し低くなる。

もしかして、心で思っていたことのほうが声になってしまっていたのだろうか。そんなはずはない。そんなはずはない、はずだ。豊川はトイレの個室の酸素濃度が、一気に下がったような気がした。

「何言ってるんだよ。俺は本当に奈央子のことが心配で」

「ずっと前からわかってたよ」

奈央子の低い声。

「あなたが後悔してることくらい」

あのとき聞いた奈央子の低い声が、豊川の脳内で蘇る。

「でもさ、勝手に託さないでよ」

だらんと垂れた性器の先が湿っていて、不快だった感覚が蘇る。

「漫画を辞めた理由も、結婚した理由も、自分に嘘ついて、勝手に他人に託さないでよ。勝手にこの子に託して、勝手に後悔しないでよ」

変わりゆくものに自分を託してはいけない。

コンコン、と、トイレのドアがノックされる。

豊川はズボンのベルトを締めると、個室を出た。キャップを被った若い男が、一つしかない個室を長々と占領していた豊川を睨みつけるようにしてすれ違う。

変わりゆくものに自分を託してはいけない。だけど、変わらないものに自分を託し続けることができる人は、そうしていられる自分の奇跡的な幸福に気づかない。

豊川は、冷たい水で顔を洗う。皮脂と水が混ざった液体が、顔面を滑り落ちていく。ジャケットの裏ポケットから取り出したハンカチで強めに顔を擦《こす》ってやっと、意識が現実に返っていく気がする。

奈央子からの電話を切ったあとと同じように、トイレの鏡に向かって顔を上げる。違うのは、そこに映っている心の入れ物があのころより十五年以上も老けこんでいることと、鏡を隠さんばかりの存在感で掲出されている大きなポスターの存在だ。

来月、新宿にオープンするらしい新しい施設のポスターを手掛けたのは、瀬古だ。今は、都内にいればどこでも、瀬古の人生の歴史が生んだ本物の技術が視界に入ってくる。

ポスターが貼られている壁の向こう側から、歓声が聞こえてくる。慌てて個室から出てきた男が、手も洗わずに早足でフロアへ戻っていく。

豊川はポスターを見つめる。一度は、消えた、オワコンなどと言われたイラストレーター、瀬古俊介《しゅんすけ》が再び脚光を浴びるようになって、二年ほどが経つだろうか。

瀬古はずっと、紙の上に、線を引き続けていた。誰にも何にも自分の人生を託さず、誰よりも絵をうまく描けるようになるという決して曲げない誓いと真っ直ぐに伸びた背筋で、複雑に曲がりくねる幾億もの線を、ひとりで。

6

奈央子との関係は、第一子の流産を機に明確に変わった。手術のあと、奈央子は二か月以上生理が来ず、また病院に通うことになった。一緒に行くことを申し出ても、奈央子はそれを断った。豊川は、奈央子を思いやる言葉を口にするたび、この声が奈央子にはどう聞こえれていくのか不安に思うようになっていった。何もかもが嘘をつくときの声だと受け止められてしまう気がして、どんな言葉も声に変換することを躊躇するようになっていった。

　そうすると、自然に会話は減った。会話が求められそうな機会を避けるうち、一緒に食事を摂ることも少なくなっていった。幸か不幸か、生まれる子どものために郊外とはいえ２ＬＤＫのマンションに引っ越していたので、寝室を二つこしらえることができ、会話をせずとも日常生活を送ることは可能だった。そんな状態が長く続くと、様々な疑問が浮かんでは消えた。この暮らしを続けたいのか、離婚したいのか、今後子どもがほしいのか、そもそもまだ愛情はあるのか。これからのために話し合いの場を設けようと思っても、そのたび、あのとき電話越しに聞いた奈央子の低い声が豊川の脳の底に響いた。

　ただ、日々が流れていった。初めての体験も、未来への野望も目減りしていく人生は、その分、噛まずとも喉を通過していくような滑らかさがあり、その心地よさが奇妙なほどだった。

　勤め始めて十数年が経つと、インシュアテックによる保険サービスの革新にも天井が見え始め、業界の風雲児として持て囃《はや》されていたらしい会社の雰囲気も明らかに変化していた。就職した当時はビジネス系の様々な媒体でインタビューを受けていた幹部たちは、他の業界に転職した者以外は公の場で姿を見なくなっていた。あまりの少子高齢化により現役世代は自分の未来に投資することなどできなくなり、社の業績は悪化し、もともとほとんど詐欺だと言われていたサービスの内容はどんどん改悪されていった。社員の平均年齢が全体的に上がったことも、未来を見据えている若い世代がすすんで就職したい場所ではないということを無言のうちに世間に知らしめていた。

ただ、一度は成功の味を知ってしまった企業の悪いところなのか、創業当初の幹部たちはその座組みを変えようとはしなかった。ゆえに、豊川は年次としてはかなり上のほうではあったが、特に何かしらの役職に就くわけではなく、相変わらず個人と法人への営業部門の業務に従事していた。世間に一石を投じる瞬間的なアイディアをビジネス化する能力がある人たちが、社員に様々な仕事を担わせ総合的な実力を育てるというような経営に関する長期的な目線も持ち合わせているとは限らないのだ。

同世代の社員たちが次々と転職していく中、豊川と同期入社で会社に残っているのは明石という男くらいだった。ただ明石は、豊川のようにただそこにある詐欺まがいのプランを思考停止した状態で売り続けるのではなく、入社当時から経営幹部にどんどん意見を出すようなぎらぎらとした強さがあった。顧客にいくら邪険に扱われても傷つかない自分に比べて、明石はすべての物事に対して剥き出しでぶつかっていく危うさのようなものがあり、それが人間的な魅力にも繋がっていた。だが豊川は、無意識的に、明石に近寄らないようにしている自分がいることに気が付いていた。その理由は、明石が営業部で成績一位を取り表彰されたとき、こんなふうに語っていたからだった。

「営業のときに大切にしているのは、熱、ですかね。あとはお客様に嘘をつかず、本音で話すことです」

あ、と、豊川は思った。もう嗅ぎたくない香りがそこにあった。

そんな明石と距離が縮まったのは、もう四十歳が間近になったころだった。何かのきっかけで喫煙所に二人きりとなり、明石から「そういえば」と声をかけられた。

「豊川って、既婚者なのに指輪してないんだな」

豊川は自然と、明石の左手の薬指を見る。少し前まではそこにあったはずの輝きが、ない。

「うちは去年、離婚」明石は、豊川が何か訊く前に、言った。「子ども、できなくてさ」

子ども。豊川は煙を吐くと、いつの間にかこう質問していた。

「子どもができなかったから、離婚？」

明石は「うーん」と少し唸ると、

「二人の間には子どもができないってことがわかったとき、お互い、そうじゃない人生が実はたくさん残ってるって気づいた雰囲気があったんだよな」

と、答えた。豊川は、「そうか」とだけ答えると、そのままゆっくり、煙草を一本、吸い切った。もう、あと一時間ほどで終電がなくなってしまうような時間だった。

煙草を仕舞い、喫煙所を出ようとすると、背後から明石の声が聞こえた。

「この話すると、大抵のヤツはもっと説明求めてくるんだけど、豊川は訊いてこないんだな」

明石さんが言葉濁すなんてらしくないとか言われて、と笑う目の前の男が、左手で、一本の煙草を差し出している。留守になった薬指を見ながら、豊川はその煙草を受け取った。

「訊かないよ」豊川は明石からライターを借りる。「聞いたところで、わからないだろうし」

豊川はもう、痛すぎるほどに知っていた。なぜ別れたのか、なぜ別れないのか、そんな風に訊かれたって、その二人にしか通じない、その二人でさえなんとなくしかわからないような温度の言葉でしか表せない関係性があることを。そして、その二人でしか頷き合えない、周囲からもっと具体的な説明を求められるような言葉で説明されているからこそ、それが真実に限りなく近い表現なのだろうということも。

「結婚指輪は、妻がつけてないことに気づいてから、俺も外した。もう十年以上前かな」

流産から十年以上経っても、相変わらず奈央子との間に肉体関係はなかった。だからといって、お互い持て余した性欲をどこで処理しているのか、問いただすこともなかった。いつのまにか奈央子が指輪を外しており、豊川もそれに倣った。指輪を外したばかりのころは、日焼けにより皮膚の色が少しだけ違ったりもしたが、すぐにもともとそうだったことを思い出したかのように、滑らかな一続きの色となった。

ひとりの人間同士としての関わり合いは消滅していたが、三十代後半で奈央子をもうけた義理の両親の介護が始まると、夫婦としてというよりは、家族という組織を営み続けるための職員同士としての関わり合いが発生した。行政のどのサービスが利用できるのか、お金をどうやりくりするか、今後うちで同居する場合、施設に入れる場合、それぞれ話し合い、決まりを作った。

ひとりの人間として、ではなく、共同生活を送るメンバーとしての繋がりを強く結ぶ。何も間違っているとは思わなかった。今後新しくどこかが拡大していく予感のない家系図の中にいる自分たちにできる唯一のことは、あらゆることを美しく結んでいくことなのだと感じた。

それから二年ほどが経った。四十一歳の冬だった。

ある夜、明石から食事に誘われた。あの喫煙所での会話以来、明石とはたびたび飲みに行く関係になっていた。いつもは明石の抱く会社への不満に相槌を打つことが多く、テーブル同士がくっついてしまうような、明石の大きな声が悪目立ちしないような店に行くことが多いのだが、その日は小声で話しても言葉がよく伝わるような、落ち着いた雰囲気の店だった。

明石は、独立、という言葉を発した。

「担当企業が外国人労働者をこれまで以上に積極的に受け入れてるみたいで、彼らに合う保険サービスでいいものがなかなか見つからないって相談を受けたんだ」

独立、という強い音の響きがやっと消え去ると、明石の説明はするすると耳に入ってきた。

「うちの会社って、今、個人の飛び込み営業のリストも日本人ばっかりだし、企業向けのプランも日本人向けのものばっかりだろう。日本はもう現役世代の働き手は減る一方だし、外国人労働者はこれからもどんどん増えるだろうけど、いつ帰国するかわからなかったり、国によって文化が違ったりするから、どの企業もまだ最善のプランを打ち出せてないんだよ」

このままずっと今の会社にいれば、過去の栄光から逃れられない役員陣の考える時代遅れの経営方針と心中する可能性が高いこと。今、営業先を回りながら独立後にどれだけ顧客を摑まえられるかのヒアリングを実施していること。もし独立したら、少なくとも先ほどの話に出てきた企業は顧客になると約束してくれていること。外国人労働者を雇っている他の企業の手応えも決して悪くないこと。もちろん日本人向けのサービスも提供するため、リスクヘッジはできていること。はじめは今よりも給料が落ちるかもしれないが、長期的な目線で見れば今の会社にいるよりも確実に収入は増えること。

「そもそも」明石は、今にも飛び出してしまいそうな声を、必死に体内に押さえ込むようにして続けた。「今うちが提供しているサービスって、どう考えても詐欺だろ。儲けることばっかりで、顧客の目線に全然立ててない。俺、それを笑顔で営業するの、そろそろきついんだよ」

心の底から「これはあなたの人生を助ける保険です」と胸を張って言える仕事をしたい気持ちが溢れ出していること。これ以上、顧客や自分に嘘をつきたくないこと。やるならば、体力的にも四十代前半の今がラストチャンスだと思うということ。

明石の、言葉に宿る熱とは裏腹にきれいに順序立てられた話しぶりからは、これまで頭の中で散々考え尽くした時間が窺えた。

豊川は、話を聞きながら、あーあ、と、思っていた。こういう気持ちになりたくないから、ずっと、明石のことを避けていたのだ。

だけどもう、触れてしまった。

「俺、〝そうじゃない人生〟なんて、もう始まらないいんじゃないかと思ってたんだよ」

話し続ける明石の前で、豊川はどこか、懐かしい気持ちになっていた。

「これからは、自分の人生や親の人生を片付けて終わっていく気がしてた。だけど今は、この歳《とし》で起業するってチャレンジが、俺が選んだ〝そうじゃない人生〟なんじゃないかなって思ってる。俺、本当に困っている人の助けになる保険を作りたいんだ。いや、誰かのためっていうより、自分のために、熱を持って営業できるサービスを作り出したいんだ。残り半分の人生、胸を張って臨めない仕事に使いたくないんだよ」

リアル。熱。切実さ。本音。嘘のなさ。もう取り替えたつもりだった物差しに、見慣れた目盛りたちが刻まれていく。

「これまでついてきた嘘を、せめて、これからの時間で取り返したい。豊川、協力してくれないか」

きっと自分は、この男についていくのだろう。豊川はこのとき、完全に、抵抗することを諦めた。だって、自分も本当は、そうしたかった。瀬古から離れ、漫画を裏切り、奈央子と向き合わず、残された時間で誠実に臨めるものがあるならば、それはもう仕事だけだった。

「俺も、取り戻せるもんなら取り戻したいよ」

本当に困っている人の助けになる保険。熱を持って営業できるサービス。

「これまで嘘をついてきた時間を」

それからは、話が早かった。明石は、今担当している企業に対して密かに根回しを進めておく。豊川はその間、外国人労働者と保険の現状について勉強をしておく。明石が先に退職し、新たな法人を立ち上げる。その後少し時間を空けて、豊川も明石が立ち上げた法人へ合流する。明石は他にも何人か目星をつけている社員がいるらしく、これから順番に口説いていくつもりでいる。経理や法務などチームを組んだ状態で次のステップに移行するのが望ましいため、時間をかけて慎重に動く――二人でやるべきことを話し合う日々は、瀬古とノートを見せ合い、描きたい漫画の特徴を列挙しあっていたあの時間に似ていた。

四十二歳の春。

じゅうぶんな準備期間を経て、今日の始業前、明石が退職届を出した。

そして、昼休みに入る直前、豊川が、営業と人事を司る役員から呼び出された。

7

久しぶりに生で見たそのラッパーは、顎《あご》の下に少し肉がついており、顔つきがやわらかくなったように見えた。当たり前だが、自分以外のどの人間にも平等に時が流れていることを思い知らされる。

「恒例になったツーマンライブ、あっという間に二十年以上が経ちました。ありがとうございます」

だけど、開かれた口から放たれた声は、何も変わっていない。そこから感じられるのは、確実に流れた時間そのものではなく、音楽で生きている人間にとって命そのものでもあるだろう喉が守られ続けたという歴史だ。

「では、音楽を思い切り楽しんでいってください」

その声が合図となったように、彼の後ろにいるＤＪがビートを流し始める。二十年前のラップブームのときは、テレビでもラジオでもフェスのステージでもライブハウスでも、どこからでも流れてきたビートだ。豊川は一瞬、自分の体にリズムを取ることを許す気になった。そして、全身の体重を預けていた壁から背中を離した、その瞬間だった。

左胸が震えた。着信だ。

口元にマイクを携えたラッパーが、相変わらずどんなビートにも乗ることができるリズム感で言葉を並べていく。そのリズムが、たまに、携帯電話の振動と重なる。

今日の始業前、明石が退職届を提出した。その連絡は、プライベート用の携帯電話に届いた。その文面を読んだとき、もちろんそのつもりはなかったものの、これでもう後戻りはできないなと感じた。あれから明石と水面下で進めていた独立、そして起業の準備は順調で、明石と豊川以外にもこの計画に参加する者が数名いた。あと心配なところがあるとすれば、新しい事業がきちんと軌道に乗るか、という点だった。

だから、昼休みに入る直前、営業と人事を司る役員に呼び出されたときは、脳が丸ごと凍結されたような感覚を抱いた。しかも役員たちは、明石の目の前で、豊川だけに声をかけた。

これから二人で昼食へ出ようとしているところに、「豊川」と、一人だけの名前を呼んだ。

左胸の振動は、止まっては、またすぐに再開される。いい加減、明石が痺れを切らしている様子が伝わってくる。もう、会話をするために電話をかけているわけでもないのだろう。明石だって、きっと、それ以外に手立てがないのだ。だけど何もしないわけにはいかないから、何かをしているという状況に自分の身を置きたいから、電話をかけ続けている。いざ電話に出たとして、困るのはむしろ明石のほうかもしれない。

ステージでは、マイクを握った一人の男が、築き上げた歴史から得られる本物の技術を惜しみなく披露している。この二十年、やっと積み上がりかけた歴史を、そのたびに全て途中で投げ出してきた人間の眼前で。

役員二人に連れられるがまま会議室に入ると、開口一番、「今年の秋から、うちで、外国人労働者向けの保険のサービスを本格的に始めようと思っている」と告げられた。見慣れたテーブルが、どこまでも続く砂漠のように見えた。それから耳に入ってきた言葉は細かくは覚えていないが、明石と水面下で進めていたことは全て、役員たちに知れ渡っていたことがわかった。それだけでなく、独立後、当面の事業のあてにしていた全ての顧客が、すでにこの会社に懐柔されているらしかった。そして、ろくに返事もできない豊川の頭上に、こんな言葉が降ってきた。

「秋の事業拡大のために、外国人労働者に向けたサービスを担当する新たな課を営業部内に発足させる。君を、そこの課長に任命するつもりだ」

「え？」

声を発してみて初めて、豊川は自分の顔がどれだけ下を向いていたのかを実感した。顔を上げると、二人の役員が、妻にアイロンをかけてもらった皺《しわ》ひとつないシャツと、詐欺まがいのプランをもとに顧客から吸い上げた金で手に入れた高いスーツに身を包み、こちらを見ていた。

「本当は明石を課長に、君を課長補佐に任命しようと思っていたんだけどね。明石は残念ながら、今朝、退職届を提出してきた。もう受け入れてしまったから、残念ながら明石には頼れない。となると、どうやらその分野に詳しい君しか適任者がいない」

どうする。

「外国人労働者向けの保険サービスの充実は、うちも、幹部の間ではずっと前から計画していたことだ。今から起業して取り組むより、業界に地盤があるうちで取り組んだほうが絶対にうまくいく。それくらいのことはわかる人たちだと思っていたけどね。まあ、それくらいのこともわからないから、取引先を奪おうだなんていう裏切り行為に走ったのかもしれないが」

どうする。どうする。

「心から、人のためになるサービスを提供したいと思っているのなら、うちに居続けたほうが賢明だ。人生の折り返し地点で一発何かやってやろう、なんていう気持ちで独立するつもりじゃないのなら、な」

どうする。どうする。どうする。

「明日の同じ時間に、この会議室を取っておく。そのときに返事を聞かせてくれ」

会議室を出ると、そこには明石の姿があった。役員たちは、会議室を出た途端、明石にも豊川にも一瞥もくれなかった。明石は豊川のことを見ていた。

明石は、自分に向き合ってくれていた。

あのときの瀬古のように。あのときの奈央子のように。

左胸の振動に、ラップが重なる。それは、二十二年前と同じ現象だった。初めてMCバトルを観たあの日も、豊川は、左胸をどくどくと震わせながら、この声を聴いていた。

変わるのはいつだって、人間のほうだ。自分に嘘をつくことでしか生き延びることができない、人間のほうだ。

ヒップホップはいつだって、パフォーマー自身の人生をエンジンにして、フェイクではなくリアルを奏でてくれる。MCバトルでも、ライブで披露される曲でも、本音にしか宿らない熱を見せてくれる。

みんな言う。

自分に嘘をつくな、と。

負けてもつらくても泣いても打ちひしがれても絶望しても、自分に嘘だけはつくな、自分だけは裏切るな、と、みんなが口を揃えて言う。

テレビ番組がきっかけでヒップホップが流行したときも、ＬＧＢＴへの偏見をなくそうという運動が活発になったときも、ハラスメント撲滅運動のときも、次々興るムーブメントの中で、代わる代わる突きつけられてきたメッセージだ。自分に嘘だけはつくな、ありのままの自分を恥じるな。変わりゆく時代の中で、何をどこまで剝いても顔を出すメッセージだ。

携帯電話が止まり、また震え始める。どれだけぶつ切りにしたくても続いてしまう人生のように。

リアルかフェイクかなんて、どうでもよくなって、もうどれくらい経っただろう。

リアル。熱。切実さ。本音。嘘のなさ。そんなもので人生の舵を取らなくなって、もう何度の転覆を回避してきただろう。

――大切なのって、嘘がない、ってことなのかもな。

ラッパーの声に混ざって聴こえてくる、瀬古の声。

――漫画を辞めた理由も、結婚した理由も、自分に嘘ついて、勝手に他人に託さないでよ。

奈央子の声。

――残りの半分の人生、胸を張って臨めない仕事に使いたくないんだよ。

明石の声。

さっきまで聴いていた、バンドの生演奏。今まさに降り注いでいる、ラッパーの声。

みんなで寄ってたかって、何なんだよ。

じゃあ、どうすればよかったんだよ。貫けばよかったのかよ。あのときもあのときもあのときも、自分に嘘をつかずに真っ直ぐ歩き続ければ今とは違う未来があったとでも言うのか。

携帯電話が止まり、また震え始める。どれだけ止めてしまいたくても打ち続けてしまう鼓動のように。

わっと、観客が盛り上がった。

顔を上げると、ステージの上にはいつの間にかたくさんの人間がいた。よく見ると、はじめに演奏したロックバンドが、ラップのビートを生演奏するようだ。「二か月に一度のツーマン、二十二年目、二がいっぱいということで、今日はちょっとこの二組で普段はやらないことをやりたいと思います」ラッパーはそう言うと、それぞれの楽器を携えた四人より一歩、前に出た。

二組のアーティストによる、コラボレーションだ。

もう、やめてくれ。

音楽という大きな山のたったひとつの頂を、それぞれの道で目指し続けている人たちの姿に、豊川は、叫び出しそうになる。

この人たちは、決して、自分の歴史を曲げなかった。自分がコンパスを取り替え続けたこの二十年間、ずっと、自分の信じる音楽と共にいた。

ブームが移り変わっても、フェスのタイムテーブルが様変わりしても、ライブの動員数が変動しても、世間で価値があるとされるものや金銭や名誉を生むものが変わっていっても、この人たちは自分の中にある物差しの目盛りを変えなかった。守り抜いた物差しで、真っ直ぐに、自分の歩む道を描き続けていた。

変わりゆく世界の軌跡が曲線ならば、自分の中にある物差しを変えない人々の歴史は直線だ。確固たる世界があり、そこに時代のアイコンが代わる代わる出入りしているのではない。直線の歴史に、曲線の世界のほうが絡まるのだ。

そんな歴史を築くことが出来た人にだけ、宿る光がある。

豊川は思う。彼らはまたきっと、大きな会場でライブをする日が来る。消えた、オワコンだなんて言われても、本物の能力でまた世界に顔を出した瀬古のように。だけどそのときでさえ、彼らは何も変わらないのだろう。四人が楽しそうに演奏し、ラッパーは気持ちよさそうに歌う。瀬古は好きな絵を好きなように描く。自分の歴史を曲げなかった人たちは、どんな時代を目の前にしても後ろめたさがない。

携帯電話が止まり、また震え始める。どれだけ停止ボタンを押しても頭の中で流れ続ける大好きなあの曲のように。

自分は一体、何を目の前にすれば、この後ろめたさを拭えるのだろうか。

夢、仕事、家族。瀬古と過ごした過去、明石と過ごすつもりだった未来、奈央子がいるのに独りでいるような現在。自分は一体、どこに向かって立てば、生きることに対して後ろめたくなくいられるのだろうか。築きかけた歴史を裏切ることを繰り返し、結局は何の技術も宿らなかったこの心と入れ物で、あと何十年も生きていくことができるのだろうか。

曲調が変わる。リズムが変わる。目の前の観客たちの動きが変わる。

自分は明日、きっと、会社に残ることを選ぶ。

あてにしていた取引先が今の会社に懐柔されているならば、もう、勝ち目はない。義理の両親の介護が終われば、自分の両親の介護が始まる。成長していく命ではなくとも、家族という組織の営みが続く限り、お金がかかる。

アップテンポの曲の中、全員が、楽しそうに飛び跳ね始める。ステージにいる人たちも、フロアにいる人たちも、みんな。

汚れた革靴の甲を色とりどりの照明が滑り落ちていく。

携帯電話の振動が止まる。

こんな気持ちになることが分かっていたのに、どうして自分はここに来たのだろうか。

いくら待っても、左胸はもう、震え始めない。

それはきっと、自分の物差しを信じ続けた人間が、輝いている場所を見たかったからだ。

豊川は、振動しなくなったポケットの上に掌を乗せる。

あした明石を裏切るこの目で、せめて、自分に嘘をつかない生き方を選ぶ人間が真っ当に輝く世界があることを確認したかったからだ。物差しを変えずに突き進む人間がきちんと幸せに生きている世界が確実に存在することを、あした物差しを変える人間の目で捉えておきたかったからだ。

豊川はやっと、胸ポケットから携帯電話を取り出す。電源が切れていて、どのボタンを押しても動かない。だけどこの身体はまだ動く。

明石に直接伝えに行こう。

豊川はフロアを離れ、階段を上る。ライブハウスの外に出ると、入る前と全く変わらない景色にそのまま出迎えられる。

豊川は、さっき見た音楽の残像をできるだけ保てるよう、瞬きをせず歩く。こんな自分がどんな言葉を伝えたところで、何の説得力も持たないことは分かっている。いざ顔を合わせてみたら、ただひたすら謝ることしかできないかもしれない。そもそも連絡が取れなくなった今、どうすれば出会えるのかもわからない。だけど。

豊川は歩く。決して電源が切れてくれない左胸を抱えて歩く。

ふと、そんなわけはないのに、いま自分が履いているのはスニーカーで、季節は初夏で、目の前で瀬古のもしゃもしゃ頭が揺れているような気がした。だけどやっぱり、そんなわけはない。そんなわけはないけれど、涙も出ないような乾いた両目に映る道を歩くしかない。どこに向かって進んだって後ろめたさの残る歴史を歩み続ける以外に、この人生に選択肢はない。

七分二十四秒めへ

谷沢依里子《やざわよりこ》はハサミを差し出しながら、木之下佳恵《きのしたよしえ》のことを思い出していた。

「えっ、あ、ありがとうございます」

隣のデスクの永野明日美《ながのあすみ》は、戸惑いながらもそのハサミを受け取った。自分が探していたものがどうしてバレているのか、不思議に思っているのだろう。

「左利き用のって、備品にないんだよね」

依里子は、指先に残るハサミの刃の冷たさを擦り取りながら呟く。椅子に腰を落ち着けたばかりの明日美は、数秒前まで、誰でも使うことのできる備品が収められているキャビネットをしばらく覗き込んでいた。ボールペンやクリップはまるで増水した川のようになみなみと溜まっているのに、あの鈍い色のキャビネットには依里子たちの欲しいものだけがない。

「助かります」

明日美はそう言うと、細い指を持ち手に通し、封書をじょきじょきと切り始めた。なかなかの勢いに、中身まで一緒に切ってしまっているのではないかと不安になるが、見ればきちんと上部ギリギリの辺りをまっすぐ切り落としている。一緒に働き始めてまだ数日しか経っていないけれど、ファイルをきれいに折ったり、細かな糊《のり》付けが美しいことから、要領がよく器用な子だということがわかる。着任初日に渡した引き継ぎ資料も、その夜のうちによく読み込んだのだろう、次の日から何を教えてもその業務が全体の流れのどの部分に当たるのかなんとなく理解しているようで、頼もしい。

午前中の業務はまず、大量に届く郵便物を各部署に配ることから始まる。中には宛先に社名しか書かれていないものもあり、そのときは開封し、内容からどの部署の誰宛のものなのか判断する。この作業をしていると、脳がやっと、一日が始まったことを認識してくれる。ドラマに出てくる社会人のように、朝からヒールを鳴らして何件も取引先を回るなんてこと、自分には到底できる気がしない。

だからこうなったんだろうな。

依里子は、止まりかけていた両手を大袈裟に動かし始める。考えても仕方のないことなのだから考えないでおこう、自分自身にそう何度も誓ったことほど、不意に、ふっと全身を丸ごと覆い隠すように降ってくる。

依里子がこの会社に勤め始めた四年前、派遣社員は三人いた。二人とも依里子より年上で、優しかった。業務の内容的には前の会社のほうが楽だったが、当たりのきつい先輩がいないというだけで、こちらのほうが段違いに居心地が良かった。

二年ほどで、二人いた先輩のうちの一人の雇用が止まった。三人で担当していた業務を、残された二人、木之下佳恵と依里子で担当するようになった。はじめはなかなか大変だったけれど、慣れてくればどうにか二人でもこなせるようになった。半年前、佳恵の契約が更新されないことが決まった。その後、新しい人が補充されるのかと思ったけれど、されなかった。二人分の仕事を必死に一人でこなしながら、正社員である男の上司からは、引き継ぎ書を更新しておいて、と言われていた。依里子は、やっと、派遣の事務をもう一人増やしてもらえるのだと思った。

依里子は一度、肩を回す。宛先不明の封書の処理を終え、次の作業に入る。グループ会社に出向した人への封書は、自分で転送の手続きをする。異動で別の支社へ転勤になった人への封書は、会社の転送システムを利用する。

佳恵に替わり、新たなパートナーとなる人のために、依里子は引き継ぎ書を丁寧に更新していった。かつて佳恵と二人で仕事を回していたころのように、お互い助け合いながら、たまに愚痴を言い合いながら、業務を遂行することが理想だった。まさか、新しい人が補充されるまで頑張って一人でどうにか繋いだ半年間が、この業務に対する人員は一人で十分だと判断される材料になるとは思わなかった。そして、新しい人が補充されることが決まった途端、自分の雇用が切られるとも、思っていなかった。

先週着任した永野明日美は、佳恵より二十六歳、依里子より十八歳若い。私立の大学を出て就職に失敗し、いま二十四歳だという。

「げっ」

突然、明日美が声を上げた。どうしたの、と尋ねると、「あ、いや」とはじめは歯切れが悪かったが、観念したようにこう続ける。

「またバカなユーチューバーがニュースになってて」

パソコンでネットニュースを見ながら作業していたことが後ろめたかったのかもしれないが、依里子と一緒に働くのは今日が最後ということで開き直ったのだろう、「私、コスメ買うときとか結構ユーチューバー参考にしてるんで、なんかこういう一部のバカのせいでユーチューバー丸ごとクズみたいになるの、嫌なんですよね」明日美は、手を動かしたままぺらぺらと喋り続けた。

「炎上するユーチューバーって、たいてい男の集団なんですよ。ファミレスで全品頼んでみたとかジャンケンで負けたやつが吐くまで嫌いなもの食べてみたとか、やってもなんの意味もないことやって、それで炎上とかなってんですからほんと救いようないですよね」

依里子は隣に座る女性の横顔を見る。その向こう側に、彼女が落ちた企業から内定を得た男子学生の姿が浮かび上がる。

「私が観てるビューティ系、コスメとかメイクの動画出してる人たちのことビューティ系っていうんですけど、ビューティ系のユーチューバーは女の人がひとりでやってることが多くて、基本的に役に立つことばっかり配信してるんですよ。料理とかメイクとか、私たち女が生きていくうえで必要な技を教えてくれるっていうか」

私たち女、という言葉に、依里子は少し驚いた。こんなにも年の離れた人間が使う〝私たち〟に、自分が含まれているのは、初めてのことだった。

「男のユーチューバーが別にやらなくていいことばかりやってるのって、男ってだけで生きていける世の中だからですよね」

じょきん、と音を立てて、ハサミの刃が重なる。「こんなに世の中がジェンダージェンダーってなってるのに、男のユーチューバーって公開彼女オーディションとかやるんですよ、審査基準とかも本当サイテーで」明日美はそう言うと、ハサミから手を離し、別のニュースにアクセスするためマウスをクリックした。

ニュースもトレンドワードも、アクセスするたび入れ替わる。

女性が女性として生きること。この時代に非正規雇用者として働くこと。結婚しない人生、子どもを持たない人生。平均年収の低下、社会保障制度の崩壊、介護問題、十年後になくなる職業、健康に長生きするための食事の摂り方、貧困格差ジェンダー、毎日毎日、様々なトピックスが分刻みで入れ替わるニュースサイトのトップページ。明日美はそれに、かじりついている。すべてを見逃さないように、生き抜くために大切なものをたったの一つも掴み逃さないように。

「それ、あげるよ」

依里子がそう言うと、明日美は「え？」と顔を上げた。

明日美の細い指に支えられているハサミを見つめながら、依里子は、木之下佳恵のことを思い出していた。

◆

「売ってないんだよねえ」

声がしたほうを振り返ると、そこには佳恵が立っていた。

「左利き用のハサミって、コンビニじゃあ売ってないんだよお」

佳恵は顎の下の肉をふわふわと揺らしながら、笑っている。「だからあげるよ、さっき貸したやつ。うちにまだあるし」

そのころ、この会社に派遣されて二日目、その街の新参者だった依里子は、初めて入ったコンビニにさえ遠慮気味だった。

「こんなところでも弾かれるの、地味にキツイよねえ」

明るくそう言う佳恵の手には、ミネラルウォーターが握られていた。会社の中にあるウォーターサーバーは、正社員しか使えない。

佳恵はいつか、どこに行ってもあだ名が〝お母さん〟になってしまうと言っていた。

柔らかい猫っ毛をひとつにまとめていて、いつでもあったかそうなブランケットを使用していた。背は依里子よりもずっと小さく、百五十センチもなかったかもしれない。太り気味だから間食やめなきゃ、と言いながら、毎日、昼休憩に入る十二時を心待ちにしていた。化粧は薄く、服の色もモノトーンのことが多かった。携帯の待ち受けは、愛してやまない飼い猫の写真だった。佳恵は依里子より八歳年上で、つまり依里子より八年間長く、この世界をひとりで生きていた。派遣社員という、いつ雇用が打ち切られるかわからない世界を、正社員の人たちが弁当を食べたりコーヒーを飲んだりしているリフレッシュルームを使えない世界を、容姿や体形の次に指輪のついていない左手の薬指を目視され、どこか合点がいった表情を浮かべられる世界を、依里子より八年も長く、笑顔で生きていた。

「昼休みのあとって眠くなるよねえ」

隣を歩く佳恵は、昨日、ランチをごちそうしてくれた。会社から少し離れた定食屋まで歩きながら、「初日くらい、ごちそうしないとねえ」「近すぎるところに行くと色んな人が来るから、ちょっと歩くよお」と笑った。店に入ったら入ったで、狭い店内に響き渡るような声で「私も入ったばかりのとき、井出《いで》さんにこうしてごちそうしてもらったからねえ」「どんどん脂っこいものが食べられなくなってきちゃってねえ」と話し続けていた。そんな様子を見て、依里子はてっきり、次の日からもこうして一緒にランチをするような気がしていた。

その予想はきれいに外れた。

佳恵はチャイムが鳴った途端、携帯電話を握りしめ、オフィスを出ていく。いつもおっとりしているのに、そのときだけやけに動きが俊敏に見えた。

依里子はふと、静かになった右隣を見る。せっせと歩いていたはずの、佳恵の姿がない。

「木之下さん?」

後ろを振り返ると、そこには、ミネラルウォーターが入ったトートバッグを手に、足を止めている佳恵の姿があった。

「え、あ、ごめんごめん〜」

佳恵は、車道を挟んで向かい側で行われていたお店の工事を見ていたようだった。ちょうど、店名を一文字ずつ壁に貼り付けているところらしく、ラーメンまんぷ、まで、作業が進んでいた。

こちらに向かってくるころころと丸い体を見ながら、依里子は、ラーメンなんてもうどれくらい食べていないだろう、と思った。同時に、脂っこいものどころか、アジの開き定食さえ完食できていなかった昨日の佳恵の姿を思い出した。

「どっか、地方のチェーン店なんですかね」

東京進出、と書かれた看板を見ながら、依里子がそう話しかける。だけど佳恵は返事もせず、まだ店のことを気にしていた。頭にタオルを巻いた若い男たちが、ラーメンまんぷく、に続く最後の一文字を運んでおり、佳恵はその光景をずっと見ていた。

◆

自動車教習の学校に通っていたころ、教官と折り合いが悪く、卒業試験で不合格を言い渡されたことがある。そのときは、町を歩きながら、目に映る人間を自動的に二つのグループに分けていた。あの人は車を運転しているから免許を持っている、あの人は学生服姿だからきっと免許を持っていない。そんな基準で人を振り分けたことはそれまでなかったので、自分の中の変化に、依里子は当時とても驚いた。

「あの、谷沢さん」

声のするほうに振り返ると、明日美がいた。

「お昼、ご一緒していいですか」

そう言う明日美は、あしたから一人になる人間の顔をしていた。

依里子は立ち止まり、ポケットの中にある携帯電話を一度、強く握る。観たい。十二時を過ぎたから、新しい動画がアップされているはずだ。

「……最後だし、一緒に食べようか」

依里子が絞り出した声に、明日美はほっとしたように破顔する。「ありがとうございます」明日美が依里子の隣に並ぶ。

四階建てのビルから吐き出された人間たちが、それぞれ食べたいもの目がけて散っていく。何歳くらいか、男か女か、顔が良いか悪いか――若いころはそんなふうに、人間の集団を見分けていた。免許を持っているかどうかで人を振り分けていた時期も、次の試験に合格をしてしまえば、終わりを迎えた。

派遣社員、契約社員、正社員、アルバイト――その人がどんな雇用形態を結んでいるのか。そんな基準で人を振り分けるようになって、もう何年経つだろう。

「すごい匂い」

明日美が、顔の前でぱたぱたと掌を振った。

「男の人って、昼でもラーメンとか気軽に食べられていいですよね」

ラーメンまんぷく堂には連日、多くの男性客が列を作っている。この地域にはラーメン屋が少なく、開店してからその人気は持続している。

「女が一人でこういうところに並んでたら、どうせ色々言われるんですよ。女らしくないとか彼氏できなそうとか。ほんと、生きづらい世の中ですよね」

依里子は、ポケットの中の携帯を握りしめる。「そうだね」と返しながら、早く彼らに会いたい、と思う。

◆

佳恵の最終出勤日は、同じ部署の正社員の女性が出産を機に退職する日と重なっていた。

部署の人たちは、正社員の女性のために送別会を企画した。湯葉が好きなその人のために、会社からアクセスのいいところにある、生湯葉のしゃぶしゃぶがおいしい店を探し出し、ずいぶん前に予約していた。その日はみんな、長時間の残業をしなくていいよう、午前中からいつもより真面目に業務に取り組んでいた。

依里子はその日、久しぶりにお酒を飲み、久しぶりに他人が作った夕食を食べた。洗い物のことを考えずに小さな皿をたくさん使えることが快感で、新しい料理が運ばれてくるたび自分の取り皿をきれいなものと交換した。普段は会話をする機会のない人とも、少し、言葉を交わした。自分も生湯葉のしゃぶしゃぶを食べてみたかったけれど、鍋がある場所からは遠かったので、諦めた。

長いテーブルの端、向かいには、佳恵が座っていた。牛肉を使ったお寿司や鮪《まぐろ》カマトロの生姜煮などはテーブルの真ん中に集まっており、依里子と佳恵の間には余った唐揚げやフライドポテトが流れ着いていた。

佳恵は芋焼酎のお湯割りを飲んでいた。依里子はその日初めて、佳恵が酒に強いことを知った。

「油ものばっかりですね」

私たちの目の前、と話すと、佳恵は少し赤くなった顔で依里子の名を呼んだ。

「谷沢さん」

そして、いつも通りの柔らかい声で、言った。

「がんばってね」

依里子は、突風に吹かれたように、一瞬、泣きそうになった。だけど我慢して、これまでの感謝を伝えた。明日から一人になることへの不安は、かろうじて口の中に閉じ込めた。

会も終盤になると、生湯葉のしゃぶしゃぶの真ん前に座っていた女性社員に、花束と子ども用の靴下がプレゼントされた。他の女性社員でセレクトしたらしい。そして最後に、「みんなから」と、寄せ書きが渡された。みんなで書いたというカラフルな色紙を、依里子と佳恵はそのとき初めて見た。

退職する女性の夫は、同じ会社の別の部署に勤めている。同じ会社内で出会い、二人で稼いだお金で同居し、二人で子どもを作り、女だけが仕事を辞める。

会計を済ませ、店を出ると、もう二十三時近かった。依里子は、二次会の会場へ移動する集団から佳恵がさり気なく離れていく姿を見つけた。

どこに行くんだろう。

気づけば依里子は、佳恵を追っていた。二人でどこかで飲み直しませんか――そう声をかけようかと思ったが、佳恵が自分にさえ何も言わずに集団を離れたということは、と、思いとどまった。そして単純に、一次会で発生した四千円の出費が痛かった。

数メートル先を、佳恵が一人で歩いている。いつもと変わらないカーキのチノパンが、太ももとふくらはぎにぴったり貼り付くように張っている。依里子は、明日から、あの後ろ姿はどこへ向かうのだろうと思った。佳恵の契約が更新されないことを知らされてから、その次にどこへ行くのかという話はしていない。できない。

佳恵が、駅とは逆方向へと歩いていく。佳恵を通り過ぎ、依里子を通り過ぎていく人たちのほとんどは、明日も同じところを同じように歩く。そのことをつまらないと嘆きながら目を瞑って歩けるような毎日があることを当然だと思い、それが物足りないなんて愚痴りながら。

佳恵は、一人で、ラーメン屋に入った。

ラーメンまんぷく堂。店の外壁に貼り付けられている文字を一つずつ追いながら、依里子は不思議に思った。お酒のあとはラーメンが食べたくなるとは聞いたことがあるけれど、佳恵はもう脂っこいものなんて食べられないと言っていたはずだ。さっきだって唐揚げにもフライドポテトにも手をつけていなかった、なのにこんな深夜にどうして――店の外でそんなことを考えていると、若い店員に食券を渡した佳恵が、道路に面したカウンター席に座った。

ガラス窓一枚を隔てて立っている依里子に、佳恵は全く気づかない。化粧っけのない両目は俯《うつむ》いており、両耳からはイヤフォンの白いコードが垂れている。手元に置いた携帯電話で何かの動画を観ているのだ。

佳恵と食事と携帯電話。依里子は、その三点が揃った光景を、これまで何度も見たことがあった。

着任初日に定食をごちそうになって以来、昼食はそれぞれ個別に摂っていたが、たまに、入ろうとした店に先客として佳恵がいることがあった。佳恵はいつも、十二時になった途端会社を飛び出し、少し離れたところにある店に一人で入る。そして、イヤフォンを両耳に装着し、携帯電話の画面を見ながらご飯を食べているのだ。そんな佳恵の姿を見つけたとき、依里子は声をかけず、その店から立ち去ることにしていた。あまりにも幸せそうな表情をしているので、邪魔をしては悪いと思ったのだ。

ガラス窓越しに、大きなどんぶりが届く。

佳恵は割り箸を取り出すと、動きを止めた。どうしたのだろうと思っていると、ある瞬間にいきなり、どんぶりに勢いよく箸を突っ込んだ。その湯気の量からどんぶりの中身はかなり熱いとわかるが、佳恵はまるで数日ぶりの食事であるかのように、様々な具材をぽんぽんと口の中に放り込んでいく。

依里子はしばらく、店の外に立ったまま、その光景を眺めていた。明日もこの道を歩くだろう人たちが、依里子の背後を通り過ぎていく。依里子はなぜか、佳恵がくれた左利き用のハサミのことを思い出していた。その左手に握る割り箸で、佳恵が卵を丸ごと口に押し込んでいる。

この人は今、何の動画を観ているんだろう。

昼食時に見かける佳恵は、待ち受けにもなっている飼い猫の動画でも観ているのか、いつもとても幸せそうだった。会社用のアドレスが使えなくなれば、佳恵とは連絡が取れなくなる。いつも嬉しそうに何の動画を観ていたのか、知ることができるチャンスは今しかない。

ラーメンが冷めてきたのか、湯気が途絶えてきた。佳恵の表情が、はっきりと見えるようになる。

あ。依里子は唇の間で糸を引く唾の冷たさに触れて、自分が思わず口を開けたことを知った。

泣いてる。

依里子は、店の中に入った。入り口に置いてある券売機を無視して、店内すべてに背を向けている佳恵に少しずつ近づいていく。ボリュームがなくなり始めている頭髪、個性と体形を隠すことに徹底している服装。やがて依里子は、乱視に対応してくれる眼鏡のレンズを経て、丸い背中の向こう側に置いてある携帯電話の画面には猫なんて映っていないことを確認した。もう一歩、近づく。半分以上残っているラーメンに、もう手をつけなくなっているその人に、もう一歩だけ、近づく。

◆

「谷沢さん」

すべての片付けを終え、会社を出ようとしたとき、明日美から声をかけられた。

「ありがとうございました」

明日美はそう言うと、依里子に小さな袋を渡した。「ちょっとの間でしたけど、お礼です」取り出すと、中に入っていたのは、携帯電話のモバイルバッテリーだった。

「実は私、行きの電車、最近ずっと同じで」

思わぬ告白に、依里子は一瞬、動揺する。

「谷沢さん、いつも、動画観てますよね」

画面を観られていませんように。依里子は、モバイルバッテリーを握る左手に、ぐっと力が籠もったのが分かった。

「あれだけ動画観てたら、電池すぐなくなりません？　これ、長持ちするんですよ」

ぜひ、と言う明日美に、依里子は礼を返す。昼休憩の前はあしたから一人になることを不安がっていた明日美だったが、午後、何事もなく業務を片付けることができ、今は明るい表情を取り戻している。

がんばってね。

頭の中で、佳恵の声が鳴る。

依里子の最終出勤日は、どの正社員の送別会とも重なっていなかった。そのことにとてもホッとしながら、全く同じ質量で、絶望もした。

二十三時まで、駅前にある漫画喫茶で時間を潰すと、依里子はさすがにもう誰もいないだろうと思いながらも、周囲を気にしながら外に出た。

三月の終わりだけど、まだまだ寒い。この時間まで働いていたらしい、おそらく正社員だろう人間たちが駅に向かう中、依里子はラーメンまんぷく堂を目指して歩く。

赤信号を前に立ち止まる。ポケットから携帯電話を取り出す。充電は百パーセント。

本当は、彼らと同じように、夜中の二時とか三時とか、それくらいの時間に来てみたかった。依里子はそう思いながら、信号の色が変わると同時に歩き出す。だけどこの店の営業が〇時までなので、仕方がない。佳恵もきっと、あのとき、今の自分と同じ気持ちだったのだろう。

むわ、と、濃厚なとんこつの匂いが鼻腔を覆う。

店のドアを押し、あのときは素通りした券売機の前で財布を取り出す。一応、もう一度、周りを見回す。大丈夫、知っている人なんて誰もいない。千円札を入れると、依里子は迷わず、全部乗せ、というボタンを押した。

半券を受け取った若い店員が、一瞬その手を止めたけれど、気にしない。

あのとき佳恵が座っていた席と同じところに腰を下ろし、横向きに倒した携帯電話をガラス窓に立てかける。充電は九十九パーセント。漫画喫茶の個室には、充電器のサービスがあった。明日美からもらったモバイルバッテリーは、使わずに済んだ。

指紋認証を経て、画面が光る。最終出勤日、深夜のラーメン屋、両耳にイヤフォン、目の前には携帯電話。

佳恵はあのとき、男のユーチューバー集団の動画を観ていた。

佳恵はあのときだけでなく、一人で昼食を食べているときはいつも、何度も炎上を繰り返すことで有名な、男のユーチューバー集団の動画を観ていたのだ。

依里子は、氷の入った水を一口含む。きん、と、内部に直接冷水を注ぎ込まれたように、歯が痛む。

あのとき佳恵の背中越しに見えた画面の中では、若い男たちがストップウォッチを片手に大盛りのラーメンを食べていた。依里子は震える佳恵の背中と携帯電話の画面を同時に捉えながら、気配を消したままその場に立ち続けた。

毎日正午に参上トヨハシレンジャー、チャンネル登録お願いします！――動画の最後、画面にそんな文字が表示されたとき、佳恵が携帯をブラックアウトさせた。その瞬間、依里子は慌てて店を出た。トヨハシレンジャー。トヨハシレンジャー。そう呟きながら真っ暗なアパートに帰ると、服を着替える前にまずその単語を検索した。

そして、膨大に出てきた動画の海に溺れた。

トヨハシレンジャーは、二十代半ばの男五人によるユーチューバー集団だ。登録者数は三百万人に迫っており、動画の総再生回数は十億回を超えている。赤色の髪の毛をしているメンバーがリーダー的存在のようで、そのほかの四人の男たちも含め、いかにも教室の中で大きな声を出しても許される人間たち、という雰囲気が滲み出ている。彼らは中学と高校の同級生で、非常に気心が知れた仲らしく、お互いの過去や家族についても知り尽くしているようだった。

依里子はまず、佳恵が観ていた動画を探し当てた。想像通り、彼らは深夜のラーメン屋で、トッピング全部乗せの早食い対決をしていた。「深夜にこれは重い！」「マジきちぃ！」とか言いながらも、全員きちんと完食し、最下位だったメンバーは深夜の車中で全裸で一発ギャグをやらされていた。

彼らは毎日、地元の豊橋で遊んでいた。ファミレスで全品頼んで結局食べきれなかったり、ジャンケンで負けたメンバーが吐くまで嫌いなものを食べてみたり、手作りのイカダで極寒の季節に川下りを試みて失敗したり、くじ引きで決めた怪しい服装で出歩いて誰が最後まで職質されないか競ってみたり、生きていくうえで必要のないことばかりに全力を注いでいた。その動画を観ている間、依里子は、何の感情も動かなかった。何の学びも得なかったし、ただただ時間を浪費し目を疲れさせているという感覚しかなかった。脳が溶け、音を立てて偏差値が落ちていく気がした。

だけど、それでよかった。

いつしか依里子は、毎日正午にアップされる動画を心待ちにするようになっていた。集中力が持続しない若い視聴者に向けて整えられた、たった七、八分の動画。何のためにもならない動画。だけど、それを観られる昼休憩の時間が、自分の命を二十四時間ずつ必死に延ばしてくれる、最後のてのひらのような気がした。

「お待たせしました」

ごと、と、まるでレンガでも置くような音を立ててどんぶりが現れる。卵も、チャーシューも、もやしもキャベツもホウレンソウも、コーンも海苔もねぎも、何もかもが山盛りだ。立ち上る白い湯気が、オーロラのように輝いて見える。

依里子はユーチューブを起動する。例の、早食い対決の動画を再生する。聴き慣れたオープニングの音が、脳幹をへなへなと柔らかく溶かす。

この動画は、七分二十三秒。その間は、何にも考えなくていい。

トヨハシレンジャーはよく、深夜に地元のラーメンチェーン店に行く。こんなの食べるから太るんだよ、とかぐちぐち言いながらも、一日中役に立たないことを撮影した仲間たちと楽しそうにどんぶりの底を見せ合う。

そのチェーン店であるラーメンまんぷく堂が、東京進出を果たした。その一号店が、ここだ。

画面に指先を当てる。一秒目が始まる。

【第一回まんぷく堂全部乗せ早食い対決、スタートォ！】

両耳に流れ込んでくる声に合わせて、思い切り啜る。依里子は箸を割った。

ごっそりと持ち上げた麺を、思い切り啜る。熱い。味が濃い。でも気にしていられない。だって早食い対決なのだから。右手で、氷水を近くに引き寄せる。ろくに咀嚼もせずに飲み込み、次々に麺を、具材を、口の中に放り込んでいく。

明日から仕事、どうしよう。契約は一方的に切られて、次の派遣先は決まっていない。

【ヤバッ、テツロー早《はえ》え！】

【リョウタむせてっぞ、きたねえー！】

夕方、実家から電話がかかってきていたけど、かけ直したくない。妹が二人目を産んだことに関係する話かもしれない。

【テツロー妨害しろ、妨害】

【おい、足蹴んな、ずりぃぞ！】

こんな時間にラーメンなんか食べて、また太る。健康にも悪い。もう何年、人間ドックに行っていないだろう。

でも、もういいや。依里子は、チャーシューにかじりつく。

女性が女性として生きること。この時代に非正規雇用者として働くこと。結婚しない人生、子どもを持たない人生。平均年収の低下、社会保障制度の崩壊、介護問題、十年後になくなる職業、健康に長生きするための食事の摂り方、貧困格差ジェンダー。生きづらさ生きづらさ生きづらさ。毎日どこに目を向けても、何かしらの情報が目に入る。生き抜くために大切なこと、必要な知識、今から備えておくべきたくさんのもの。それらに触れるたび、生きていくことを諦めろ、そう言われている気持ちになる。

【三分経過〜！】

【最下位だけはぜってぇヤダ！】

生きていくうえで何の意味もない、何のためにもならない情報に溺れているときだけ、息ができる。

依里子は水を飲む。今砕かれた食べ物が細い喉を無理やり下っていく。

ああ、動画が、あと三分十二秒で終わってしまう。その一秒後には、また、息継ぎのできない毎日が続くのだ。

【これ最下位リョウタじゃね!?】

【リョウタの罰ゲームとか貴重～!】

それなりに空腹だったはずなのに、あっという間にお腹がいっぱいになってきた。依里子はどんぶりに架けるように箸を置く。げっぷが出て、早速、胃がもたれ始めているのを感じる。

【一番乗りっ! うまかったー!】

【俺二番～! くどいけどまんぷく堂はうめーなあ】

両耳から流れ込んでくる男たちの声が、依里子の鼻の頭で混ざる。

いいなあ。

これを真夜中に食べきって、おいしいって言える生命体として駆け回ることができたら、この世界はどれだけ楽しいのだろうか。

【お、お、最下位、リョウタじゃね!?】

小さな画面の中で毎秒更新されるような生きづらさがそもそも目に入らない一日を終えて、こんなふうに真夜中に仲間とラーメン屋に駆け込むことができたら。この世界は、どれだけ。

【タケヒコいけいけ、リョウタに罰ゲームやらせようぜ！】

涙より一秒先に、鼻水が出てくる。手を伸ばしたメニュースタンドに、紙ナプキンは一枚も残っていない。

風が吹いたとて

1

オーケー屋はそんなに儲かっていないらしい。

アイロンをかけたワイシャツをホットカーペットの上にそっと置きながら、由布子《ゆうこ》は桑原《くわはら》から聞いた話を思い出す。職場で向かいのデスクに座っている桑原は、クリーニング業界のライバルであるオーケー屋にとって不都合な情報を集めるのが趣味のようなものだ。飽きることなく定期的に披露してくれる競合相手の不振エピソードに相槌を打ちながら、由布子はいつも、そんなことしたってレッツクリーニングの売上が、というか自分たちの給料が上がるわけじゃないのに、と思っている。クリーニング工場内にある事務所でのパートは、決済処理や工場内で働くアルバイトたちのシフト作成、機材の定期点検作業の管理などが主な業務で、内容的には特に難しくない。その代わり、特に達成感もない。仕事で輝く、みたいなことを言うＣＭや広告を目にするたび、由布子は、そういう人生が東京にはあるんだな、と思う。

ただ一番面倒なのは、桑原という存在が生み出す人間関係のトラブルだ。どこで働いても結局その悩みに行き着くのは、これまでの四十五年の人生で何度も経験したことだけれども。

「意外と時間なっ」

　頭上からそんな声が降ってきたかと思うと、里奈《りな》がぴょんとカーペットの上のワイシャツを飛び越えていった。「もー、絶対踏まないでよね」由布子はうんざりしながら、シームレスのベージュの肌着をワイシャツのすぐそばに並べ、上からクッションを置いた。由布子よりも寒さに弱い夫の義久《よしひさ》のため、冬の朝はこうしてシャツや肌着を温めておく。

　いつもなら、サッカー部の朝練に向かう貴之《たかゆき》、勤務先まで片道一時間以上かかる義久、家に近いからという理由だけで高校を選んだ里奈、九時半に事務所に着いていればいい由布子という順で家を出るが、今日は違う。高校二年生の里奈が、待ちに待った修学旅行の初日を迎え、いつもよりも登校時間が少し早いのだ。貴之が三分もかからず平らげた朝食の食器を流しに運びながら、由布子は言う。

「あんた、持ち物チェックちゃんとしたの？」

「昨日の夜にしたから大丈夫ー」

　修学旅行の行先は例年と変わらず京都だが、春と秋は観光シーズンかつ外国人旅行者がかなり増えたため、地元の観光協会などからの要望もあって今年から実施時期を冬にずらしたらしい。冬ならば週末でも宿が空いており安いですよ、なんて呼びかけを学校が鵜呑《うの》みにしたせいで、振替休日にはお弁当ではない昼食を用意しておかなければならなくなり面倒だ。

当の里奈は「今のクラス大好きだから、この学年のうちに行けるなんてラッキー！」なんてご機嫌なのでよしとしても、おかげで私服に合う新しい防寒具や男子部屋に遊びに行っても恥ずかしくないようなカワイイ寝間着などを散々ねだられ、出費がかさんだ。手袋やマフラーを新調したところで、落ち着きのない里奈がどこかにあっさり忘れてくる未来しか想像できない。

貴之の分の食器を軽く水洗いしながら由布子は思う。生徒数も知れているような田舎の一校が修学旅行の時期をずらしたとして、京都みたいな観光地の混雑がどうにかなるわけでもないのに。

「里奈」水洗いした食器を食洗機に収めていく。「荷物、出る前にもう一回チェックしといたほうがいいんじゃないの？　コンタクトの予備とかメガネとか入れた？」

「大丈夫大丈夫」

味噌汁をお玉ですくい、ご飯をよそう。

「そんなこと言って、しおり、さっきソファのあたりに落ちてたの見たけど」

「えっうそ！」

キッチンからダイニングテーブルへ、里奈と自分の分の朝食を運ぶ。いつもより声もテンションも高いどころか、髪型もメイクも明らかにしっかり整えているところが、非日常に浮かれていることをきっちり証明していて微笑ましい。制服を脱いだクラスメイトたちと二泊三日ということで、結局、私服も新しいものを一式購入させられた。

顔立ちがどんどん義久に似てきたな——由布子は、自分の分の朝食を里奈の向かい側で食べながら、まじまじとその顔面を観察する。高校に入って、特に二年生になって、クラス替えにより行動を共にする顔ぶれが変わったのか、里奈はもともと興味があったらしいメイクをめきめきと上達させていった。だけど、義久に似て、ぱっちりとした二重、大きめの鼻、眉を含め全体的に毛深いという特徴があるので、正直、化粧の前後であまり差が出ないタイプの顔立ちだ。だけど覚えたてのメイクが楽しいのだろう、今日も、目の周りのメイクはもうちょっと控えめでもじゅうぶん足りていると思うが、由布子は何も言わないでおく。

「あ、腕時計は？」

お弁当のおかずも兼ねて作ったほうれん草とベーコンのバター炒めを口に入れたとき、由布子はふと、最も忘れそうなものに思い当たった。

「もうカバンに入れた？　普段持って行かないでしょ」

「あー、部屋かも。食べたら取りに行くよ」

「絶対忘れるよ今の言い方。食べたらすぐ腕に着けとけば」

はいはい、と受け流しがちの里奈に、由布子は念押ししておく。

「携帯、今回は持って行っちゃダメだからね」

由布子がそう言うと、里奈はバツが悪そうな表情でもう一度「はいはい」と呟いた。ダルいなあ、とでも言いたげな雰囲気を漂わせているけれど、きっと、あのとき想像以上に怒った父親の剣幕を思い出しているに違いない。由布子は、茶碗のご飯を半分残し、懸命にダイエットに励む年頃の娘の姿を見て、これ以上その話を突っつくのはやめてあげることにした。

修学旅行といえば思い出すのは、里奈が中学三年生の春のことだ。受験生となり、塾通いのために与えられた自分用のスマホに、里奈は夢中だった。どこに行くにも写真を撮り、何かしらにアップしていた。修学旅行ではもちろん携帯電話の持参が禁止されていたが、里奈はその写真撮影欲にあっさり負けてしまい、こっそりカバンの中にピンク色のケースに収められたスマホを滑り込ませたのだ。だが、夜の点呼の際、みんなで撮影大会をしているところがバレてしまい、次の週には生活指導室で反省文を書かされた。

それに対し、義久は、驚くほど怒った。

「お前は、自分ひとりくらい、なんて思っているかもしれないが、たったひとりがルールを破ることで、取り返しのつかない大きなトラブルに繋がることだってあるんだ」

「何百人の生徒との旅行をまとめる先生の仕事がどれだけ大変か」

「風が吹けば桶屋が儲かるって言葉、お前もさすがに知ってるだろう。その逆もあるんだ。

ちょっとした違反が、すべてを壊すことだってある。全部繋がってるんだ」

当時義久は、勤めている自動車メーカーの販売店の店長として出向を命じられたばかりだった。入社以来ずっと本社勤務だったので、突然それまで直接は関わることのなかった消費者という存在に毎日向き合うことになり、さらにこれまでも現場に立ち続けてきた経験豊富な販売員たちをまとめなければならず、かなり疲弊していた。とはいえ総合職採用の社員に一度販売の現場を経験させるというのは出世コースの王道らしく、義久もその期待に応えようと慣れないなりに懸命に努力していた。けれど、やはりこれまでと勝手が違う環境では自分のことで精一杯になってしまい、じゅうぶんに部下をケアすることができなかったどころか、一時はかなり強く反発されていたようだ。経験不足の義久は見抜けないだろうと、店のルールを破って強気なセールスを行った従業員もいたらしい。

その状況が、あっけらかんと〝スマホを持ち込む〟というルール違反を犯した娘に重なったのだろう。明らかに、感情が爆発していた。里奈は、担任の教師以上に怒る父親の姿を前にしてかなり怯《おび》えていたが、由布子は冷静に、顔は義久に似てるのにこの子は割とさらっとルールを破るタイプだよな、と思った。自分も校則は守るタイプだったし、そのあたりは誰に似たんだろう、と。

義久は二年で現場を離れた。今は、主にバスやトラックなど大型車の部品を検査する部署にいる。言葉だけ聞くと地味な仕事のように感じられるが、会社の重要な商品群の品質管理を一任されているということで、やはりその会社では出世コースだと言われているらしい。義久からの説明を聞きながら、由布子は、ならばもっとお給料も上げてほしいな、と思っていた。

それが、三か月ほど前のことだ。

「あ、これも忘れないうちに」

二階の自室に腕時計を取りに行っていた里奈が戻ってくると、由布子はいつもの流れで弁当箱の入ったトートバッグを差し出した。

「えっ？　お弁当〜？」

里奈がいたずらっ子のような笑みを浮かべる。そこで由布子は、自分が犯したミスに気が付く。

「さっきまで散々チェックがどうとか言ってたのに、お母さんがミスってんじゃん〜今日あたしお弁当持ってくわけないじゃ〜ん！」

やばーもうボケ始めたんじゃないのー、と、けらけら笑う里奈を前に、由布子は脱力する。いつもの癖で、貴之が部活前に食べる分（中学で給食は出るが、午後の部活前に何か食べないと体がもたないらしい）、自分が昼休みに事務所内で食べる分と一緒に、里奈のお弁当も用意してしまった。里奈の分が要らなかったとしても結局二つは作らなければならないのだが、やらなくても誰からも何も言われない家事をしっかりこなしてしまったときの、何だか途方もなく損をしたような感覚は名付けがたいほど巨大だ。

「あたしだけ京都でいつものお弁当食べてんのおもしろすぎでしょ」腹が立つくらい長い間笑い続けていた里奈は、荷物の最終チェックを終え、さっさと家を出ていった。ダイニングテーブルを見ると、半分ご飯が残されている茶碗も含め、食器はすべて流しに運ばれている。そういうところはやっぱり貴之と違うな。由布子はそう思いながらも、貴之の食後、料理がきれいに平らげられた皿がいつまでもそこにあるところに不思議とかわいさを見出してもいた。

かすかに、風を感じた。

リビングのドアが開いたのだ。

「あれ、里奈ももう出たのか」

振り返ると、パジャマ姿の義久がリビングに入ってきた。「今日から修学旅行。日曜の夜までいないから、静かでいいわー」由布子はそう言いながら、再びキッチンに立つ。まだ七時を回ったばかりだが、家の中には由布子と義久のふたりしかいない。

ふたりきり。

って、どれくらいぶりのことだろう。由布子はふとそんなことを思ったけれど、土日の夕方など、子どもがどちらも出かけているときはよく義久とふたりきりになる。特に珍しい状況ではないはずなのに、なぜだか急に少し緊張し始めてしまった。朝にふたりきりとなると、新婚時代を思い出すからだろうか。子どもがいないときは、起き抜けによく、朝陽の差し込む部屋で睦《むつ》みあっていたからだろうか。

義久はダイニングテーブルに新聞を広げている。その横顔は、朝から由布子の身体をどんどん探りに来ていたころと比べると、随分老けた。

由布子は味噌汁の入った鍋を火にかけながら、そうだ、と思った。

貴之の高校の話をしなければ。

そして、そう思った途端、きゅんと胸が痛んだことを自覚した。

娘の里奈は義久に似て濃い顔だが、息子の貴之は由布子に似てあっさりとした顔立ちだ。弓道部が着るような袴あたりがしっくりきそうな系統だが、当の本人は小さなころからサッカー一筋で、中学二年生の冬となった今、先月の三者面談で担任の教師から聞かされた通り、県外の強豪校から声がかかるまでになっている。

貴之は事前にその話を聞いていたらしく、隣で落ち着いた表情をしており、由布子だけが「えっ」と声を漏らしてしまった。由布子は、すぐ隣にある、立派な山脈を携えた喉、髭《ひげ》の生え始めた細い顎、首も肩幅も日に日に太く大きくなっていく息子の肉体を見つめながら、家でちらっとでも話しておいてくれればよかったのに、と思った。それは、義久と付き合う直前のころ、義久が自分に好意を抱いていることを他の男友達から聞いたときの気持ちと似ていた。ねえ、私に一番に話してくれないのはどうして。私はあなたにとってそういう存在になれていないってこと。

もしその高校に進学する意志があるなら、中学三年生になる前に一度、春休みの練習に参加してみないかという誘いがあること。実際にそこに進学することを決めれば、三年の夏に部活を引退した後はその高校の練習に通うことになること、そしておそらく寮生活になる可能性が高いこと。私立なので、学費の面や、所属するクラス、予想されるその先の進路についても詳細な説明が必要になってくること。「一応その高校の資料は渡しておきますので、ご両親で一度よく考えてみてください。進学自体は一年以上先の話なので急ぐことではないですが、決断が早い方が普段の食事から気を付けることができたりしますし、春休みの練習から参加してみたいということであれば一度、仮という形でも先方に意思を伝えておきたいところです」担任の教師がそう言いながら紙の資料を渡してきたときも、由布子は貴之の横顔を見ていた。

県外の高校。全寮制。この横顔が出会うすべてを共有してきたつもりだし、これからもそうしたい気持ちがあるけれど、そろそろそんなことも言ってられないんだろうな――

「お父さん」

由布子は義久の横顔にそう呼びかける。貴之も里奈もいない空間では、〝お父さん〟と呼ぶ自分の存在がとても不可思議なものに感じられた。

「貴之の高校のことなんだけど」

義久の分の朝食が乗った盆を運びながら、由布子はそう切り出す。義久は、さっきと同じく、新聞を広げたままだ。

上部がぺろんとめくれた新聞紙が、応援席から垂れ下げられている横断幕のように見える。

三者面談の直後、由布子は貴之が出場する大会を観に行った。事前に本人に伝えると絶対に嫌がるので、大会名や日程、中学校名で検索をかけて、こっそり会場や試合開始時間を把握した。

風が強い日だった。

由布子は、もう少し分厚いアウターを着てくればよかったと思いながら、舞い上がる髪の毛を押さえながら、グラウンドを素早く行き来する若い身体たちを見守った。

中学生になった貴之がサッカーをする姿をきちんと見たのはそのときが初めてだったが、由布子は、自分の息子が繰り出す想像以上に強気なプレーの数々に驚いた。審判の死角を狙って相手のユニフォームを摑む姿は、家では見せたことのないような凶暴さに満ちていて、自分の知っている貴之とは別人のように感じられた。それは、貴之が夜中にパソコンを触り始めるようになったとき、絶対そういうことを調べているんだろうな、と覚悟しつつ、こっそり履歴を確認したときの気持ちと似ていた。由布子はパソコンの画面にずらりと並ぶ馴染みのない言語表現を眺めながら、息子の脳や心は今後こうして自分が共有できないものに占められていくのだと思った。

いつだったか、テレビでサッカーの日本代表の試合が放送されていた夜、日本選手がイエローカードをもらったタイミングで「サッカーって結構、強引っていうか、それ反則じゃないのってことやるんだね」と訊いてみたことがある。ソファに座っていた貴之は、大人にはまだ足らないほどの脛毛《すねげ》が生えた足を組み替えながら、「完璧にルール守ってたら勝てないって、サッカーでは」と由布子を見ずに呟いた。修学旅行にスマホを持ち込んだ里奈といい、勝つためには相手のユニフォームを鷲摑《わしづか》みにする貴之といい、こういうところは誰に似たんだろうと思う。貴之は、顔立ちは由布子に似ているが、由布子は運動が好きではないし、義久はとにかくルールを守る人間だ。

「ねえ、前に渡した資料、読んでくれた？　貴之の高校の」

義久が、パッと新聞から顔を上げる。

「え、あ、ごめん」

義久が向き合っている新聞の面は、その椅子に座ったときから、全く変わっていない。

「ごめん、ちょっとまだ読めてない。まあでも、貴之が自分でやりたいことなんだったら、やらせてやりたいよな」

そう言うと義久は「いただきます」と箸を持つ。温め直した味噌汁に口をつけ、ずず、と、音を立てる。

やりたいことはやらせてあげたいだなんて、そんなことはもうとうの昔に考えたよ。

由布子は心の中でそう言うと、キッチンに戻った。子ども二人分の食器はもう食洗機に収めていたので特にすることもなかったが、ダイニングテーブルで義久と二人きり、というのは今の由布子にとっては何だか難しいシチュエーションだった。昔はこんな時間帯のこんな場所でも欲情しあっていたことがあると思うと、その記憶のスイッチを押してしまうような行動を取ることすら恥ずかしかった。そもそも、やりたいことなんだったらやらせてやりたい、なんて、そんなの、当たり前だ。何の解決にもなっていないけど理解はあるという態度を示されても、話は何も進まない。

こっそりと試合を観に行った日、由布子は思った。あくまで素人目だが、貴之がずば抜けて能力があるとは思えない、と。強豪校に進学するということは、高いレベルでサッカーを練習する環境を手に入れることでもあるけれど、今以上に勉強して今以上のレベルの大学へ進学することを諦めることでもある。やりたいことはやらせてやりたい。だけど、サッカーで生きていくほどの能力があるわけでもないのに、高い学費を払って県外の寮に送り出すことは本当にいいことなのだろうか。結果的に貴之の将来の可能性を狭めることにならないのだろうか。

ふう。由布子は息を吐く。考えることは、半径五メートル以内にたくさんある。

大学に進学する気のなさそうな里奈の、これからのこと。本人は美容師の専門学校に行きたいと言っているが、多分あれは周りの友達に合わせてそう言っているだけだ。本人のやりたいことではない。車を二台止められるスペースを確保したこの家のローン、上がらない世帯収入と貴之が私立に進学することになったらかかる学費のバランス、桑原が工場の新人アルバイトを定期的に辞めさせてしまうこと、春休みに貴之が高校の練習に参加するとなったところで送り迎えはどうすればいいのか。自分も義久も一人っ子であるという事実からじわじわ香る親世代の今後にまつわる諸々。自分の祖父母はどちらもすでに他界しているが、六年前に脳梗塞で倒れた父を母が一人で介護しているような状態だ。ずっとこのままではいられないだろう。義久の両親はもう六十代後半だが、どちらも九十代である義久の祖父母の面倒を看ている。老老介護状態になって、もう長い。

考えることは、半径五メートル以内にたくさんある。

「ごちそうさま」

食器の乗った盆を流しに運んだあと、義久は、洗面所へ消える。

テーブルの上の新聞は、結局、頁が捲《めく》られることはなかった。ごちそうさまと言ったけれど、ご飯もおかずも、半分以上残っている。

簡単に水ですすいだ食器類を収めた食洗機をオンにしたころ、髭を剃り終えた義久がリビングに戻ってきた。ホットカーペットでしっかり温まった肌着とワイシャツを着て、髪を整えるために洗面所へ戻る。

去年までは、肌着やシャツを温めておいたことに関して、ありがとうの一言があった。

「今日は何時くらいになりそう？」

帰り、と訊く由布子に、義久は「わからないけど、多分、遅くなると思う」と答える。

今日と明日、里奈も貴之もいない。だけどきっと、セックスをすることもないだろう。

「わかったら、連絡ちょうだい」

ダイニングテーブルの上には、余計に作ってしまったお弁当が入ったトートバッグが置いてある。

自分の分は作ってある、貴之の分はもう渡してある、里奈はお弁当がいらなかった。一つ余っている。

「うん。行ってきます」

由布子は、トートバッグの存在を背後に感じたまま、義久の後ろ姿を見送る。少し痩せたその背中に直接触れたのは、いつが最後だろうか。

しばらく美容院に行っていないため少し伸び気味の襟足が、ふわふわと揺れている。

今日は風が強くなるのかな。

もうすぐ八時だ。

自分も行かなければ。

2

向かいのデスクに座っている桑原が、「なんか、あれらしいよ」と口を開いた。噂話が始まる合図だ。

「前にちょっと話したオーケー屋の件だけど、ミラクルフレッシュっていうサービスで色々ごまかして利益上げようとしてるんだって」

「ミラクルフレッシュ？」

聞き慣れない言葉を抽出しながら、由布子は、月ごとのメンテナンスにかかった費用の決済作業を続ける。

「水性洗いと油性洗い、どっちも同時に行いますよってサービス。それで追加料金取ってるんだけど、実際やってたのは強めの油性洗いだけ、みたいな」

「えー」

それはただの詐欺だねえ、と言いつつ、由布子は、桑原はいつも一体どこからこんな裏話を仕入れているのだろうと感心する。

「ほんとにやろうと思ったら機械から買い替えなきゃいけないことだし、業界内の人間からしたらバレバレだよね。ま、そんな不正しなきゃやってられないなんて、もう業界自体がやばいんだなって。自分自身、家でアイロンかけるしなー」

不景気だわーとぼやく桑原の声色には、不思議と悲愴感はない。もうずっと前に、会社の業績や月給が上がる期待をしないことを決めており、そんな自分を正当化する材料を集めているからだろう。その気持ちは、由布子も全く同じだった。クリーニング業界全体の不振や根本的な衰退を憂えるたび、ここでの仕事に関して必要以上にがんばらないことを選んだ自分は間違っていないのだと再確認できる。

工場内にある事務所には、パートである由布子と契約社員の桑原、本社から配属されている工場長と呼ばれる男性社員、主にその三人が常駐している。壁一枚隔てた先に広がる工場には、県内にある店舗から送られてくる衣服の山と、洗浄、乾燥、シミ抜き、アイロンのそれぞれの作業をこなすラインがある。最も人手が必要なのは、どうしたって人力で行うしかないアイロン班だ。

「でも」

ちらっと、工場長のデスクが空席であることを確認する。今日の午前中、工場長は本社の会議に出ている。

「来期から、うちでも同じようなことやるかもって」

由布子はドアを見るが、誰かが開けた様子はない。

風が吹いた。

「ほんとに？」

由布子は、風に舞い上がったような気がした前髪を右手で整えながら、桑原の表情を盗み見る。その口元はやはり、それはそれは楽しそうに歪《ゆが》んでいる。

「よくわかんないけど、工場長が言ってた」

由布子がわかりやすく驚けば驚くほど、桑原はわかりやすく落ち着き払ったフリをする。明かした情報に反応する相手に対して、自分にとってはそんなに大きなことではないけどね、という態度を取りたい気持ちが透けて見える。

「スーツ洗いって言ってたかな。知らない？　もうちょっとしたら、スーツクリーニング用に特別な溶液を使用し始めましたってキャンペーン打つって話」

「うーん、私は知らないな、あんまり」

興味もないし、と言いかけて、由布子は口をつぐむ。

「そろそろそういうキャンペーン始めるらしいんだけど、溶液はいま使ってるやつと変えないんだって。スーツの本場、イタリアで定番の特別な溶液を使用！　みたいに宣伝するらしいけど、ぜーんぶウソみたい。工場の中でやることは何も変わらないから仕事増えなくてラッキーって笑ってたよ、あの男」

テンキーを押す由布子の指先から飛び散る音を巧みに避けて、桑原は話し続ける。

「でもさ、言われてみれば、オーケー屋の水性洗いナシよりはお客さんからバレにくいわけだし、賢いっちゃ賢いやり方だよね。素人がパッと見てわかるような違いなんてそもそも期待されてないだろうし」

「そうなんだ」

由布子は適当に相槌を打ちながら、決済の作業を中断し、インターネットのブラウザを立ち上げ、ヤフーニュースにアクセスした。

「工場長、会社の利益を生む場所の品質管理を任されるのは出世コースだとか何とか言ってたけど、そんなわけないじゃんね。実際、こうやって不正の片棒担がされてるわけだし」そうだね。「出世コースなんておだてられてさ、上の言う嘘がまかり通るように調整させられてるだけ。操り人形みたいなもんだよ」

そうだね。そうだね。

桑原の話に付き合わされている間は、どんな単純作業でも気が散ってミスをしてしまう可能性が高いので、由布子は潔く作業を中断するようにしている。本当ならば無視してしまいたいところだけど、話に付き合わないと桑原は不機嫌になり、その苛立《いらだ》ちを工場のアルバイトにぶつける傾向がある。桑原は、新人のアルバイトをよく辞めさせては、こんなところでも働けないなんてもう終わってるよね、と言う。こんなところ、という言葉が、自分の生きる場所にもかかっていることはどうでもいいみたいだ。

「でも私、聞いたとき思ったんだよね。そもそも今時スーツ重視のキャンペーンってどうなのって」

「そうなんだ」由布子は、パッと画面いっぱいに広がるトピックスを眺める。

「だって今、どっちかっていうと脱スーツの時代じゃない？　私服通勤とかテレワークとかで働き方がどんどん変わってるんだからさ、スーツ洗いのキャンペーンって古いよね、考え方が」

「そうだね」

また、東京の話をしている。由布子は思う。

由布子より六つ年下で、独身の実家暮らし。桑原には多分、余暇の時間が由布子の何倍もある。由布子が家のパソコンでネットを利用するのは、米やトイレットペーパーなど持ち運びづらいものをまとめ買いするときか、それこそ貴之の試合会場をこっそり調べたり、ついでにネットの履歴を覗き見るときくらいだ。実家暮らしの桑原はきっと、由布子が家事をしている時間のほとんどをインターネットに費やしている。確かに話の引き出しは多いが、情報源がネットだからか、話題そのものや会話の中に差し込まれる具体例のほとんどが東京のものばかりで、最先端というより極端なのだ。この地域には、私服で会社に行く人もテレワークをしている人も、どこにもいない。

パソコンの画面に広がる、様々なトピックス。服装や時間や場所に囚われない働き方、電車の自動運転の走行試験開始、女優と付き合っている実業家のＳＮＳ投稿。どれもこれも東京の話だ。遠い遠い星の話。

その中に、クリーニング、の文字を見つけた。

「永田《ながた》さん、聞いてる？」

「あ、ごめん」

由布子は思わず顔を上げる。一瞬、桑原の髪の毛が、風に吹かれて揺れているように見えた。

「全然聞いてなかったでしょ、私の話」

「あー、いや」

由布子は口の動くまま、話し続ける。

「今ちょっとヤフーニュース見てたんだけど、クリーニング、って文字があったから気になっちゃって、あ」慌てて、桑原の話に関連付ける。「ほら、さっきの桑原さんの話、オーケー屋の不正がもうニュースになってるのかなって」

「えー？」

桑原の目が光り、鼻の穴が膨らみ、口角が上がる。「そんなわけないじゃん」と言いつつ、そんなことが起きていてほしいと思っていることが丸わかりだ。

由布子が見つけたタイトルは、【不動産屋爆発　原因となったスプレーはクリーニング用か】だった。桑原もそれを把握したのだろう、その表情を下品なものに仕立てあげていたすべてのパーツが、元の形に戻っていく。

「何だ、これあれじゃん、先月の、不動産屋が爆発した事件のやつじゃん」

オーケー屋じゃないじゃん、と、桑原が呟く。そっか、と、由布子はまた心にもない相槌を打つ。

先月末、東北地方の不動産仲介店が突然、店舗ごと爆発した。不可解な状況と出来事のインパクトによって、一気にそのニュースの知名度は全国区となった。はじめは隣接する料理教室が原因なのではないかと報道されていたが、やがて、不動産仲介店の従業員が店内で百本以上の消臭スプレーを噴射した後、湯沸かし器を点火したことが原因だと判明した。

「この、一気に処分しようとしてたスプレー缶っていうのが、ハウスクリーニング用だったんじゃないかってことで炎上してるんだよね。ま、物理的にも炎上したわけだけど」

由布子が本文を読み進めるより早く、桑原がどんどん解説してくれる。

「そうなんだ」

「そうそう。引っ越すときって、ハウスクリーニング代で一万とか二万とか払わせられるんでしょ？　それに使う消臭スプレーをまとめて処分してたわけだから、全然ちゃんとスプレー使ってなかったんじゃん、ってなってんだよね。そもそもスプレーでシューシューやってただけなのにハウスクリーニングって言ってたのかよってとこでも皆キレてるっぽいけど」

「そうなんだ」由布子はもう、記事を読むことをやめた。その下にくっついている、コメント欄まで画面をスクロールする。

「頭下げてた社長も、一万二万ごまかすために決めたことがこんな大損に繫がるなんて思ってなかっただろうね」

由布子は、すべてのコメントを読む、という文言をクリックする。指を数ミリ動かすだけで、膨大な数の読者の意見が溢れ出てくる。

「風が吹けば桶屋が儲かるじゃないけどさ、全部繫がってんだね、悪いことも」

大量についているコメントの内容は大きく二つに分かれていて、ひとつは、自分がこれまで払ってきたハウスクリーニング代も全部ぼったくられてたってことか、という、書き手自身の怒りを露わにしたものだった。

「永田さんも、これまで払ってきたんじゃないの？」

実家以外の場所で暮らしたことのない桑原が、由布子をじっと見つめている。

「引っ越しのとき、ハウスクリーニング代とか、何万も払わされたんじゃないの？」

これは、知らない街の話。

「騙されてたんじゃないの？」

遠い遠い星の話。

「イライラしない？」

私には関係のない話。

「そうだね」

由布子は少し、声色を変える。

「でもよかったよね、誰も死んだりしなくて」

確かにね、と返しつつも、桑原の表情は退屈そうだ。

「まあ奇跡的な話だよね。オフィス全部吹っ飛んでんのに誰も死ななくて延焼もなかったなんて」

桑原はそう言うと、事務所の壁にかけられている時計に視線を移した。

「それこそ強い風でも吹いてたら、もっと燃え広がって大変だったかもね」

風。

由布子はまた、自分の前髪が、ふわりと浮き上がった気がした。

風が吹いていたら。

もっと強い風が吹いていたら。

「行ってくる」

気づくと、桑原が立ち上がり、事務所から出ていくところだった。いつの間にか、昼休みの時間になっている。

数年前より、経費削減やら節電やら働き方改革への対策やらで、定時を越えると工場内のあらゆる電源をストップさせなくてはならなくなった。そのため、昼休みに入る時間帯で一度、それぞれの分野で作業がどれほど進んでいるのか確認するという業務が生まれた。

今日の確認作業の担当は桑原だ。担当でないほうは、事務所に残って、昼休み中の電話対応を担う。

由布子はカバンの中から、朝作ったお弁当を取り出す。そうすると、なぜか、目の前のお弁当ではなく、里奈用に、と一つ多く作ってしまったお弁当に意識が飛んだ。

「ねえ」

工場から、桑原の声が聞こえてくる。

「野々宮《ののみや》さんだけ遅れすぎてない？　午前中のノルマ全然達成できてないよね？」

野々宮さん。その名前を聞き、由布子は、ふうと息を吐いた。

「すみません、まだ慣れなくて、時間がかかってしまって」

野々宮は先週入ったアルバイトで、アイロン班に配属された二十代の女性だ。面接のとき、目がなかなか合わなくて声が小さかったらしいが、人手不足が続いていたこともあり、工場長があっさり採用した。

「そんなにバカみたいに丁寧にやらなくていいから」

桑原の声が一段と大きくなる。

「一つ一つの完成度上げることより、まずは時間内に数こなすことを考えて。工場の稼働時間、長引かせるの無理なんで」

「あ、でも」何か言いたげな野々宮を、桑原が一蹴する。

「時間がかかっても一つ一つ完璧に仕上げたい、みたいなこと言おうとした？　今。そういうの、ほんといらないから。それ、お客さんのためじゃなくて結局自分のためでしょ？　丁寧にやる自分でいたいんでしょ？　マジで迷惑だからそれ。どうせ全部完璧にできないんだから、全部均等にちゃんと手抜いてよ。あんたの今のやり方だと、服によって仕上がりに差が出るんだよ。は？　それが一番最悪だからね。ちょっとくらい適当なところがあったって誰にもわかんないんだから、とにかく納期を守ることを考えて。お客さんは、百点の仕上がりで遅れるより、八十点の仕上がりでも期日通りに服を返してほしいんだよ。言ってることわかる？　聞こえてる？」

目は光り、鼻の穴は膨らみ、口角は上がっているんだろうな。由布子は桑原の表情を想像しながら、いつもスーパーで多めにもらう割り箸を取り出す。食洗機を買ったものの、洗い物を極力増やしたくないという思いは細胞に深く刻まれている。

桑原さんにうまく注意しといてよ。工場長からはそう言われている。いま俺以外で桑原さんより職歴長い人って永田さんしかいないんだから、ね。工場長は簡単に言う。確かに間違っていない。由布子のほうが年上だし、この事務所での職歴も長い。だけど、由布子は夕方には仕事を終えるパートタイマーで、桑原はフルタイムで働く契約社員だ。桑原は由布子のことを先輩とも、もしかしたら年上だとも思っていないかもしれない。

工場長は続ける。次のバイト探すのも大変なんだから、ああやって新人さん辞めさせられちゃうと困るんだよね。このままだと、桑原さん辞めさせて永田さん一人で事務処理してもらうことになっちゃうよ。でも雇用形態は変えられないし、時給を上げられるわけでもないし。ね、だから、よろしく頼んだからね。

お弁当箱の蓋を開ける。白だしと砂糖を入れて作った甘めの卵焼き、ほうれん草とベーコンのバター炒め、ウィンナー、冷凍食品の揚げシューマイが二つ、プチトマト三つ、のりたまふりかけのかかったご飯。

義久に渡さなかったお弁当。

考えなければならないことは山ほどある。

「何その顔。納得しないなら別にそれでいいです。だけどそのときは、あなたが工場を追加で稼働させた分の電気代やら何やらを全て本社にお支払いいただきますけど、それでいいんですね？ そのときは理由も自分で工場長に説明してくださいね。ほら、できないでしょうそんなこと。ならちゃんと終わらせろよ。やれよ、とにかく。他にどうすることもできないんだから、どうせ」

由布子はまず、プチトマトのヘタをつまむ。常温のプチトマトは、表面に裂け目が入っており、熟れた果実のようにやわらかい。

聞こえてくる桑原の声が、どんどん大きくなっていく。

水性洗いをしていない、ミラクルフレッシュ。

溶液を変えずに行われる予定の、スーツクリーニングのキャンペーン。

ハウスクリーニングを十分にしていないことを隠すための、消臭スプレーの処分。

やれよ、とにかく。他にどうすることもできないんだから、どうせ。

そうだ。

今日は貴之が、部活仲間の家に泊まりに行く日だった。明日から遠征合宿だから、集合場所である中学校に近いチームメイトの家に前夜から集まると言っていた。全部で二泊だから、練習着や下着のことを考えると、洗濯機を一度回したほうがいいかもしれない。泊まりに行く家で夕飯が出ると言ってはいたけれど、さすがにペコペコの空腹で向かわせるのも申し訳ないから、昼と夜、同じメニューになってしまうけれど、あの余ったお弁当は貴之に食べてもらうことにしよう。少しくらいお腹を満たして行かせたほうがいい。ひとの家でバカみたいにご飯やおかずをおかわりしたら、恥ずかしいし。

「ねえ、野々宮さんってさ、泣けばいいと思ってるでしょ？　そうやって人生歩んできたタイプ？　うわー最悪、一番嫌いだわ、一番嫌い。いい加減にしてくれない？　お客様がお客様がって、あんたがそんなこと言うの十年早いからね？　まずやるべきことしっかりやってもらわないと困るって言ってるの。私何か間違ったこと言ってる？　間違ってるのは周りの人と同じように作業を終えられないあんたのほうだよねえ？　ねえ、聞いてんの？　間違ってんのはどっちだよ、おい」

由布子は、ブラウザの右上の ×ボタンをクリックして、ニュースのトピックスを画面からも視界からも消した。

桑原の怒鳴り声に、耳を塞ぐ。

全部、遠い遠い星の話。

私が考えなければならないことは、半径五メートル以内に山ほどあるのだ。

3

〈わかりました。では、明日の午後、うちの家族の昼食を済ませてからうかがいますね。作り置きの要望とか、日用品で足りないものとか、何でも遠慮せず仰ってください〉

いつものように、自宅に最も近いスーパーの駐車場に車を止め、由布子はメールの返信を打つ。終業間際に届いた義母からのメールにより、明日は義理の両親の家に行くことになった。老老介護状態だと自分の身の回りの世話まで満足に手が行き届かないらしく、週末に手伝いに来てほしいという連絡だった。構造をよく知らない家での洗濯や掃除はもちろんだが、大量の食材を調達して、日持ちする作り置きのおかずや常備菜を用意し冷凍保存するまでのことを考えると、由布子はすでにどっと疲れた。ちょうど里奈も貴之も不在の週末だが、そのことは義母には黙っておく。家族の昼食を済ませてから夕食を準備するまでの間、というタイムリミットを設けないと、わざと少し離れたところに住居を設けた相手に対して奉仕の心を芽生えさせることは難しかった。

車を出て、鍵を締める。冷蔵庫にあるあらゆるものの残量と賞味期限を照らし合わせながら、そうか、今日の夕飯から数えて六食分、義久と自分の二人分だけでいいのか、と思い至る。

今日から日曜の夜まで、義久と二人きり、か。

ミョウガ、インゲン、ナス、大葉。由布子は久しぶりに、心の動くままに商品を手に取り、踊るようにスーパーの中を練り歩いた。子どもが嫌いだから長い間食卓に並ぶことはなかったけれど、義久はミョウガの天ぷらが大好物なのだ。せっかくだから、そのほかの、子どもたちには不人気だけれど自分も義久も好きなものをたくさん揚げよう。エビや豚肉、サツマイモなど、里奈と貴之が主に消費するような材料には手を伸ばさず、財布の中身と相談をしながら、由布子は買い物かごを満たしていく。金曜日、どうせ義久の帰りは遅いのだから、準備する時間はたっぷりある。普段は子どもと義久の帰宅時間が大きくズレることが多いので、そもそも天ぷら自体、かなり久しぶりだ。

いつもならば選ばない、少し高いビールを手に取る。そうすることで、これから訪れる時間は楽しいものになるはずだと自分自身に言い聞かせる。

帰宅すると、鍵が開いていた。貴之のほうが早かったようだ。

「ただいま」と言ってみるが、おかえりとはやっぱり返ってこない。貴之はスマホを触りながら、ソファに俯せに寝転んでいる。どんどんサイズが大きくなっていく足の裏を覆うソックスは汚れていない。遠征の前日ということで、部活は軽めのトレーニングだけだったのだろう。ダイニングテーブルに放られている鍵をケースに仕舞いながら由布子は、これも明日明後日は郵便ポストに入れておかなくていいのか、と思う。

「あれ」

テーブルの上に置いておいたトートバッグの中身が、空っぽになっている。

「腹減りすぎて食っちゃった」

弁当、と、貴之がやはりスマホから顔を動かさずに言う。このあと必要なものだったらどうするつもりだったんだろう、と思いながらも、由布子はその鉄板のように薄く硬い体が抱える獰猛な食欲にうっとりする。

「何時に出るんだっけ？」

冷蔵庫の前にしゃがみこみ、買ってきた食材を次々に収めながら由布子は尋ねる。洗濯機を回さなければならない。

「みんな八時までには集まるって言ってたかな、だからそんくらい」

時計を見ると、まだ午後五時になっていない。タオル、下着、練習着、靴下、このあたりは乾燥機ですぐに乾くから、スピード洗浄設定にすれば間に合う。よし、と由布子が冷蔵庫の扉をばたんと閉めたとき、

「お母さん」

貴之が、相変わらずソファに俯せに寝転んだまま、言った。

「高校のことなんだけどさ」

貴之は、ママ、という呼び名を、僕、という一人称と一緒に捨てた。

「俺も、自分がどこまでできるのかって、よくわかってない。だけど、明日からの合宿、県

外の強い中学とかと合同なんだよ。いっぱい交流戦やるらしいんだけど、そこで自分がどれくらいのレベルなのかって、なんとなくわかると思う。合宿から帰ってきたら、春休みから高校の練習交ざるかとか色々、ちゃんと決めたい」

由布子は、冷蔵庫の前からゆっくり立ち上がる。

「うん」

由布子の両膝が、ぱき、と鳴る。

「今日明日じゅうに、お父さんとも相談してみるね」

由布子は、どれだけ動かしてもしなやかに動く関節ばかりで繋がっている身体を見つめながら、言った。早急に考えるべきことが、半径五メートル以内に、またひとつ増える。

あらかじめ用意しておいた焼き菓子の詰め合わせを忘れないようにして、貴之を車で部活仲間の家まで送る。わざわざ玄関まで出てきてくれた母親にお世話になる御礼をしながら、サッカーぐらいのやる気で勉強もしてくれるといいんだけどねえ、といういつもの会話を乗りこなす。県外の高校から声がかかっている話はしない。貴之ももしかしたら、部活の仲間の誰にもまだ話していないのかもしれない。

家に戻ると、義久からメッセージが届いていた。

〈帰り、もしかしたら十時近くになるかも〉

時計を見ると、いつのまにか八時前になっていた。細々動き回っていると、三時間なんてあっという間だ。由布子はソファに腰を下ろそうとする自分を奮い立たせ、米を洗い浸水させておき、風呂掃除を済ませる。そして、ついに缶ビールを一本手に取った。

ぷしゅ、と、密閉された場所から空気が抜ける音がする。家の中にひとり、夜、疲労感の中で握る缶ビール。まるで独身時代に戻ったようで、由布子は、自分の身体からも空気が抜けていくような気がした。生活において誰から何を言われることもなく、誰かのために時間や労力を割くこともしなかったころのシンプルな自分が、一瞬、体内に宿った気がした。

いつかのもらいものである蕪《かぶ》の千枚漬けをつまみにしながら、〈わかった。今日は天ぷらにするから（久しぶりにミョウガをたくさん買いました）、帰ってくるまで待ってるね。一緒に食べよう〉と、義久に返事を送る。義久は、本社に異動になってから、帰りが遅くなることはあっても夕食を外で済ませてくることはない。店舗勤務のときは現場スタッフと親睦を深めるためたびたび飲み会をしていたが、自分は部下たちの話をきちんと聞かなければならないからと、ほとんどお酒は飲んでいないようだった。赤くない顔で飲み会から帰ってくる義久を迎えるたび、由布子は、昔からそういう人だったな、と思った。

数時間後には、義久と二人きりになっている。

由布子はビールをちびちび飲みながら、キッチンに立った。小麦粉と片栗粉を用意し、ボウルの中で簡単に合わせておく。ミョウガは縦に三等分に切っておき、ナス、インゲン、大葉もそれぞれすぐに衣にくぐらせられるような状態にしておく。トマトを切って冷やしておき、炊飯器のスイッチを押し、味噌汁を準備し、あとは材料を揚げるだけ、という段階まで整えたとき、ラインにメッセージが届いた。

義久からかな、と思ったけれど、里奈の同級生・佳澄美《かすみ》の母親からだった。佳澄美の母親はまだ年齢が若いからか、他の同級生の母親のようにメールではなくラインで連絡をしてくる。里奈がよく泊まりに行かせてもらうので、母親同士でも連絡先を交換したのだ。ソファに腰かけた由布子は、指でそっと新着メッセージに触れる。

〈娘が修学旅行の写真送ってきたんだけど、バスがおたくの旦那さんの会社の車だったらしくて、里奈ちゃんが誇らしげなんだってさー（笑）〉

メッセージには写真が添付されていた。修学旅行用の大きなバスの前で、制服を着たバスガイドらしき女性を中心に、三人で同じポーズをしている。家を出てからメイクをさらに濃くしたのか、里奈の顔、特に目の周りが見たこともないくらい派手に飾られている。だけど、メッセージをくれた母親の娘、佳澄美のほうがもっともっと派手だった。

〈写真ありがとう。家でもお父さんの仕事について一言くらい褒めてくれてもいいのにね～

〈笑〉佳澄美ちゃんも楽しそうで何より！〉

なるほどね。文章を打ち込みながら、由布子は勝手に納得する。仲間内でもやんちゃな佳澄美ちゃんが、ちゃっかりグループの写真係としてスマホを持ち込んでたってわけね。由布子は、あっさりスマホを家に置いていった今朝の里奈の姿を思い出す。写真は全部あとから共有するのだろう。自分の学生時代からは考えられない。

それにしても、と、由布子はビールを一口飲む。佳澄美の母親は、自分の娘がルール違反をして携帯電話を持ち込んでいることを全く気にしていないようだ。もし自分がこういう振る舞いをしていたら、義久はすごく怒るだろう。中学生の里奈がルールを破っただけであれだけ怒ったのだ、母親もそれを容認しているなんてことがあったら——そんなことを考えたときだった。

またただ。

由布子は、すべて戸締まりをしているはずの家の中を見回す。

風が吹いた気がした。

一応、玄関や、閉めてあるカーテンの向こう側などを確認する。開いているところは、もちろんない。由布子は、急に不気味になってきた。義久とのトーク画面をタップしてみる。返事は届いていないが、さっき送ったメッセージは、既読になっている。

時計を見る。九時前。もう一時間もしないうちに、義久が帰ってくる。

誰もいない家で、できたての料理をすぐに振る舞えるように準備をした状態で、彼の帰りを待つ。何だか二十代のころのようだ。由布子は、既読、という文字の向こう側にあるはずの義久の指の熱を想像する。

義久のてのひらは、由布子の身体に触れるとき、とても熱い。

義久と初めて会ったのは、短大時代に行った合コンだった。飲み会のあとカラオケに行く、という定番の流れだったのだが、酔っぱらった男性チームは、アルコールのせいもあったのだろうが、その場を盛り上げようという気持ちが思い切り空回りしており、由布子たち女性チームからするとただ粗野な言動を繰り広げているようにしか見えなかった。その中で義久は、ソファの上で踊る男たちからさり気なくドリンクの入ったグラスを離したり、誰彼構わず絡もうとする男たちから料理を持ってきてくれた店員を守ったりと、終始細やかな配慮で、起こり得るトラブルを事前に回避していた。由布子はそんな義久の振る舞いを観察しながら、こんなふうに立派な理性のもと、社会のルールを守るべくアンテナを張っている人が、性的興奮に敗北する姿を見たいと思った。この男が、理性という、人間を社会的動物たらしめているルールを破ってまでその体を動かしてしまっている姿を、見たくて見たくてたまらなくなった。

「里奈と貴之は？」

帰宅後、義久の第一声はそれだった。

「え、朝、言ったよね？　今日から二人ともいないって」

ネクタイをほどき、スーツのジャケットを脱ぎながら「そうだっけ。何でいないんだっけ？」と義久が訊く。

「だから」ネクタイとジャケットを受け取りながら、由布子が答える。「里奈は修学旅行で、貴之は部活の合宿。その話もしたよ」

シャツとズボンも脱いだ義久が、部屋着に着替える。いつもならスーツ一式をハンガーにかけるところだが、今日はそのままホットカーペットの上に置いた。そろそろクリーニングに出したほうがいいだろう。明日お義母さんの家に行くときに、ついでに持って行けばいい。

クリーニング。

頭の中でその単語をなぞったとき、また、風が吹いた気がした。

部屋着の袖をまくり、由布子は尋ねる。

「もう揚げ始めちゃっていい？　先にお風呂入る？」

「夕飯、揚げ物なの？」

義久はそう言うと、どさっと、その体を椅子の上に落とした。

「……天ぷらって連絡したよね？」

由布子は、既読、の二文字を思い出す。

「ああ」

義久は、ぼんやりとした目つきで空《くう》を見つめる。「あ、もしかしてお昼も揚げ物だった？」

由布子は慌てて、その空に向かって言葉を放る。

「昼飯」

義久の言葉が途切れている間に、由布子は早足で冷蔵庫へ向かう。

「何食ったんだっけ」

そう呟く義久の声は、聞こえなかったフリをする。ちょっと高いビールとぴかぴかのグラスをテーブルに置いて、由布子は声のトーンを一つ上げる。

「すぐできるから。飲んで待ってて」

アルミ缶を見下ろす義久の顎が、そんなわけはないのに、今朝よりもさらに細くなっているように見える。

義久は、どんどん痩せている。

大型車の部品の検査を司る部署に異動してから、日に日に。

風が吹く。由布子は、袖をまくった腕に肌寒さを感じながら、菜箸を手に取る。

今日、天ぷらにしてよかった。具材を衣にくぐらせながら、由布子は思う。

静かな家の中でも、何かを揚げていれば、賑やかな音が生まれてくれる。

「いただきます」

少し多いかな、なんて言いながら、由布子は山盛りの天ぷらたちに箸を伸ばす。ちょうどいい温度で、ほどよくカリッと揚げることができた。量は多いけれど、白ご飯を控えれば、意外とぺろりといけてしまうかもしれない。何にせよ、風が吹いているので、早く食べないと冷めてしまう。

夕食が完成しても、義久はビールを開けていない。

「前話した契約社員の桑原さん、覚えてる？」

ナスの天ぷらを天つゆに浸しながら、由布子は会話の種を植える。

「今日もまた新人さんに怒鳴っててね、もう困っちゃうよ。またすぐ辞めたらどうするつもりなんだろう、あの人」

義久の指は、缶ビールのプルトップにかかったまま、動かない。

かつては、由布子の身体のそこらじゅうを朝から動き回った熱い指先が、今は冷えたアルミの上で、少しも動かない。

「噂話好きも相変わらずでさ」由布子はどうにかして沈黙を埋める。「今日だって、オーケー屋が新しいサービスで不正してるって嬉しそうで嬉しそうで」

しゃく、と噛み砕くと、口から鼻へミョウガの独特な風味が抜けていく。うん、上手にできた。

「どこから仕入れてきたかわかんないけど、うちの新しく始まるキャンペーンもかなりグレーだって話もしてて」

ぐわ、と、風が強くなる。

ダメだ。

由布子は、義久の肌に浮かぶ鳥肌のぶつぶつを見つめる。

この話題はダメだ。

「そういえば」

動かした視線の先に、裏返したスマホがあった。

「里奈、修学旅行楽しんでるみたい。ほら」

由布子はそう言いながら、佳澄美の母親から届いた写真を見せる。いつもよりメイクの濃い里奈が、旅行代理店に貼ってあるポスターの登場人物みたいに笑っている。

「あ、これ、里奈が携帯持って行ってるわけじゃないからね！」冗談半分、といったテンシヨンで、由布子は笑う。「こっちの、佳澄美ちゃんて子が持って行ってたらしくて、この写真もその子のお母さんが送ってくれて」

佳澄美を示したはずの由布子の指は、思わぬ部分に触れてしまったようだ。画面が、佳澄美の母親とのメッセージのやりとりに移り変わった。

〈娘が修学旅行の写真送ってきたんだけど、バスがおたくの旦那さんの会社の車だったらしくて、里奈ちゃんが誇らしげなんだってさー（笑）〉

「え？」

義久が声を漏らす。

「里奈が？　うちのバスに？」

風が強くなる。

ダメだ。違う話題。もっとどうでもいい話。

由布子は立ち上がると、リビングのソファに置いてあるリモコンまで歩いた。

「ちょっと、テレビでも点けよっか」

由布子はできるだけ明るい声を出す。そうだ、貴之が合宿から帰ってくるまでに、高校のことについて義久と相談しておかなければならない。この調子だときっとまだ資料も読んでいないだろうから、明日のうちに読んでもらって、それで、

「次のニュースです」

点けたテレビから、女性のアナウンサーの声が聞こえてくる。

「修学旅行生を含む三百名以上が亡くなった、イタリアのアルゴー号沈没事故の続報です」

ダイニングテーブルのほうから、何かが倒れたような音がした。

「合同捜査本部の調査によると、事故当時、船には最大積載量を大幅に超過した貨物が積まれていたことがわかりました」

突風。

由布子は一瞬、その場に立っていられなくなった。

台風が家の中にあるみたいだ。

「さらに、貨物の過積載をごまかすため、復原力を保つためのバラスト水が、基準値の四分の一しか用意されていなかったことも明らかになりました」

家の中を暴れまわる風の中で、由布子は×ボタンを探す。

東京の話ばかりで埋め尽くされているヤフーニュースの画面を、クリックひとつで消したときのように。

「アルゴー号の復原力を保つには、約二千トンのバラスト水が必要とされていますが、事故当時は約五百八十トンしか用意されていなかったということです。航海士は、貨物を多く載せるため、バラスト水を抜いたことを認めています」

×ボタンは、由布子の手の中にあった。

「貨物の過積載をはじめとする様々なルール違反は、これまでも日常的に行われていた可能性が高く」

由布子はリモコンの電源ボタンを押す。

消えた。

「の……いだ」

風の隙間から、義久の声が聞こえる。

「俺の……だ」

暴風により、声が途切れる。

「あなた」

由布子が足を動かしたとき、また、大きな音がした。倒れた缶ビールが、テーブルの天板から落下したのだ。

「俺のせいだ」

テーブルに突っ伏してそう叫ぶ義久の部屋着が、船上の帆のように乱暴にはためいている。髪の毛は爆発したようにぼさぼさだ。

「俺のせいだ」

違うよ。

これは、全部、遠い遠い星の話。

「あなたには関係ない」

由布子は、義久を背中から抱きしめたい。だけど、吹き荒れる風が強すぎて、体が思うように進まない。

——風が吹けば桶屋が儲かるって言葉、お前もさすがに知ってるだろう。その逆もあるんだ。ちょっとした違反が、すべてを壊すことだってある。全部繋がってるんだ。

わかっていた。

義久が、異動先の部署で不正を強いられていることは。

貴之が深夜にパソコンを使うようになったころ、軽はずみな好奇心でインターネットの履歴を見た。そこに表示されたのは、アダルトサイトの数々だけではなかった。自動車会社の不正にまつわる数多の報道、部品の検査を怠ることで発生しうる事故の検証記事。それ以外にも、建築物の耐震偽装問題や食品検査機関の不正事件など、品質管理を担当する人間が犯したルール違反によって起きた現象が、可能な限り掻き集められていた。

「あなた」

由布子は歩き出す。やっと、体が前に進んだ。

今の部署に義久が異動してから、今日みたいに、お弁当を一つ多く作ってしまったことがある。そのお弁当は、プチトマトが一つと、ご飯が一口、卵焼きがひとかけら減った状態で返ってきた。これなら、全く手つかずの状態で返ってきたほうがよかった。昼食を摂る時間がなかったのだと納得できたほうがよかった。義久は痩せていった。異動したときから。夕飯も、あまり喉を通らないようだった。会社の話を全くしなくなった。

――会社の利益を生む場所の品質管理を任されるのは出世コースだとか何とか言ってたけど、そんなわけないじゃんね。実際、こうやって不正の片棒担がされてるわけだし。

――出世コースなんておだてられてさ、上の言う嘘がまかり通るように調整させられてるだけ。操り人形みたいなもんだよ。

いろんなサインを見つけた。いろんなことを考えた。だけど由布子には、もっと身近なところで考えなければならないことがたくさんあった。

「あなたは悪くない」

窓にかかるカーテンが、毒でも盛られた生き物のように暴れている。

由布子は歩く。

「これは、里奈が乗ってるバスのニュースじゃないよ」

「俺が」

義久の背中が近づく。

「俺が判子を押したから」

「あなたは関係ない」

義久の体に手を伸ばす。

「俺があの部品も、あの部品も、本当はダメなのに判子を押したから、だから何百人も、俺が」

ルールを破ること。

あなたが嫌悪していたこと。

修学旅行に、禁止されている携帯電話を持ち込むこと。

試合に勝つために、相手のユニフォームを思いっきり鷲摑みにすること。

ハウスクリーニングの既成事実を作るために起きた爆発。

オーケー屋のミラクルフレッシュ。

レッツクリーニングのスーツ洗いのキャンペーン。

由布子は義久を、背後から抱きしめる。

「あなたは関係ない。あなたは誰も殺してない。里奈も無事に帰ってくる」

さっき義久が脱いだスーツが、クリーニングに出そうと思ってカーペットの上に置いておいたシャツが、風に乗ってばさばさと音を立てながら視界を横切っていく。

「さっきのは全部、遠い遠い星の話」

お弁当が入っていたトートバッグが、頭上を越えてどこかへと飛んでいく。

「だから、大丈夫」

今にも飛んでいってしまいそうな義久の姿を見下ろしながら、由布子は思う。

そんなことより、明日の話をしようよ。

ねえねえ、貴之の高校のことなんだけど。合宿から帰ってきて、強豪校に進学したいって言ったらどうする？　私立だし全寮制だし、推薦とはいえ特待生とかそういうわけじゃないみたいだから、それなりの学費がかかるんだって。今のままの世帯収入で大丈夫かな。ていうかそもそもサッカーで高校選ぶってどうなんだろ。あ、あと、里奈は大学に行く気もないし就職もまだ嫌だってことで、美容師の専門学校に行きたいんだって。それに合わせて一人暮らしもしたいとか言ってるんだけど、あの子、色んな事にどれくらいお金かかるかわかってんのかな。わかってないよね。パート、もっと時給いいところにしたほうがいいかな。桑原さんと働くのも気づまりだし、また新人辞めさせたら面倒だし。なぜか工場長は私にどうにかしろって言ってくるし、ほんともう嫌。あ、あと、明日、お義母さんの家に行くことになったから。いつものお手伝い。昼ご飯作ってから行くつもりだけど、うーん、あんまりこんなこと言いたくないんだけど、作り置きのおかずとか常備菜とか頼まれてるんだけどね、その材料費、いつもこっち持ちなんだよね。一回、二回の話ならいいんだけど、結構継続的に頼まれてて、まあいいんだけど、でも子ども二人の進路のこととか考えると小さなことでもできる節約はしていったほうがいいのかなって。

「俺が」

今日揚げた具材の中では、大葉が一番軽い。

「俺がちゃんと」

軽いものほど遠くへ飛んでいく様子を見ながら、由布子は思う。

「ちゃんとルールを守っていれば」

ううん、違うよ。

だって無理だもん、そんなの。

そんな試みは、桑原さんに泣くまで怒鳴られて終わりだよ。

由布子は思い出す。昼休み直前に見た、不動産仲介店の爆発事件に関する記事。記事をスクロールしていくと、事件に対するコメントがいくつか表示された。内容は大きく二つに分かれていて、ひとつは、自分がこれまで払ってきたハウスクリーニング代も全部ぼったくられてたってことか、という、自身の怒りを露わにしたものだった。

あのとき、由布子の目に留まっていたのは、もうひとつのほうだった。それは、どんなニュースのコメントにも見られる、品行方正な〝ものすごく正しい意見〟たちだ。

【ここの社長が謝罪したところで、問題の根の部分は何も解決していない。時間外労働、過剰なサービスによる価格競争……現代に眠る巨大な毒を象徴するような事件。それらを排出するためには、スプレー缶一本から意識的に行動していかないと。そろそろ業界全体の構造改革に本腰を入れる時期なのでは。こんなことをずっと繰り返していてはならない】

はいはい。正しい正しい。誠実誠実。

思い出して、由布子は笑ってしまう。

なーんにも言ってないことと同じ言葉を掲げて、誠実ぶって。気持ちよさそー。

話者である自分は、誠実にこの問題に正しく向き合っていて、真摯で、社会に対して正義を祈っている存在です。そう喧伝したいだけのやつら。

インゲンが飛ぶ。ナスも飛ぶ。

だって、無理だもん。

あなたがいくら、業界全体の構造改革に本腰を、なんて言ったって、そこの従業員、ゴミの日までにスプレー片付けておかなかったら、その人にとっての桑原さんに泣くまで怒鳴られるんだよ。いじめられて、無理なこと強いられて、辞めさせられちゃうんだよ。だったらやるしかないじゃん。明日からもそこで働かなきゃいけないんだから。働かなきゃ生きていけないんだから。

ねえ、あなた。

「俺のせい」

自分の誠実さに酔うのは、目の前の話を片付けてからにして。

「俺のせいで」

風に吹き上げられたカーテンが揺れている。ばたばたと音を立ててはためいている。その様子が、貴之の試合をこっそり観に行ったときに見た、応援席から垂れ下げられていた横断幕に重なる。

あの日も、強い風が吹いていた。

なあんだ。由布子は思う。

修学旅行にスマホを持ち込んだ里奈。勝つためには相手のユニフォームも鷲摑みにする貴之。ルールを破ってでも目的を果たそうとする子ども二人は誰に似たんだろうなんて思っていたけれど、そっくりじゃないか。私に。

私は、スマホを持ち込むことも誰かのユニフォームを鷲摑むこともしない。だけど、何もしないということで、誰かが破ったルールの上を、快適に歩いている。

それがいけないことだなんて知ってる。気づいてる。でも、考えなければならないことでぎゅうぎゅうづめの明日が、すぐ目の前に迫っている。

「どうしよう、由布子」

——完璧にルール守ってたら勝てないって、サッカーでは。

「どうしよう」

飛ばされたミョウガが、由布子の頬に当たる。

イライラする。

こんなところでどうしようどうしようって言ったって、今さら誠実ぶったっていい子ぶったって、あんたにできることなんて何もないんだから。今さら被害者ぶらないでよ。美しく正しい人間ぶらないでよ。私は、遠い遠い星の話でそこまで傷つく余裕があるあなたが羨ましいよ。明日どのスーパーで何を買ってどんな保存の利くおかずを作れば出費が少なくて済むのか、こっちはそれで頭がいっぱいなのに。

ねえ、義久、せっかくちょうどよく揚がったんだよ。冷めないうちに早く食べようよ。

「俺のせいだ」

どれだけ強い風が吹いたとして、考えなければならないことは山ほどある。生きなければならない明日は来る。

「俺のせいだ」

ねえ、あなた。

里奈も貴之もいない夕食なんて、次はもういつになるかわからないよ。おいしいうちに食べないと。ねえ。

由布子の足元で、ついに、缶ビールが風に浮かび上がった。

そんなの痛いに決まってる

1

喫煙所に入り、アイコスを吸いながらスマホをテーブルの上に置く。このときいつも、パソコンとスマホでは目が受け取る疲労の種類が違うなと感じる。そしてすぐ、どんな種類であれ負担が積み重なっていることには変わりないんだよな、と心の中で嘆息するところまでが、一日の中で何度も繰り返される。良大《りょうた》は一度強く目を瞑り、うんと背中を反らせた。スッキリしたというよりは、古い家の床の上を歩いたときみたいに、目に見えない体のどこかがみしみしと軋《きし》みゆく感じがした。

金曜日、二十二時半。体の中に、集中力はもう残っていない。だけどまだ、今日中にやらなければならないことが残っている。

ふと気づくと、ひとさし指がグーグルクロームのアイコンに触れていた。数時間前に見ていた景色と同じものが、長方形の画面いっぱいに広がる。ECサービスに関する情報がまとめられているこのサイトは、転職してすぐ、営業チームのリーダーである小杉《こすぎ》に教えられたものだ。業界の最新情報が詰まっているから毎日確認しておくように——そう言われたときは、本当に毎日のようにそのサイトに掲載された新しいトピックスについて話を振られるとは思っていなかった。そもそも、EC事業をメインに扱う若い会社にも小杉のような粘っこい人間がいるということが予想外だった。

【ライブコマース業界の先頭を行くShop Vision アジア圏のインフルエンサーを受け入れる新チーム発足 チームリーダー・沢渡《さわたり》あすかに展望を聞く（前編）】

一押しトピックスとしてトップに掲載されている見出しを目視した途端、指が画面を下部へとスクロールした。金曜のこの時間に新着扱いということは、この週末もずっとトップ記事として扱われ続けるのだろう。

嫌だな。不快な気持ちが、胸の真ん中から広がっていく。

【群雄割拠のQRコード決済サービス ソフトバンクと提携したEvery Payがローソンと契約。利用可能範囲拡大合戦の中、頭ひとつ抜ける】

代わりに現れた見出しにまた、うんざりする。そしてすぐ、このサイトの中に、いまの自分に良い気分をもたらすような情報はないんだよな、と思い直す。親指ひとつで画面をスクロールしたからといって、いま自分がいる場所から滑り出られるわけではないのに、その動作を止めることができない。

喫煙所を出る。週末に入る前に、小杉に報告のメールを送らなければならない。

デスクのあるフロアに戻ると、まだ帰るわけにはいかない社員の姿がちらほらと目についた。それぞれ、立ち向かう以外に選択肢のないディスプレイに照らされている。ぼんやりと浮かび上がる幾つかの顔面を見て、良大は、自分がいまどんな表情をしているのか、なんとなく想像することができた。

明日は久しぶりに、二人で出かけられる日なのだ。仕事のことを少しでも考えなくていいような状態にしておきたい。

先週は感触が良かった担当者が、詳しい資料を持って臨んだ今日になって何だか歯切れが悪くなっていた。突《つつ》いてみると、社内で、別会社のQRコード決済サービスを採用する方針が固まりつつあるらしい。そういうことは前もってメールで伝えてくれよと思いつつ「EveryPayですか」と尋ねる良大に、担当者は「御社のサービスに不満があるわけじゃないんだけど、やっぱりEveryPayさん採用するってところ増えてきてるみたいだし、お客さんもそのほうが使いやすいんだったら、ねえ」と申し訳なさそうに笑った。何笑ってんだよ、と思ったが、良大は、「そうですか、とりあえず本日予定していた説明はさせていただけますか？　本日すぐに弊社を採用いただくのか決めていただく必要はございませんので、再度検討いただければと」と、目の前の担当者よりももっとうまく笑うことに成功した。社会人は意外と、顔を突き合わせた状態で何かを決断する機会が少ない。それにより助かっている部分と、じわじわと膿《う》んで死んでいく部分が、同じ肉体の中できちんと共存している。

都内のオフィス街を中心に展開するキッチンカーの運営を取りまとめているこの企業は、契約締結確定案件としてカウントしていた。今さら、計十八店舗分の契約がダメになりそうだなんて、小杉にどう報告すればいいのだろう。

良大はスリープ状態のパソコンにパスワードを打ち込みながら、地方、という言葉を思い浮かべる。このまま同業他社であるＥｖｅｒｙＰａｙの躍進が止まらなければ、特に関東地方や地方都市部はいよいよＥｖｅｒｙＰａｙの独り勝ちになるだろう。そうなると、先月は冗談のように誰かが言っていた「先に、地方の個人店などを細かく押さえにいく」方針が決定的になるかもしれない。せっかく美嘉《みか》の希望をすべて満たす物件に巡り合えたばかりなのに。

吐き出しかけたため息を、慌てて吸い込む。いま力を抜いてしまうと、もう一度背筋を伸ばすまでに時間がかかってしまう気がする。良大はメール画面を立ち上げる。

新着メールが一件。小杉からだ。共有ファイル内にあるデータをメールで送ってほしいというお願いの最後は、こんな一文で締められていた。

〈キッチンカー、契約確定だと思ってて大丈夫なんだよな？　こちらはまだ作業中です。楽しい週末に入る前に最新状況の共有を終えてくださいね〉

小杉は今日、〝QRコードひとつで決済を終えられる〟という、言葉による説明だけではいまいち伝わりづらいサービス内容をわかりやすく解説するための動画制作に出向いている。Ｅｖｅｒｙ Ｐａｙにこれ以上水をあけられないための対策の一つとして、幹部たちはまず営業するための材料を作り直すことを決断したみたいだ。映像素材やパンフレットをもっと細やかな内容に刷新するということで、小杉は今日、朝イチで映像素材の制作現場に出向き、そのまま帰社しなかった。

日々続々と更新されていくグループウェアに光る、『小杉：ノーリターン』の文字。昨夜その文字を確認したとき、良大は、散々使いこなしているはずの全身が自分でも驚くほど新鮮に呼吸したのがわかった。他人の言動から不適切な箇所を掬《すく》い上げることが得意な粘っこい視線が、ない。そう思うだけで、いつもより何秒も速く走れるような、何センチも高く跳びあがれるような、そんな気がした。

ただ、だからといって、置かれている状況が好転するわけではない。

〈大丈夫なんだよな？〉

大丈夫です。

頭の中で、自分の声が鳴る。

〈大丈夫なんだよな？〉

だ、い、

〈大丈夫なんだよな？〉

じょ、う、

〈大丈夫なんだよな？〉

ぶ、で、す。

変換キーを押す。そのとき、なぜだか、頭の中で鳴っていたはずの自分の声まで、別人のものに変換された。

――大丈夫。

自分よりも、少し低く、やわらかくて優しい声。

前職の上司だった吉川茂雄《よしかわしげお》の口癖だ。

大丈夫。十歳以上も年下の部下である良大に向かって、吉川はいつもそう言っていた。どんなトラブルが発生しても、どんな相談を持ち掛けても、上司からどんな難題を吹っ掛けられても、吉川は「大丈夫」と微笑んでいた。そして実際に、どんな魔法を使ったのか、なんとか大丈夫な方向に事態を収めていた。誰よりも長い時間働いて、誰よりも矢面に立って。

〈小杉リーダー　素材制作、遅くまでお疲れ様です。キッチンカーの決済担当者に先日確認いただいた資料を提出し、再度説明もさせていただきました。もう少し検討を続けたいとい

うことだったので、契約確定となるまで粘り強く交渉を続ける予定です。また、新規で訪問した案件ですが――〉

Ｅｖｅｒｙ Ｐａｙの台頭により新規契約が取りづらくなったあたりで、小杉は突然「現場はそろそろ若いメンバーに任せようと思う。いつまでも俺が上にいるのはみんなの成長の邪魔になると思うし、俺は俺でパンフレットとかの差し替えで忙しくなるから」などと言い出した。良大を含め、ほとんどのメンバーが年齢的にもここを最後の転職先にしようという心持ちでいる営業チームは、沈みゆく船の舵を真っ先に手放した小杉を前に、大丈夫です、と言うしかなかった。

そういうところも、吉川さんとは違う――そんなことを考えたって何も変わらないことを何度だって痛感しながら、良大は思い出す。あの人はいつだって部下の味方で、顧客のことを考えていて、かつ社長の要求に応えようとしていた。どこをもおざなりにしないようなその姿で、「子どもが思春期真っ盛りで困っちゃうよ」なんてぼやいている様子を見ていると、反抗期らしい中学生と高校生の娘ふたりに、あなたたちの父親は本当に素晴らしい人なんだよとこんこんと説きたくなったものだ。良大は、前職である人材派遣会社から今の会社へ移ることを決めたとき、最後まで吉川という上司の存在の貴重さに後ろ髪を引かれていた。こんな人にはもう出会えないかもしれない。誰にどんなことを言われても「大丈夫」と返す吉川の姿を見ながら、良大はそう思っていた。

〈楽しい週末に入る前に最新状況の共有を終えてくださいね〉

メールの返信を打ち込みながら、吉川ならば絶対にしないようなイヤミっぽい言い方が目に留まる。ふう、と息を吐くと、どうにか伸ばし続けていた背中から力が抜けてしまった。

楽しい週末。

久しぶりに、心の内側が疼《うず》く。

個人間カーシェアリングアプリをダウンロードしてから、車での遠出がぐっと身近なものになった。と同時に、美嘉と貯金残高や大体の月収を照らし合わせながら「車を買うのはもう少し先だね」なんて話し合っていた日々も一緒に、車の所有欲と連れだって遠のいてしまったような気がした。

所有したかったものは、かつて、いっぱいあった。かっこいい車、いつでも友達を呼べるような家、それらを手に入れられるだけの収入、その収入に値する以上の影響力を世の中に与える仕事をしている自分、を土台に育ちゆく美嘉との時間、幸せな家族と過ごす楽しい週末。

楽しい週末。久しぶりの、二人での遠出。

そういえば、と、良大は、キーボードに乗せているだけの指を見つめる。いつか、吉川が、数少ない趣味として旅行を挙げていたことを思い出したのだ。それまで、仕事か家族の話しか聞いたことがなかったのに、「独身のときは、ふらっと遠出するのが好きだったな」なんて言葉を聞いたのはいつだっただろうか。どんな会話の流れで、その言葉が出てきたのだろうか。忘れてしまったが、いつだって誰かと誰かの間で優しくほほ笑んでいる吉川の姿と〝ふらっと遠出〟という単語がうまく結び付かなかったことは覚えている。

吉川なら、小杉のような言い方で部下を週末に送り出したりしない。きっと。

スマホが光る。

小杉からの電話かと思い心臓がきゅっと絞られたが、光ったのはプライベート用携帯のほうだった。ラインを開くと、新着メッセージが一件。

〈いま同期の男だけで飲んでんだけど、来ない？　ちなみに神泉《しんせん》〉

前職の同期からだった。寄り道せず大学を出ていれば三十四になる歳だが、良大以外、同期の男で結婚している人間はいない。そのため、今でもこうして身軽な状況を前提とした誘いを頻繁にくれる。たまにその自由さを恨めしく思うが、妻帯者が増えてきた他のコミュニティでは感じられない気楽さは心地いい。

〈残業中。また集まるとき教えて、できれば事前に〉

一向に作業が進まない小杉への返信画面に照らされながら、さくさくとメッセージを打ち込む。まだ残っている社員も似たり寄ったりの状況みたいで、みんな、風にも吹かれない白旗のように締まりのない表情でスマホをいじっている。

改めてキーボードに指を戻すと、間髪《い》を容れずにまた、画面が光った。

〈そっかー、残念。また誘うわ。つーかさ〉

すぐに既読を付けると、待ってましたと言わんばかりに、次の言葉が画面の下部に滑り込んできた。

〈吉川さん、辞めたの知ってる?〉


帰宅したところで、ＥＣ業界のニュースサイトのトップ記事は変わっていなかった。こんな気分になるならばサイトを開かなければいいのだが、気を抜くといつもの癖でラインを開いてしまいそうになるし、今はスマホのトップ画面も見たくなかった。良大は手の甲についてしまった汚れでも取るように、トップに君臨し続けている見出しをタップする。

【ライブコマース業界の先頭を行くＳｈｏｐ Ｖｉｓｉｏｎ アジア圏のインフルエンサーを受け入れる新チーム発足 チームリーダー・沢渡あすかに展望を聞く（前編）】

喫煙所で見たものと同じタイトルの記事が、誰もいない家のソファに身を預ける良大の指先から展開していく。沢渡あすか、と名乗る女性が、いわゆる〝ろくろを回すような姿〟でインタビューを受けている。派手すぎず、顔立ちによく似合ったメイクと、フォーマルなのにどこか今風な雰囲気を感じられるファッション。たった一枚の写真から、沢渡あすかのビジネスウーマンとしての求心力のようなものが伝わってくる。

玄関のドアが開いた。

「ただいまー」

かつん、とヒールの音を何度か響かせたと思うと、美嘉は「つ、か、れ、たー！」と腹から声を出した。壁の薄いアパートに住んでいたころはできなかったことだ。

「あ、あれ作ったでしょ、チャプチェ」

カバンをダイニングテーブルに置きながら、美嘉がくんくんと鼻を鳴らす。最近ハマっているチャプチェは、買ってきた韓国春雨を茹でて炒めたカット野菜と和えるだけなので簡単だ。ソースの匂いがキッチンに残りやすいのが難点だが。

「食べたばっかだから眠い」

「食べてすぐ寝ると太るよ」

美嘉はミーティングを兼ねた食事会があったらしい。「その感じだともうお風呂も入ったよね」キッチンの換気扇のスイッチを弱から強に変え、着ていた服を脱ぎ始める。帰宅してからテキパキと動きを止めることのない妻の姿を、良大はスマホ越しに見つめる。シャツはここ最近よく見るものだが、脱いだ直後でもどこかぱりっとした立体感があり、高価なものだとわかる。メイクも、途中でしっかり直したのかもしれないが、一日の終わりでも顔立ちが明るく見える。いい化粧品を使っているのだろう。

収入が逆転しただろうことを、言葉で確認したことはない。だけど、言葉よりも雄弁に語るものが、二人で暮らす日々には溢れすぎている。

「今、ちょうど記事読んでたよ、御社の」

御社って、と笑いながら、「沢渡さんのやつだよね？」美嘉が答える。ちゃっかりろくろ回しててウケるよね、と言いつつ、美嘉はその沢渡さんの右腕としてミーティングを兼ねた食事会とやらに参加してきたはずだ。いま、世の中的にも業界的にも注目されている渦の真ん中にいるという充実感が、帰宅したとてスイッチの切れていないきびきびとした動作の端々に表れている。

美嘉はいま、ライブ配信中に紹介された商品を視聴者がその場で購入できる〝ライブコマース〟というサービスの運営に携わっている。現段階では配信者も利用者も主に若い女性が多く、人気のインフルエンサーが配信者となったときは数十分で数百万円以上の売上になるという。さらに近頃は、韓国や台湾などを旅行しながら手に入れたものを現地でライブ配信するという、バイヤーと販売員を兼ねた役割を果たす配信者も登場しており、注目度はうなぎのぼりだ。

「アジアのインフルエンサーの受け入れへ、みたいな見出しだったから、美嘉も出てくるかなとか思ったんだけど」

出てこなかった、と言いかけた良大に、「あ、そのへんの話は確か後半に載ってるはず。後半は私も取材受けちゃった」と美嘉が微笑む。

後編は来週月曜日掲載予定です――前編のインタビューの最後にあった文章を思い出しながら、良大は、インフルエンサーという単語が微塵も揶揄《やゆ》されることなく真っ当に扱われる世界の存在に未だに居心地の悪さを覚える。自分の家族となった人物がその世界の中心にいるというのに。

「こっちの会社でもよく聞くよ、めっちゃ増えてるんだよね、QRコード決済って。フリーランスでも取り入れてる人多い」

そうだね、と相槌を打ちつつ、美嘉が気を遣ってくれていることが存分に伝わり、良大は申し訳ない気持ちになる。おそらく、インタビューが掲載されているサイトにあった【群雄割拠のQRコード決済サービス　ソフトバンクと提携したEvery Payがローソンと契約。利用可能範囲拡大合戦の中、頭ひとつ抜ける】という見出しを読んだのだろう。いや、その文字列が目に入っただけなのかもしれない。あなたの夫が勤めているのはその〝群雄割拠〟の雄ではない会社で、頭ひとつ抜けられたほうだけどね――思わず、体の内側にいる自分が饒舌《じょうぜつ》になる。

「いやー、お風呂入ったらすぐ明日の準備しなきゃだ」

部屋着用のスウェットに着替えた美嘉は、スマホを手に取ると、ふと、一秒間たっぷり、黙った。

くる。

「良大」

美嘉が口を開いた途端、良大は「うん」と言った。早めに、大きな声で言った。

「明日、コウノトリさん、飛んでます」

「うん」

もう一度、失敗したくない書類に印鑑を捺すように言う。すると美嘉は、スマホの画面から顔を上げた。

「大丈夫？」

ＳｈｏｐＶｉｓｉｏｎのライブコマースチームサブリーダーの長谷川《はせがわ》美嘉を脱ぎ捨て、今年三十四歳の妻に着替えた美嘉が、こちらを見ている。

「大丈夫」

大丈夫。

いま聞こえた声は、誰のものだったのだろう。

「じゃ、お風呂行ってくるね」

スリッパの音とともに、美嘉の後ろ姿が廊下へ消える。良大はソファの背もたれに沈み込みながら、スマホをトップ画面に戻す。

長方形の世界にひしめくカラフルなアプリたち。その中に、鳥のマークが二つある。ひとつはよく見慣れたツイッターのアイコンだが、もうひとつは半年経ってもなぜかどうしたって見慣れない。一見ツイッターのようにも思えるアイコンが人気の妊活アプリは、ご丁寧に夫婦ふたりで情報を共有できるようになっている。妊娠の可能性が高いタイミングの日には、アプリ内のスケジュール帳にコウノトリのマークが飛んでくるのだ。

明日は、妊娠の可能性が最も高いと言われている、排卵日の二日前。だから久しぶりに、二人で出かける予定を入れた。

良大は食後に用意したお茶を一口啜ると、耳をすませた。風呂場からは、まだシャワーの音が聞こえてこない。万が一のときのことを考えて、テレビの音量を大きくしておく。

ラインを開く。前職の同期の男たちで構成されているグループを覗く。

〈吉川さん、辞めたの知ってる?〉

数時間前に届いた同期からのメッセージは良大にとって青天の霹靂《へきれき》のようで、実はうっすら予感していたことでもあった。ただ、誰からも慕われていた吉川さんが辞めた、という事実への驚きと、いつかそうなる気がしていた、という納得感は、その次に届いたメッセージであっという間に蹴散らされた。

〈辞めたっていうか辞めさせられたんだけどね。お前連絡取ったりしてないの? まだなんにも知らない状態?〉

連絡取ってない。何も知らない。そう返すと、同期からはすぐ、動画ファイルが送られてきた。

〈消されちゃうかもしれないから早めに見ることをオススメします★〉

〈いや、もしかしたら見ないまま消されたほうがいいかもしんない〉

同期たちからのメッセージがどんどん差し込まれる中、良大は、右向きの三角形に触れた。一瞬の沈黙のあとに映し出されたのは、全裸の吉川と、パンティのみを身に着けた女性の姿だった。

Xの形に磔《はりつけ》にされている吉川は、半裸の女性に様々な道具で痛めつけられるたび、大きな声をあげていた。鞭《むち》や蠟燭《ろうそく》は御挨拶程度で、これまで見たことのない特別な道具で気絶寸前まで窒息させられたり、最終的には更なる開脚を強いられたのち肛門にバイブのようなものをねじ込まれていた。

〈衝撃がデカ過ぎるんだよな笑〉

〈今誰も吉川さんと連絡取れないらしいんだけど、お前、電話つながったりしないの？　退職の手続きもあるし人事が困ってて〉

この女性はその界隈では〝西の女王〟として有名なS嬢らしく、風俗店での勤務に飽き足らずプライベートでも男を調教しているらしかった。プライベートならば風俗店で禁止されているようなプレイも味わえるということで、常連客の中では店での規定額より高い金を払ってでもプライベート調教を受けに行く人もいるという。その様子は動画に収められ、プライベート調教を受けているメンバー同士だけが入室することができる動画共有ページにアップされるのだ。

吉川は、そのメンバーのうちの一人だった。

〈しかもこの女、関西在住らしいんだよな〉

〈調教されるためにわざわざ大阪に通ってたとか、SMガチ勢すぎるだろ〉

動画がどのような形で流出したのかはわからないが、名も無き男性たちが様々な方法で痛めつけられている様子を面白がったどこかの誰かが、動画をどんどんツイッターに投稿した。

それらは瞬く間に拡散されていき、あらゆるまとめサイトなどにも転載されるようになった。そのうちの一人が吉川なのではないかと疑い始めたのが、社内の誰かはわからない。だけど、組織に属する人間にとって最大の楽しみの一つは人の悪口であるという仮説は、こういうときにただの仮説とは思えぬ力を発揮する。

　吉川の裸体、性癖、悲鳴は、吉川が身を粉にして働いて挙げた成果の何倍ものスピードで、社内に、そして世に知れ渡っていった。

〈はじめは直視できなかったんだけど、慣れると、「痛いんならやんなよ！」ってツッコミが止まらなくなって笑えてきます(^^)〉

〈もしかして痛くないのかな？　こういう人ってその辺の感覚おかしくなってんじゃねぇの？〉

〈俺結構いろんな風俗行ってきたつもりだったけど、痛いのだけはどうしても気持ちよく感じられないんだよな。これならニューハーフヘルスのほうがまだマシ〉

〈↑ハイ、退職～〉

　風呂場から、シャワーの音が漏れ聞こえてくる。ただ、テレビの中で手を叩いているタレントの笑い声よりも、美嘉の体を清めている水滴たちの破裂音よりも、打楽器のように扱われる中年男性があげる悲鳴のほうが、どうしたって鮮やかに響き渡る。

痛い！　ああ！　限界です！　痛い！　もう無理です！　痛い！　ああああああ！

コウノトリが飛んでいる明日は、久しぶりの遠出だ。良大は、動画をリピート再生してくれるボタンに触れながら、疼き始めた下半身を律した。

2

前の職場は、人材派遣業界の中でも注目度の高い会社だった。現状維持は衰退、をモットーとしている社長の推進力は甚大で、それまで転職に関する情報が交通整理されていない分野を見つけてはそこに特化した求人サイトを続々と立ち上げていた。看護師、既卒や第二新卒、フリーランスのエンジニア、フリーランスのクリエイターなど、それぞれの業界に寄り添ったサービスは次々に結果を出していった。

社長の大学時代の後輩である吉川は、新規のサービスが立ち上がるたび、そのチームのリーダーに任命されていた。そのポジションは予期せぬトラブルに見舞われるのが常だったが、吉川は「大丈夫」を合言葉にどうにか山も谷も乗り越えていた。誰よりも早く出勤し誰よりも遅くまでパソコンに向かっているのに誰にも威張らない吉川は、従事していたサービスが軌道に乗るころには若手にリーダーを譲り、次に新しく立ち上がるサービスに移ることによって、より神格化されていった。

いま思えば、みんな、吉川の「大丈夫」に甘えていた。あの人がどうにかしてくれる。いつしか誰もが心の中でそう思っていた。

社長の号令で、飲食業界に参入することになった。ホールなどのアルバイト要員ではなく、料理長やシェフなど、その店の中核を担うような人材に特化した求人サイトだ。会社が大きくなるにつれて通う店のグレードが上がっていった社長は、社交の中で知り合ったシェフたちがフェイスブックなどでせっせと新天地を探す姿に衝撃を受けたらしい。ある程度有名な料理人でも人脈を頼りに転職をしているのが現状だそうで、その状況の交通整理ができれば、と思ったという。

吉川がリーダーとなり、その下に良大が就いた。結果から言うと、料理人に特化した求人サイト運営は、難しかった。

看護師やエンジニアは、実績を言葉で説明できる。転職活動において重要なのはその人がどういうことを成し遂げられるのかという点だが、料理人の場合、職歴よりも生み出す料理そのものがどんなものなのかが大事なようだった。つまるところ、雇用する側が一度その料理人の腕を確かめるべく料理を味わってみなければ話が進まないのだ。サービスに登録してくれる転職希望者の取りまとめを担当していた良大は、割と早い段階で、人脈で転職するのが理にかなっている業界だからそんな状況なのかもしれない、と感じ始めた。

今日は吉川に言ってみよう、という気持ちで出社した日がある。だが、パソコンを開き、グループウェアにアクセスすると、社員全員が閲覧できる設定で、社長の最新インタビューのファイルがアップロードされていた。

スピード感を重視する社長は、飲食業界の新規サービスの立ち上げと同時に、代理店に委託していた宣伝・マーケティング業務を自社内で行うと発表したのだが、アップされていたのはそれにまつわる経済誌のインタビューだった。宣伝・マーケティング業務を自社内で行うことで、社外の人間を挟まずに一連の業務を遂行することができ、各サービスの運営の連携がより密に、スピーディに進化するのです——笑顔で語る社長は、インタビューをこんな一文で締めくくっていた。

——今準備しているサービスは、飲食業界を変えますよ。新体制になって一発目のサービスなので、その構築の仕方も含め、皆さん楽しみにしていてください。

新体制に関するインタビュー記事は、世に出るたび社内で共有された。どのインタビューも、最後は新体制になって初めて立ち上がるサービスについて言及しており、記事が共有されるたび、新体制として初のサービスが失敗に終わるなんて許されない、という暗黙の了解が社内に築き上げられていく音が聞こえた。

あるとき、大きな台風が関西に上陸した日があった。転職希望者を受け入れる店舗への営業を担当していた吉川は、顧客からのあらゆる希望条件に対応できるよう必要とあらばどこにだって赴いていた。その日、出張の行程と台風の進路は見事にバッティングし、交通機関の乱れにより吉川は出張先から戻れなくなってしまった。グループウェア上で共有しているスケジュールによると、翌日の午前中には都内の店舗への営業が予定されていたため、それに気づいた良大は吉川に電話で確認をした。

〈僕、明日、代わりに行きますよ〉電話がつながらなかったので、良大は留守電にそう残しておいた。本音を言うと、この台風を機に、吉川に半日でも休んでもらいたかった。〈サービスについては僕も説明できますので、代わりに行ってきます〉

一時間ほど経って、吉川から折り返しの着信があった。内容は、行かなくていい、こちらで対応するから大丈夫、というものだった。どうしてそこまで、と良大が食い下がろうとしたとき、店舗から「直接相談したいことがあるので、代理の方でもいいので来てもらえると助かる」との連絡が入った。ここで、さすがの吉川も折れた。

吉川のいない平日の午前、良大はひとり電車に揺られながら、それまで吉川が会社を休んだことが一度もなかったことに気付いた。

店舗の裏に通され、それまで吉川がやりとりをしていた担当者と名刺を交換する。出してもらったお茶に口をつけたとき、その担当者が口を開いた。

「あの、大丈夫じゃないなら、そう言ってくださいね」

聞こえてきたのは、予想外の言葉だった。

「吉川さん、どんな相談しても大丈夫、大丈夫しか言わないので。正直、不安になってしまって。一度、吉川さん以外の方にお話を聞きたいと思っていたんですよ」

良大は、水分を摂ったそばから乾いていく口で、「はい」と答えた。

「御社の社長はうちのお得意様ですし、始められる新しいサービスに協力させていただきたい気持ちはやまやまなんです。でも、飲食の中でも特にうちみたいな個人経営の店だと、やっぱり人脈とかそれまでの人間関係がモノを言うんですよ。しかるべきタイミングでしかるべき腕のある人と出会ったり、誰かに紹介してもらえたり、星の巡り合わせっていうんですか、別にスピリチュアルとかではないんですけど、意外とそういうことを信じてたりするんですよ。いい人と出会えなければそれは店として終わるべき時期なんだなって、気持ちの整理がついたりもするわけで」

この人は優しい。良大は、目の前に座る、吉川と同世代の男を見ながらそう思った。この人は、おそらく大丈夫ではないことを、おそらく大丈夫ではないのだと伝えてくれている。本当の本当に大丈夫ではなくなってしまう前に。

「だけど吉川さん、絶対大丈夫ですからって。このサービスを使えば最高の人材と出会えるようになりますから信じてくださいって譲らないんです。その熱意はありがたいんですけど、言葉ではなかなか引いてくださらない雰囲気だったので……申し訳ないんですけど、あの、最後の手段として」

良大はもう、次の言葉を予想できた。

「前回の打ち合わせで、もうそんなの無理に決まってるだろうっていう条件をわざと提示させてもらったんです、試すようなことをして申し訳ないですけど」

はい。そう答えたつもりだったが、水分を失った口は動かない。

「吉川さん、それでもいつもの笑顔で、大丈夫ですって」

大丈夫。

何百回と聞いた声が、脳内で蘇る。

「嘘じゃないですか、そんなの。こっちはわかるんですよ、あんな条件で働きたい料理人なんているわけないって。でも、大丈夫です、こちらの条件を満たす方を必ずご紹介いたしますのでって仰るんです」

担当者は、お茶を一口飲むと、顔を上げ、

「御社、大丈夫なんですか？」

と言った。

「昨日も大きな台風が来る来るって言われてるのに、吉川さん、関西に出張に行かれたんですよね？　実はその店紹介したの、私なんですよ」

頭の中で、社長のインタビュー内容が蘇る。仕立てのいいスーツと、ゴルフ焼けをした笑顔と、いつもの最後の一文。

「昔の知り合いがオーナーをやっているところで、規模を拡大したいからシェフを二人くらい増やしたいって言ってて。だけど、あれだけの台風だったし、確かその店、昨日、臨時休業になってたはずですよ。オーナーは吉川さんのために出勤だけしたのかもしれないですけど、それでもこの台風の中出張に行かせるって、ちょっと会社として大丈夫なのかなって思っちゃいますよ」

――今準備しているサービスは、飲食業界を変えますよ。新体制になって一発目のサービスなので、その構築の仕方も含め、皆さん楽しみにしていてください。

「吉川さん、かなり追い詰められてるんじゃないですか。これまで新しいサービスをどんどん成功させてきた人だってうかがってますけど、全部が百発百中でうまくいくわけではないですし、飲食の世界ってやっぱり」

「ご心配ありがとうございます。でも」

慌てて口を開いたので、まるで自分ではないような声が出る。

「大丈夫です」

こういうことか、と、良大は思った。あの人の口癖は、こうして出来上がっていったんだ。

良大はその帰り道、電車に揺られながら、他の企業が運営する転職サイトを眺めていた。「転職市場にとって大きな分岐点は〝35歳〟」「転職35歳の壁を突破するための実力診断テスト」画面上に躍るそんな文言を見ていると、少なくとも自分の人生にはあと二年分の逃げ道があると思えることが、あまりにも皮肉だった。

3

「ガムいる?」

助手席から伸びてくる指を「いる」と口で受け止める。投入された物体を噛んだ途端、ミントとぶどうのフレーバーが鼻の穴を紙ヒコーキのようにすうと抜けていく。ただでさえ冴えている意識が、さらに研ぎ澄まされる。

「これうまいな」

「でしょ、新発売」

　フロントガラス越しの視界はいわゆる雲一つない空というやつで、良大はこの車の持ち主が普段からマメにフロントガラスを掃除する性格であったことに感謝した。果てのない奥行きを感じさせる青色は、地球が宇宙空間を漂っている一つの星だという忘れがちな事実を思い出させてくれるほどだ。そんなものを目の前にすると、人間の言葉はどんどんシンプルになっていく。

「空、きれー」

「だな」

　カーシェアリングの利用を始めてから、良大は、今の自分は昔よりも車の運転が好きなんだと感じるようになった。土曜だが、想像以上に高速は空いており、この調子だと予定していたよりも二十分ほど早く目的地に着けそうだ。

「今日行くとこ、なんだっけ、おにどがわ？　なんか人気のスポットっぽいね」

「は!?　あれキヌガワって読むんだけど」

　良大は思わず噴き出しながら、「マジで言ってるとしたら頭悪すぎだろ」と突っ込む。今日は、鬼怒川の日帰り温泉宿を予約している。

「は、知らないし。事故っちゃえ」

　助手席から笑い声と、小さな爪のくっついた指がまた伸びてくる。だけど今度はガムなど持っていない。指はそのまま、良大の股間を優しく撫でる。

「うわ、もう勃ってるし。相変わらず元気ですね～」

ありなは楽しそうにそう言うと、身を乗り出し、両手でジーパンの上を撫で回してくる。今日はわざと、サイズが小さめのボクサーパンツとジーパンを選んだ。圧迫感があるものを身に着けている方が、勃起の快感が強まる気がする。

「もう先っぽ濡れてんじゃないの」

車を運転しながら、ハンドルなんてすべて手放してしまいたくなる。水が熱されて湯になっていくようなじんわりとした快感に目を閉じて全身を浸したくなるが、かろうじて理性を働かせる。「高校生じゃないんだからさ、ちょっと触っただけでこんなに反応しないでもらっていいですかあ？」ありなは嬉しそうに、ジーパンのチャックを下ろし、その中に指を滑り込ませていく。

きれいに掃除されたフロントガラスの向こう側を、二羽の鳥が右から左へと飛翔する。

その軌道は、ありなの濃いアイラインに似ている。ありなは多分、自分が鏡を通して見ている自分と現実の自分に十歳以上の差がある。会うたびにメイクが若返っていくその姿を見ていると、この女にはどんなプレイをしたって許される、という醜い安心感が心の真ん中に聳《そび》え立つ。

鳥が飛んでいく。コウノトリのマークが、良大の脳裏を一瞬、横切る。

「はい、ここまで」

そう言って姿勢を元に戻すありなの体に、本当なら今すぐにでも触れたい。だけど、ハンドルを握っている以上、そうすることもできない。「早くやりたい」そう呟く良大に、ありながら「私も」と頷く。

いま自分が握っているハンドルは、きっと、この車だけを操縦しているものではない。かろうじて手放さないでいるものは、この車なんかよりも、ずっとずっと大きい、きっと。

「はあーあ」

助手席の背もたれをバターンと倒すと、ありなは寝起きの人間がベッドの上でそうするように、全身をぐいんと伸ばした。ぽき、と、どこかの骨が鳴る。

「明日もあさってても休みだったらいいのになー」

素直な思いがそのまま言葉になっている。反らせた上半身に乗っている胸が、少しだけ横に垂れている。マグマのような疼きが、体の底から沸き上がる。

「このままもうどっか遠く行っちゃいたあーい」

「だな」

「もう北海道とかまで行っちゃいたいけど、あーでもそれじゃ運転大変か」

「そうでもないよ、運転好きだし」

ありなはふーんと呟くと、スマホで何やら曲を流し始めた。動画配信サイトから有名になったグループの曲らしいが、良大は全く知らなかった。ありなは、聴いている音楽も、好きな服も言葉の使い方も、やっぱり現実の肉体よりずっと若い。といっても実際の年齢がいくつかは知らないわけだが、おそらく自分より年下ということはないだろう。

フロントガラスを、コウノトリが横切る。いや違う、ただの鳥だ。

今の自分が運転を好んでいるのはきっと、年齢を重ねるにつれ、少なくとも費やした時間分は上達するというやさしいものたちが身の回りから減っていったからだ。高速道路や見通しの悪い道でもスムーズに運転できるようになっていく自分に出会うことは、やればできるようになることに対しては努力することができる自分がまだ存在することを再確認する作業でもある。

そこまで考えて、良大はふと思う。費やした時間分は磨かれる運転技術は、ある日突然できなくなった美嘉とのセックスから、一番遠い距離にあるものなのかもしれない、と。

良大は、ぐ、と、アクセルを踏む足に力を込める。力を込めればその分スピードを上げてくれるこの車が、ひどくけなげな生き物に感じられる。ただそれだけのことで胸が締め付けられるような自分ごと、あの空の突き当たりまで連れ去ってしまいたい。

2021.12
幻冬舎文庫
冬の読書フェア
寒い日だから、
ずっとおうちで。
GENTOSHA
幻冬舎
長濱ねる
最新刊

しらふで生きる
大酒飲みの決断

町田 康

大酒飲み作家は、突如、酒をやめた。数々の誘惑を乗り越えて獲得した、よく眠れる痩せた身体、明晰な脳髄、そして人生の寂しさへの自覚。饒舌な思考が炸裂する断酒記。

737円

探検家とペネロペちゃん

角幡唯介

北極と日本を行ったり来たりする探検家のもとに誕生した、圧倒的にかわいい娘・ペネロペ。その存在によって、探検家の世界は崩壊し、新たな世界が立ち上がった。

693円

文豪はみんな、うつ

岩波 明

文学史上に残る10人の文豪——漱石、有島、芥川、島清、賢治、中也、藤村、太宰、谷崎、川端。このうち7人が重症の精神疾患、2人が入院、4人が自殺している。精神科医によるスキャンダラスな作家論。

693円

神奈川県警「ヲタク」担当 細川春菜2
湯煙の蹉跌

鳴神響一

大風呂で起きた奇妙な殺人事件の捜査応援要請が、捜査課の浅野から春菜に寄せられた。二人は「捜査協力員」の泉ヲタクを頼りに捜査を進めるのだが……。

書き下ろし

737円

小説文庫

鰻と甘酒
居酒屋お夏 春夏秋冬

岡本さとる

「あの姉さんには惚れちまうんじゃあねえぜ」。暗い過去を持つ女。羽目の外し方も知らぬ純真な男。二人の恋路に思わぬ障壁が。新シリーズ待望の第四弾。

書き下ろし

715円

眠らぬ猫
番所医はちきん先生 休診録二

井川香四郎

番所医の八田錦が、亡くなった大工の死因を〝殺し〟と見立てた折も折、公事師（弁護士）を名乗る男が、死んだ大工の件でと大店を訪れた。男の狙いとは？

書き下ろし

847円

儚き名刀
義賊・神田小僧

小杉健治

遺体で見つかった武士は、浪人の九郎兵衛が丸亀藩時代に命を救ってもらった盟友だった。下手人は義賊の巳之助が信頼する御家人。仇を討ちたい九郎兵衛と無実を信じる巳之助が真相を探る。

書き下ろし

759円

狐の眉《まゆ》刷《は》毛《け》
小烏神社奇譚

篠 綾子

小烏神社の氏子である花枝の元に、大奥にいるかつての親友お蘭から手紙が届く。久し振りの再会を喜ぶ花枝だったが、思いもよらぬ申し出を受ける。草木にまつわる人気シリーズ第四弾。

書き下ろし

803円

4

転職先は結局、求人サイト経由ではなく、フェイスブック経由で見つけた。大学時代の友人が、自分が働いている会社の求人情報を拡散していたのだ。

その友人の勤務先はQRコード決済サービスなどのEC事業に特化した会社で、まだ設立してから十年に満たない若い企業だった。良大はその時点でECについて詳しいわけではなかったが、フリーランスエンジニア用の求人サイトに関わっていたとき、会員の職歴に〝EC〟という単語がやたらあるなと思っていたので、成長分野だということはなんとなく把握していた。

何より、美嘉が関わっているライブコマース事業が、実績、知名度共にぐんぐんと成長し始めたのだ。

ライブコマース、Instagramでの生配信、人気のインフルエンサーのお気に入り商品、三十分で五百万円の売上――良大は正直、美嘉が仕事の話をするときに出てくるすべての単語を侮っていた。そんなものは一過性のブームにすぎず、それどころかどこか詐欺っぽいとさえ思っていた。だが、ライブコマースがEC、つまり電子商取引と生放送を掛け合わせたサービスで、中国ではすでにかなり人気だということを美嘉からではなく自然に知ったころから、世の中の風向きの変化を感じた。自分が侮っていたものは、どうやら本当に次世代にとっての発明品なのかもしれないと思えてきた。

美嘉は人気のインフルエンサーによるアイテム買い付けのため韓国や中国に行くことも増え、逆に日本に買い付けに来るアジアのインフルエンサーを受け入れることも多くなった。週末も忙しく動き回る美嘉の姿は、日に日に美しく眩しく変貌していった。

美嘉の会社の業績と、自分の性欲が反比例する理由が、そのときの良大にはよくわからなかった。いや、よくわからないフリをしていた。

一方、フェイスブック経由で友人に連絡してから採用が決まるまではとても速く、そのスピード感自体が成長分野であることを物語っているようだった。料理人専用の求人サイト運営は行き詰まり続けており、この大変なときに逃げるのか、と、同僚も先輩もほぼ全員、去る人間に対して想像以上に冷たかった。そんな中、吉川だけが最後まで優しかった。

「他にやりたいことを見つけたんなら仕方ないよ、こっちのことは大丈夫だから。ECの世界の話は参考になりそうだし、仕事に慣れたらぜひ話聞かせてよ」

最終出勤日の夜、居酒屋で吉川はそう言って微笑んだ。吉川と二人でお酒を飲むのは、その夜が初めてのことだった。

そうだろうとは思っていたが、明日からは他人同士になるのだという共通認識があると、想像以上に肩の力が抜けた。はじめはやはり仕事の話をしていたが、会話の内容があっという間にプライベートなものに移行していく。良大は、妻の美嘉が、軌道に乗り始めた仕事をバリバリ続けたいからこそ少しでも体力があるうちに子どもを産みたがっているという話を、はじめて他人にした。自分の無計画な転職が美嘉の展望を狂わせてしまっていること、そもそも最近少し性欲が衰えているように感じられ子作りどころではないことなど、たとえ明日から他人同士になるとはいえ上司に話すべきではないようなこともいつのまにか話していた。

吉川は、反抗期の娘たちの態度がますます悪くなっていることに加え、病弱のためたびたび入院を繰り返す妻のケア、そして足が悪く日常生活に手助けが必要な両親のサポートで貴重な土日がほぼ潰れることを話してくれた。娘たちへの弁当作り、部活や塾への送迎、どれも一人でこなしているらしく、「ありがとう、って言ってくれるだけで頑張れるんだけどね、いつかわかるんだろうね」といつも通り笑っていた。

お酒と時間が進むにつれ、良大は、一つのテーブルを挟んで相対している男から、年齢や立場など、その人をその人たらしめる情報や背景が消えていくのを感じていた。

「あの」

だから、落とした箸でも拾うように、こんな質問をしていた。

「吉川さんって、趣味とかあるんですか」

「何その質問」

ふ、と吉川が口元を緩ませる。だけどそれは、いつも〝大丈夫〟という言葉と一緒に見せる微笑みではなく思わず破顔してしまったという趣で、良大はやけに嬉しくなってしまった。

「いいじゃないですか。なんかそういう話ってしたことなかったですし。趣味、教えてくださいよ」

「うーん」吉川は少し悩むと、炙《あぶ》り明太子を一つ口に入れて、言った。「独身のときは、ふらっと遠出するのが好きだったな」

ふらっと遠出、という言葉が、いつも人に囲まれて笑顔を絶やさないイメージから離れていて、なんだか意外だった。「どうしてですか」食い下がる良大に対し、吉川はさっきのちょうど二倍ほど悩んでから、また口を開いた。

「思ったことがそのまま声に出るから、かなあ」

予想外の回答に、「え?」良大の首が前に出る。

「どういう意味ですか?」

「旅行中って、なんか、何て言うんだろう」

吉川が一瞬、思考を巡らせる。

「きれいな景色見てすげーって言って、その土地のおいしいもの食べてうめーって言って、温泉入ってああ〜って声出しちゃったりして、何て言うのかな、反射神経で喋っちゃうって感覚、ないかな」

「あー、確かにそんな感覚ありますね」

良大はそう答えながら、あれ、と思った。

「普段なら、頭の中にある篩《ふるい》の細かい網目に引っかかって口までは落ちてこない言葉が、そのままするーんと声として飛び出していく感じっていうのかな。その街にとっての部外者として、反射神経で思ったことをそのまま言えるっていうのが、気持ちいいんだろうね、きっと。うん、自分でも今、初めて理由がわかった気がする」

「吉川さん」

良大は箸を置くと、言った。

「俺、今、そんな感じかもしれないです」

「え？」

今夜は、これまで上司として接していた吉川とはしたことがない話ばかり、した。情報と背景が消え去ったように感じられる状態だからこそ、思ったことをそのまま話すことができた。

「だから、今、すごく楽しいです」

良大がそう言うと、吉川は、

「ありがとう」

と微笑んだ。その表情も、いつもの〝大丈夫〟とセットになっているそれとは、何かが違う気がした。

「人間には多分」吉川は、日本酒を一口飲む。「誰にとっても誰でもない存在として、思ったことをそのまま言える時間が、必要なんだろうね」

こん、と、御猪口《おちょこ》の底がテーブルを打つ。

「今はどっか行く暇もないけどね」

そう言う吉川の表情に、いつもの微笑みが戻りかけたことを良大は見逃さなかった。

「吉川さんって」

良大は慌てて口を開く。今この雰囲気なら、もう全部訊いてしまおうと思った。

「何でそんなに優しいんですか」

普段なら篩に引っかかって口までは落ちてこないような言葉が、零れ出ていく。

「いっつも大丈夫って言ってるし、会社でも、家庭でも、なんかずっと優しすぎませんか。しんどくなったりしないんですか」

良大は吉川の目を見つめる。数秒、沈黙が流れたあと、吉川が口を開いた。

「そんなの」

「ホッケ、お待たせしました！」

頼んでいない大皿が、ドンとテーブルに舞い降りた。「あの、これ、多分間違いです」吉川が丁寧に伝えると、店員が元気に謝る。映像だけ見ていると、まるで吉川が何かを間違えたように見える態度だった。

やっぱり、どこまでも優しい。良大は、頭の中にある言葉の篩を、大きく左右に振る。

「あの、もう一つ質問していいですか」

篩の網目がどんどん溶けて、粗くなっていく。

「ちょっと前に、台風で大阪から帰ってこられなくなった日、ありましたよね」

良大がそう言うと、吉川の表情が、また、これまで見たことのない種類のものになった。

「あったね」

「その日行く予定だった営業先の店、臨時休業だったはずなんです」

吉川は一瞬黙ったが、すぐに、「そうだったね」と頷いた。なぜそのことを良大が知っているのか、気に留めることを諦めたような頷きだった。

「そういうとき、吉川さんって、大阪でひとりで何するんですか？」

　単純に、疑問だった。ふと時間が空いてしまったら、この人は何をするのか。会社ではどんな無理難題も解決してしまう上司、家庭では反抗期の子どもを持つ父であり介護が必要な親を持つ子でもあり、病弱な妻を支える夫でもある。そんな、自分を象《かたど》る条件がすべて消え去ったとき、この人は何をするのだろうか。

「あの日は」

　吉川が、一瞬だけ、甘く体を震わせた。ような気がした。

「久しぶりに、ふらっと遠出でもした気分だったよ」

5

　ぐう、と、ありなの腹が鳴った。と思ったらまたすぐ、ぐうぎゅるる、と鳴った。

「音ヤバ」良大は思わず笑う。

「だって朝から何も食べてないんだもー」

　女からこういう類の発言を聞くたび、良大は、よく朝から何も食べず動き回れるなと感心する。それこそライブコマースでアイテムを売りまくるような女たちは、夕方になって「今日初めてのご飯でーす」なんて平気で言う。しかもそのとき手にしているものがシリアルだったりヨーグルトだったり、男からすると何の腹の足しにもならないようなもので、二重に驚かされる。

「次おっきめのサービスエリアあったら、寄るか」

「寄ろ寄ろ！」

わーい、と、子どものように喜ぶありなの横顔が、窓から差し込む光に照らされている。

良大は、もしかしたら四十近いのかもしれないな、と、その肌を見て思う。

今日の朝、良大が起きたころには美嘉はもう家を出ていた。美嘉は朝ご飯を必ず食べる。特に今日みたいに休日返上で動き回る日は、心を盛り上げるために普段なら控えるような甘いものを食べてもいいことにしているらしい。

ついでに作ってくれたのだろうか、良大の分のフレンチトーストがテーブルの上に置かれていた。ラインを見ると、〈トラブルがなければ、二十時までには帰れると思います。明日は休みだし、夜ご飯は一緒に食べたいな。東口のイタリアンバルで待ち合わせとかどうかな〉とメッセージが届いていた。コウノトリの日である今日は、一緒に夜ご飯を食べるところから気持ちを盛り上げて、少しお酒でも飲んで――美嘉がそんな風に心の中で段取りを組んで気合いを入れていることが伝わってきてしまい、フレンチトーストの味はほとんど感じられなかった。

わかった、と返事を打ちつつ、良大は帰りの時間を逆算していた。九時半に車をピックアップする予定だから、午前中のうちに鬼怒川の日帰り宿に着くとして、ありなと何回できるだろう。そう考えることに対して何の罪悪感も抱かなくなった自分の醜さを、それぞれの土曜日を照らす太陽は容赦なく炙り出す。

食事のマークを掲げたサービスエリアの標識に出会ったので、早めに車線を変更しておく。駐車し、車を降りた途端、

「気持ちいいなー」

と、声が出た。普段暮らしている街から物理的に離れれば離れるほど、言葉を選別する脳内の篩が、その網目をどんどん粗くしているのがわかる。

施設の外に連なる屋台から漂う匂いがトドメとなり、良大の腹も遂に鳴った。実は空腹だったらしい。醬油とバターと油と、とにかく絶対においしいものたちが組み合わさった匂いの誘惑を振り切り、施設内のフードコートへと向かう。

「サービスエリアのご飯って何でこんな全部おいしそうに見えるんだろ」

「な。迷うわー」

水を入れたグラスで席を確保すると、美術館でも巡るように二人でフードコートを一周した。ラーメン、カレー、お好み焼き、たこ焼き、かつ丼、ハンバーガー、期待しているとこ

ろにど真ん中ストレートを投げてくれるだろう豪腕なメニューの数々に、どうしたってテンションは上がる。

「ザックは何にする？」

右側にいるありながそう言ったとき、良大の左側にいる女性が一瞬こちらを見たような気がした。そして、どこか納得いかない表情で、顔の向きを元に戻す。

まだ十一時を回ったぐらいだからか、店内はそこまで混んでおらず、料理もすぐに揃った。良大が選んだカツカレーと、ありなが頼んだ月見うどん。「いただきます」手を合わせると、唾液がじわりと口内を浸す。

「うめえ」

一口食べて、思わず声が漏れる。脳内の篩の網目は、もうほとんどないも同然だ。

「ちょっと、ザックの、一口ちょうだい」

ありなが割り箸で、ちゃっかりカツを一切れ持って行こうとする。その貪欲さが気持ちいい。

「あ、思ったより衣がちゃんとサクサク。おいしい」

だよな、と、良大は良大で月見うどんに手を伸ばす。小さなテーブルを一つ挟んだ目の前で、ありなが「おあげはダメだからねー」と笑っている。

テーブルを挟んで、向かい合わせ。脳内の篩が機能しない状況での会話。良大はふと、前の会社の最終出勤日、吉川と二人で飲んだ夜の景色を思い出した。ただそのときと決定的に違うのは、今はお互いに、本名も年齢も本当に何もかも知らない者同士だということだ。ありなをありなと呼んでいるのは、初めてありなと会ったとき、お気に入りのAV女優の橋本ありなが三十キロくらい太って老けたらこうなるんじゃないか、と思ったからだ。セフレを探す掲示板の書き込みでは、身長、体重、年齢を数字で表すくらいしかしないし、それらの数字もほとんど嘘であることが多いので、実際に会ったとしても結局、その人をその人たらしめる情報は何ひとつ知らないままだ。

だからこそ、会って数十分後にはお互いに全裸になれる。してみたいことを、してみたいと、思ったままに伝えることができる。

ありなは良大のことを、自分が好きな俳優であるザック・エフロンから取ってザックと呼んでいる。別に似ているわけではないが、そばにいる男をザックと呼ぶ自分に興奮するらしい。そう呼ばれたとき、その年で好きな俳優がザック・エフロンて、と、また一つありなをバカにできる要素を見つけられて、良大は嬉しかった。

ここにいるのは、ザックとありな。本名も家族構成も、これまでどんな人生を歩んできたのかも今どこに住んでどんな仕事をしているのかも、本当のことはよく知らない。

だからこそ、何でも話せる。どんなプレイも要求できる。

「あーおいしかった。ちょっとトイレ行ってくるね」

ありなが立ち上がると、テーブルが少し揺れてグラスが動いた。人口密度が高くなってきたフードコートは、ありなの体には特に狭い。

あ、と思い、良大はありなを呼び止める。

「なあ」

「わかってるよ」ありながこちらに振り向く。「ウォシュレットは使いません」

ありなは、特にボリュームを落とすことなくそう言った。良大は一瞬、隣のテーブルに座ってる家族に聞こえたかもしれない、と焦ったが、すぐに、聞こえたところで別に何の問題もないか、と思い直す。

だってここでは、誰もが、誰にとっても誰でもない存在なのだから。

良大は、ありなのたっぷりとした背中が、海原のように波打つ人ごみに紛れていく様子を眺める。

たくさんの人が、思い思いに動いている。昼食を摂る人、メニューを迷う人、お土産を買う人、トイレを探す人、車へ戻る人。観光地と観光地のあいだにある、名も無き街の白い建物の中。

俺は、ここにいる人たちのことを、全員、知らない。

ここにいる人たちは、全員、俺を知らない。

――誰にとっても誰でもない存在として、思ったことをそのまま言える時間が、必要なんだろうね。

頭の中に、蘇る声がある。

――ああ！

頭の中から、消えてくれない声がある。

――痛い！　ああ！　限界です！　痛い！　もう無理です！　痛い！　ああああ！

「お待たせ」

ソフトクリームを片手に戻ってきたありなが、二重顎を揺らして笑っている。建物に入る前から、外で売っている紫いもソフトに目をつけていたらしい。ありなにソフトクリーム、という組み合わせがあまりにもしっくりきすぎていて、良大は駐車場を歩きながら、一見すると変人だと思われるくらいにゲラゲラ笑ってしまう。

だけど、それで別にいいのだ。ここなら、この人となら。

「甘！　超おいしいこれ」

ありなは、一歩進むごとに何の飾にも掛けられていない言葉をぼたぼたと落とす。「いもの味すごっ」一口もらった良大も同じようなものだ。

　良大はアイスを口内の熱で溶かしながら、歩くスピードを少し緩める。ありなの後ろ姿を、客観的に見つめる。

　ありなとは、オーラルプレイ好きが集う掲示板で知り合った。

　良大は昔から、挿入それ自体よりも、相手の全身を舐めること、そして相手に全身を舐められることに快感を覚える節があった。本当は美嘉の体を隅々まで舐めたかった。乳房や女性器などのわかりやすい性感帯だけでなく、耳、脇、臍《へそ》、足の指、目、掌、膝の裏、全身を覆う皮を一枚分剝いでしまうくらいに舐め続けたかった。そうしながら、美嘉の肉体が持つ本来の匂いを楽しみたかった。きれい好きの美嘉は、セックスの前には必ずシャワーを浴びるし、それどころかキスをする前にも歯磨きをしたがる。良大はずっと、本当は、美嘉の肉体そのままを味わいたかった。だけど美嘉は、行為の前にシャワーを浴びないことどころか、そもそも体を舐められることも嫌がった。そして、付き合いが長くなるにつれて、お互いの人生を知りお互いがどんな人間なのか理解を深めていくにつれて、性欲の底に渦巻く生々しい希望をどんどん伝えられなくなっていった。

「あ、キーンときたキーンと、頭いった〜」

　本名も年齢も何もわからない女が、初めて訪れた街の中を進んでいく。もう顔も覚えていない人間が持ち主の車へ向かって、歩いている。

美嘉のことなら何だって知っているのに。

美嘉とは大学時代にサークルで知り合った。季節ごとのイベントや旅行を通して、どんどん距離を縮めていった。飲み会の最中にふと孤独を感じること、将来は世の中にインパクトを与えられるような、影響力のある仕事をしたいと思っていること、同期のリーダー的存在として振る舞っているあいつが本当は苦手なこと——不思議と、美嘉にだけは何でも話せるような気がした。二人でこっそり英語の勉強をしながら、将来に対して何の対策もしていないように見える同級生たちをあざ笑ったりもした。親友と呼べるような関係になってから付き合うまでは、すぐだった。後輩たちからは憧れのカップルだと言われた。結婚式には同級生も先輩も後輩もみんな集まってくれて、特に二次会は大盛り上がりだった。こんなにも人生の全てを共有し合える人に出会えたことの幸運に、良大は痺れるほどの幸福を感じた。

心の中で、言えないことが芽吹き始めたのはいつだっただろうか。

結婚前、貯金残高と収入を明かし合ったとき、どちらも自分の方が多かったことに、実はものすごく安堵した気持ち。世の中にインパクトを与えられるような、影響力のある仕事をしたいと明かし合ったとき、だけど絶対に自分のほうが格上のプロジェクトに関わりたいと思っていたこと。今後、収入で負けることなんてありえないと信じ切っていたこと。シャワーどころか、本当はウォシュレットだって使ってほしくないくらい、汗や体臭や、人間そのものの匂いを味わうことに興奮すること。

美嘉と話すとき、頭の中にある篩の網目が最も細かくなると気づき始めたのは、いつだっただろうか。

「ご飯食べたら眠くなってきちゃったねー」

車に乗り込むと同時に、ありなはワッフルコーンの端を口の中に押し込んだ。今、この世界で一番何でも言い合えるこの人のことを、良大は何も知らない。

6

転職した会社は、想像していた場所とは少し違った。

まず驚いたのは、良大を採用までトントン拍子に導いてくれた友人が良大と入れ替わるように退職したことだ。フェイスブックでは散々【中の人として言いますけど、成長分野の最先端の仕事は、やりがいがハンパないです】とか、【世界を変えていくEC業界で働くことは、世界を見つめる目を養うことだと思います】とか調子のいいことを言っていたのに、自分は海外留学への準備を進めていたらしい。当の本人が「年齢的にも体力的にも、大きなチャレンジができるのも三十五歳までなのかなって思ってさ」と話すのを聞きながら、良大は、吉川の代わりに行った営業の帰り道、電車の中で眺めていたスマホの画面を思い出していた。

冗談めいた感じで、俺もお前と同い年なんだけどな、と言ってやろうかと思ったけど、やめた。ふざけた口調で、自分が辞めるにあたって代わりを補充しなければならなかったんだろ、とも言ってやろうかと思ったけど、やめた。

そんなふうにして、反射的に飛び出そうになる言葉を飲み込む技術がどんどん磨かれていく日々が、始まった。

クレジットカード情報や電話番号を同期させるだけで、QRコードを利用した電子マネー決済ができるようになる専用アプリ。そのシステムを使える店舗を拡大していくのが、良大の仕事だった。確かに、転職した当初は契約店舗が簡単に増えていった。転職にあたりネックに感じていた収入や福利厚生面も、契約店舗分の上乗せボーナスが多く、気にならないくらいだった。EC業界のトレンドについていつの間にか美嘉に質問されるようになったときは、夜の営みの回数が増えた。

中国ですでに人気のQRコード決済アプリ、EveryPayが大手携帯会社との提携と共に日本に上陸したのは、転職して二か月後のことだった。

契約店舗数はあっという間に逆転した。中国での実績と大きな後ろ盾による説得力は凄まじく、契約の可能性があった店舗も続々とＥｖｅｒｙ Ｐａｙへ鞍替えしていった。良大は、短期間でここまで会社の雰囲気って変わるんだな、と、どこか冷静な気持ちでいた。

――痛い！

フェイスブックを開くと、良大と入れ替わるようにして退職した友人が、グランドキャニオンでピースサインを掲げていた。楽しそうで安心したよ、とコメントした。

――痛い！　ああ！

上司の小杉は現場に立つ回数を減らし、「経験だから」と良大たち若手に営業を任せ続けた。精一杯がんばります、と答えた。

――痛い！　ああ！　限界です！

美嘉が、いよいよ本気で子どもを欲しがるようになった。仕事が軌道に乗り始め、ライブコマース業界に長く関わっていきたい気持ちが芽生えているからこそ、体力があるうちに出産をして早く復帰したいという。大事な問題だから時間をかけて話し合おう、と伝えた。

――痛い！　ああ！　限界です！　痛い！

契約店舗数が減り、ボーナスがなくなり、収入が下がった。だけど、そのことを美嘉に伝えることができなかった。そうなると、美嘉の上に乗っても、性器がなかなか反応してくれなくなった。なぜか謝る美嘉に、良大も謝った。「理由はわからない、疲れてるのかもしれない」と言い、行為を中断すると、無理やり眠った。

——痛い！　ああ！　限界です！　痛い！　もう無理です！

様々なことが同時に起こった。起こったことに対して本当に思ったこと、感じたことは、体の中で蒸発させるしかなかった。そのたび、誰か知らない人が、自分の体内で絶叫してくれている感覚に陥った。

夫婦で使える妊活アプリをダウンロードしてほしいと頼まれたのは、久しぶりに二人でデートをしていたときのことだった。ケーキセットについていたコーヒーをテラス席で飲んでいるときに、「これなの」と、スマホの画面を見せられた。美嘉のスマホにはもうアプリがダウンロードされており、断る理由がなかった。

結婚する前に貯金残高と当時の収入を明かし合っていたが、結婚してからも財布は別だった。家賃や光熱費など住宅関係の出費は七対三で良大が多めに担当し、日用生活品や食費などは逆の割合で美嘉が多めに負担していた。現在の収入と、決められた出費以外のお金を何にどれくらい使っているのかは、お互い干渉していなかった。

すぐ目の前で妊活アプリについて説明している美嘉を、窓の外に広がる遠い景色のように眺めながら、良大は、給料が上がったんだろうなと思っていた。メイクも服もより上品になったし、多分、通っている美容院もいいところに変わった。仕事が充実しており、それがきちんと給与にも反映されているのだろう。

自分とは真逆だ。

「良大、聞いてる？」

美嘉がそう尋ねてきたときだった。「Excuse me」という声に、二人の顔が引き上げられた。

そこに立っているのは、スーツケースを引いたアジア人の女性二人組だった。良大はてっきり欧米系の観光客かと予想していたので、おそらく中国人か韓国人である彼女たちの顔を見て拍子抜けした。

将来は社会にインパクトを与えられるような仕事をしたい——そう言い合いながら、同級生には隠れて英語を勉強していた日々。美嘉は早々に挫折したようだったが、良大は密かに学び続けていたのだ。

よし、と思ったとき、良大は確かに、自分の股間が僅かだが久々に疼くのを感じた。

だが、女性二人組は英語も日本語も不自由のようで、一体何を質問したいのかすらわからない。せっかく美嘉より秀でている部分なのに——良大が貧乏ゆすりを始めたころ、

「Korean? Chinese? 我会说一点中文，以后可以用中文聊天了（私中国語少しできるので、中国語でお話ししましょう）」

立ち上がった美嘉の口から、英語ではない言語が零れ出てきた。

良大は、女性二人と中国語で流暢にやりとりをする美嘉のことを、やはり遠い景色のように眺めていた。そのときやっと、美嘉の細い手首に巻かれている腕時計が新しいものに替わっていることに気付いた。

しばらくすると、女性二人が「谢谢」と手を振り、スーツケースを伴って去っていった。ふう、と腰を下ろした美嘉は、「中国人だったね。スーツケースを預けられる場所を探してたみたい」と微笑んだ。

ライブコマースがすでに中国で人気だということ、アジア圏のインフルエンサーを日本に呼び込むことを考えていること。美嘉から話は聞いていた。だけど、長期的戦略のもと、英語ではなく中国語をマスターしていたとは全く想像していなかった。

インパクト、影響力。そんな単語から、なんとなく英語を選んで、なんとなく勉強し続けていた自分。そこには長期的戦略も、定めたゴールもなかった。

「このあとの映画、楽しみだね。ずっと観たかったやつなんだ。恋愛ものって久しぶり。ていうか」

美嘉はそう言うと、何かを決意したように、声のボリュームを落とした。

「二人でデートが、久しぶりだもんね」

テーブルの上に投げ出していた良大の手に、美嘉が、しっとりと指を絡めてくる。だけどそれは、恋愛関係にある男女の触れ合いというよりも、神頼みしか道がなくなった人間が取る、祈りのポーズに見えた。

祈りは届かなかった。その日から遂に一度も、美嘉に対して勃起できなくなった。

ごめん。わからない。その夜、二つの単語を繰り返しながら、良大は痛いほど理解していた。原因は、美嘉が、収入面でもスキル面でも自分より優れた社会人であると明確に意識したことだ。すべての原因は、自分の矮小《わいしょう》さ、プライドの高さ、心の醜さにあった。性器が勃起しないというたった一つの事実が、自分のこれまでの人生すべてとそれが導き出した現状を象徴していると感じた。そう考えれば考えるほど、美嘉に対して性器が反応することはなくなっていった。

「大丈夫だよ、良大」

――痛い！　ああ！　限界です！　痛い！　もう無理です！　痛い！

「大丈夫。ゆっくり、がんばろうよ」

――痛い！　ああ！　限界です！　痛い！　もう無理です！　痛い！　あああああ！

7

カーシェアリングアプリで出てきたいくつかの車からこれを選んだのは、備考欄に「車用カーテンあり」という表記があったからだ。その時点で、もしかしたら、予約した宿まで我慢できない可能性が高いな、と思っていた。

あ、と、声が漏れる。

良大は、飽きずにフェラをし続けるありなの鼻筋を見つめる。ありなはオーラルプレイの中でもとにかくフェラが好きで、放っておくと延々としゃぶり続ける。だが、巧みに緩急をつけることで、相手が早々に達することを絶対に許さない。男が快感に身を投じている姿を見ると嗜虐心《しぎやくしん》がたまらなく刺激されるらしく、寸止めをしながらできるだけ長時間楽しみたいようだ。

漏れる声が、文字にならない吐息から、やばい、などの意味を持った単語に変わる。

脳の快感を司っている部分を直接撫でられているかのような刺激に、良大は思わず自ら腰を動かす。宿まで我慢できず、二人して移動した後部座席。そこから見上げる薄いグレーの天井は、フロントガラス越しに見た青空よりも一点の曇りもない。

初めてありなと会ったラブホテルも、こんな色の天井だった気がする。

煙草と埃の臭いの充満する安いラブホテルだったが、できれば下着と靴下を替えずに三日ほど生活してほしいというリクエストに応えてくれたありなの体臭は、部屋に染み付いた匂いに負けていなかった。

「そりゃ、そのへんのOLとかに比べたらたくさん動いてるから。汗っかきだし」

その日、良大は、五感のコンパスが全て壊れたかのような動きで、美嘉にはできないことを全部した。全身の肌を削ぎ落とすように舐め回し続けることも、臭いがきつい箇所にほど顔を埋《うず》めたい気持ちも、ありなは全て受け止めてくれた。

互いの全身を探り終え、締めの作業のように挿入を終えると、せっかく延長した時間がもったいないということもあり、二人で少しだけベッドに寝転んだ。美嘉とセックスをしたあとの数倍の空腹感に襲われた良大は、ぐうぐうと高校生のように腹を鳴らしつつ、ありなの仕事を尋ねた。

ありなは、「さっき、そのへんのOLとかに比べたらたくさん動いてるって言ったでしょ」と前置きすると、介護施設で働いている、と言った。

良大はそのとき、ありなには見えないほうの手を、思わずぐっと握りしめた。

多分年上、デブ、社会的地位が自分より下。こいつにとって、俺の体はすごく貴重で、ありがたい存在のはずだ。

「皆そういう反応するんだよね」ありなは、何も言わない良大に対して的外れなことを話し始めた。「大変そうなのに何でそんな仕事選んだの、みたいなこと言いたいんだけど言えない、みたいな」

良大の沈黙をそう受け取ったようだ。ありなは勝手にひとりで喋り続ける。

「でもさ、だからといって他にないんだよね、やりたいこととか。私みたいに学歴もないとさ、似たような給料で似たような仕事ばっかりだし。触れ合う相手が変わるだけ。だったら、一番ムカつかない人相手にしようと思って。子どもも大人もムカつくけど、死んでいく老人ってムカついてもしょうがないって気持ちになんの。だってあいつら死んでいくんだもん、どんどん」

良大はありなの声を聞きながら、ひりひりするほど酷使したペニスに再び宿る勃起の予兆を感じた。

仕事でも収入でも絶対に自分を脅かさないだろうありなに対して、あまりにも心が開放されていく自分。そんな自分の矮小さ、プライドの高さ、心の醜さが、ありなを前にすると興奮に繋がることが不思議だった。

快感に押し出されるようにして声が漏れる。その声が、自分の耳に入ってくる。気持ちよさのあまり思い切り発声しているという状況自体に、脳が興奮する。さらに声が出る。頭の中の篩がついに、その網目の全てを溶かす。小杉に対して謝ってばかりだった口から、ただただ快感そのもののような声がどばどば流れ出る。

篩を捨て去る。だから気持ちいい。肉体への刺激そのものより、頭の中の篩を捨て去ることと自体が。

ちゅぼっ、と、ＡＶで聞くような音が鳴る。

「声、すご」

いつしか後部座席から降り、足場に座り込んでいたありなが言う。そこから、後部座席に横たわる良大を攻めていたみたいだ。

「外に聞こえてたりして」

良大は「かもな」と答えると、声を出し続けて乾いてしまった口の中に唾を分泌させる。車は、サービスエリアの隅に隠れるようにして寄せてある。多少声が漏れていたとしても大丈夫なはずだ。

「他人の車ですんの、いいね。興奮する」

いつものようにまたすぐにペニスを銜《くわ》えると思ったが、ありなは突然、

「何かあった？」

と訊いてきた。

「なんか、顔が疲れてる」

ここは超元気だけど、と、ありなが自分の唾を纏う亀頭をデコピンする。あまりにも滑稽な図に、良大は笑ってしまう。

「何かあった？」

もう一度そう尋ねてくるありなの表情が、なぜだか一瞬、美嘉と重なった。

——大丈夫？

昨日の夜、妊活アプリに舞い降りたコウノトリを確認した美嘉は、そう訊いてきた。

大丈夫、と訊かれれば、人は、大丈夫、と答えるしかない。

吉川さんみたいに。

「何かあってばかりだよな、人生」

今日もきっと美嘉に対して勃起しないこと。むしろ、勃起しない自分を正当化するために、こうしてありなと会って射精し尽くしてしまおうと考えていること。わざわざ〝こちらはまだ作業中です。楽しい週末に入る前に最新状況の共有を終えてくださいね〟なんて書き方をする小杉が頭が割れそうなほど憎たらしいこと。そんな小さなことで誰かを憎たらしく思う自分の幼さに辟易していること。月曜日に出勤すれば、キッチンカーの会社から正式に契約しない旨を伝えるメールが届いているだろうこと。ＱＲコード決済の世界はＥｖｅｒｙＰａｙの独り勝ちで決まったようなものであること。今の会社にいてもどうにもならないこと。かといって再びゼロから〝世の中にインパクトを与えられるような仕事〟を生み出したいなんて今となってはもう思えないこと。

だけど、仕事を終えて充実した表情の美嘉と待ち合わせる夜はやってくる。キッチンカーの担当者の新着メールと小杉の詰問に向き合う月曜日もやってくる。歩き続けるのは前に進みたいからではなく、ただ止まれないから、それだけなのに。

「帰りたくねえな、もう」

ありなの唾で濡れたペニスが、冷えていく。

「見たくねえんだよな、社用携帯も、美嘉のことも、全部」

冷たくなったペニスは、まるで電源を抜かれたかのように、完全に萎んでしまう。

「もう限界だって、無理だって、ほんとは全員わかってんだよ」

限界です。もう無理です。

「でも、全部全部箭に引っかかって、誰も何も言えねえんだよ」

痛い！　ああ！　限界です！　痛い！　もう無理です！　痛い！　あああああ！

声が聞こえる。

良大は起き上がると、パンツとズボンを上げ、後部座席の足場に座り込んだ。今度はありなに、後部座席に横になるよう促す。

姿勢を変えたことにより尿道をこじあけるようにして漏れ出てくる体液の存在を感じながら、良大はありなの服を脱がしていく。その瞬間を心待ちにしていたらしいありなの協力もあって、その豊かな体はあっという間に皮を剝かれた枇杷《びわ》のようにてっぷりと光る。

良大は後部座席に乗り込み、ありなに覆い被さる。少し汗ばんだ肌から、饐《す》えたような臭いが立ち上る。

その臭いの源にいち早く舌を伸ばしたかったが、自分をもう一度高めるためにも、そこからは最も遠いところから攻めていくことにする。右耳の襞を舌先で掃除するように探りながら、左手のひとさし指で左耳の中身をこそぎだすようにくすぐる。空いた右手で頭をそっと撫でると、良大の体の下でありなが身をよじり始めた。ありなは意外と頭が性感帯でもある。

湿った筆で塗り絵を完成させるみたいに、舌を隈なく移動させていく。顔、首筋、脇、二の腕。まだ誰にも塗られていないだろう場所に筆を這わせる気持ちで、ついに前半戦の山場である胸に辿り着いたときだった。

痣《あざ》。右側のあばらのあたりに、痣がある。

「違うよ」

動きを止めた良大に向かって、ありなが言う。

「誰かに殴られたとか、そういうんじゃないから」

いま特定の彼氏いないし、と、ありながまた、良大の沈黙を間違った方向に解釈する。お前に特定の彼氏なんてずっといないだろうが、と、罵倒してやりたくなる。

「痴呆のジジイババアって暴れるんだけど、なんかすっごい力強いんだよ。先週思いっきりエルボー食らっちゃって、そこに」

良大は上半身を起こし、少し離れたところから痣を見つめた。そうすると、突然、車外の音が聞こえるようになった。

「面白いのがさ、そういうときってもう顔には出していいことになってんの、腹立つとか殺すとかそういう気持ち。相手はもうボケてるからわかんないしね」

車のドアが閉められる音、クラクション、遠隔操作で鍵が開く音。

「でも、言葉にするのだけはダメなんだよね。ジジババがかわいそうだからじゃなくて、声が見舞客に録音されてネットとかにあげられたら終わりだから」

ガソリンスタンドの店員の声、小さな子どもが放つ奇声、たくさんの種類の足音。

「でもさ、そんなの痛いに決まってるじゃん。エルボーとかされたら、反射的に声出るし、痛っとか言っちゃうに決まってるじゃん。そういうとき無理やり口閉じて、顔面の内側で言葉を押し殺してるとさ、どんどんブスになってく気がするんだよね」

もともとブスですけど、と良大が思ったとき、ありながが「もともとブスですけど」と笑った。

「私、ザックみたいな、パソコンカタカタ系の仕事したことないからわかんないけど」

良大は、もっと耳を澄ませる。

「同じっぽいね、みんな」

音が聞こえる。

「そんなの痛いに決まってるってこと、言葉にできずに、ぐっと我慢して」

肉体を打つ鞭、耐えがたい窒息状態に暴れる手足、肛門にねじ込まれるバイブ。

「大人になればなるほどさ、傷ついたときほど傷ついた顔しちゃいけないし、泣きたいときほど泣いちゃいけないよね」

声が聞こえる。

「テレビとか見ててもさ、そんなのバレるに決まってるって嘘つき続けなきゃいけない政治家ばっかり出てきてさ、ムカつく前にみんな大変なんだろうなって思っちゃうわ。私、偉い系の人が性欲強いみたいなの、なんかちょっとわかるんだよね。偉くなって周りに人が増えるとさ、思ったことを思ったように声に出せる場所、もうセックス以外にないんだろうなって」

なんかさ、と、ありなが掌で両目を覆う。

「痛いときに痛いって言えれば、それでいいのにね」

痛い！

ああ！

限界です！

痛い！

もう無理です！

痛い！

あああああ！

「あーあ」

ありなは上半身を起こすと、ほんのちょっとだけ、カーテンを捲った。

「ガキが超泣いてる。あれは派手に転んだね。あーあーあーもう止まんないよあれは」

聞こえていたのは、泣き喚く子どもの声だった。痛い、ああ、痛い、と、涙も拭かずに座り込んだまま絶叫している。駐車場のコンクリートに激しく体を打ち付けたとしたら、そんなの痛いに決まっているだろう。だから泣いている。痛いから、泣いている。

吉川さんだって、そうしたかっただけだ。

ふらっと遠出をした場所で、空きれーとか、これうめーとか、思いのままに声を出すように。見込みのないサービスを成功に導かなければならないこと、自分よりも子どもと妻と親をケアし続けなければならないこと、家族を運営し続けることを考えると仕事をやめるわけにも転職して収入を減らすわけにもいかないこと、いろんなことがつらくて、大丈夫ではなくて、限界でもう無理でも、進み続けるしかないこと。

きっと、痛くて仕方がないと言いたかった。思ったことを思ったように、大きな声で叫んでみたかった。

「あー」

良大は、ありなの股間に顔を埋める。

「あああー」

「ちょ、声で震える」

ありなが笑い、良大まで揺れる。

〈はじめは直視できなかったんだけど、慣れると、「痛いんならやんなよ！」ってツッコミが止まらなくなって笑えてきます^^〉

違うよ、お前ら。

〈もしかして痛くないのかな？　こういう人ってその辺の感覚おかしくなってんじゃねえの？〉

吉川さんだって、こんなの痛いに決まってるよ。

〈俺結構いろんな風俗行ってきたつもりだったけど、痛いのだけはどうしても気持ちよく感じられないんだよな〉

吉川さんは、痛いことが気持ちいいわけじゃないんだよ、多分。

痛いときに痛いって大きな声で言えることが、気持ちいいんだよ。

痛いときに痛いって、限界のときにもう限界だって、もう無理だって大きな声で言っても驚かない相手がひとりでもいる空間に、いたかったんだよ。

「あーあーあーあああ」

大きな声が出る。

痛い、痛い、痛い、痛い。

痛いときに痛いって言いたい。

痛いときに痛いって言いたい。

痛いときに痛いって言いたい。

「ああああああああ」

大きな声が出る。だけどありなは驚かない。

大きな声が聞こえる。だけど良大は驚かない。

心のままに泣いても喚いても叫んでも驚かない人がひとりでもいれば、人は、生きていけるのかもしれない。それが、誰にとっても誰でもない存在としてでしか向き合えない人であっても、それでも。

籤

1

二分の一。

携帯電話の画面に〝長居《ながい》静香《しずか》〟の文字が光ったとき、みのりの頭の中にはそんな文字が思い浮かんだ。

こんな夜にまで確率を表す分数を思い浮かべる自分を思い切り甘やかしてあげたかったけれど、鏡泉ホールのフロア長という立場上、そういうわけにもいかない。みのりは、職場の人たちに聞かせるような声を出すことができるのか確かめるべく、「あ、あー、鍋倉《なべくら》です」と一人で呟いてみる。

長居は、無断欠勤はもちろん、滅多に体調を崩すこともない優秀なアルバイトだ。だけど、フロアのアルバイトから掛かってくる電話といえば、「休ませてもらいたい」かそれ以外、その二択のようなものだと思ったほうがいい。

二択。二分の一。五十パーセント。

涙に濡れて熱い部分、涙が乾いてぱりぱりの部分、それぞれに囲まれた両目の前に、細長い紙切れのようなものが二つ、ひらりと舞う。

こんな状態の人間に、急きょ明日出勤させるなんて、さすがの神様もそこまで意地悪ではないはずだ。

みのりはそう願いながら、つい数時間前、自分は二百四十九分の一の確率のものを引き当てたのだと思い返す。

神様。

今度の確率は、二分の一、五十パーセント。

お願いします。

みのりは選んだほうを示すように伸ばした指で、受話器のマークに触れた。

「はい、鍋倉です」

名乗ったのち、長居の一言目に耳を澄ませる。アルバイトからの急な電話は、話し始めた言葉よりも声色で、二択のうちのどちらなのか大体わかる。

みのりは、手に取った籤をゆっくり広げるような気持ちで、長居の一言目を待った。

＊

【クレームです】

インカムから、女性にしては低い声が流れ込んでくる。副フロア長である弓木世志乃《ゆぎよしの》の声は、インカムという機械を通してでも聞きとりやすい部類の音域なのでとてもありがたい。

【I列23番からクレーム、ひとつ前の席、H列23番に前かがみにならないようお声がけしました。今後も一応チェックお願いいたします】

「了解、ありがとう」

みのりは笑顔を絶やさぬまま、口元だけを動かしてそう答える。お客様からのクレームは、誰が対応したとしてもインカムを通じてフロアスタッフ全員で共有するようになっている。お客様がわざわざスタッフに伝えてくるようなクレームは、そのやりとりだけですっきり解決されるとは限らず、大抵、長い上演時間のうちどこかでまた煙が上がる。そのときに誰が対応しても事情を把握した状態でいられるよう、どの座席にどんなトラブルの種があるのか細かく共有しておくのだ。

みのりは、頭の中に拡げた座席表、そのI列23番に、世志乃からの報告を書き込んでおく。今月は、いつも来場するような〝生粋の演劇ヲタク〟といった客層とそうではない客層が混在する期間のため、空調の設定や接客態度などおもてなしに対するクレームではなく、まさに今入ってきたようなお客様間でのクレームが数多く発生するだろうと予想はされていた。鏡泉ホールでは御馴染みの、作品への愛を強烈に迸《ほとばし》らせる生粋の演劇好き、ミュージカル好きたちはそれはそれで面倒なところがあるが、今月多く来場しているようなアイドルファンはまた違った意味で骨が折れる。作品よりも出演者個人への愛が強いと、前かがみになって観劇してしまったり、さらにはステージから客席に降りるような演出がある際、出演者の肉体に触れようと手を伸ばしたりするのだ。

二階の売店の担当者たちとの在庫の確認作業を終え、みのりはホールの入口がある一階へと降りる。「いらっしゃいませ」数少ない男性スタッフである藤堂海《とうどうかい》が、ラックのチラシを整理しながら声を出した。

ホールの入口に、髪の毛を手櫛で整えている女性がいる。

藤堂は、ラックの前から動かない。

「お客様」

みのりは笑顔のギアを一段階上げる。チケットの半券を見つめながらきょろきょろと辺りを見回していた女性が、顔を上げる。

「お座席までご案内いたします。クロークのご利用は大丈夫ですか？」

作品によっては、演出の都合上、本番中に扉を開けることのできないタイミングがある。そのため、途中入場や再入場のお客様は、スタッフが座席まで案内するようになっている。

そのことは、藤堂も知っている。

「座席番号、拝見いたします」

みのりは観劇慣れしていない様子の女性から、チケットの半券を見せてもらう。一階席U列41番。R1扉が一番近い。そして、一幕のこの時間帯ならば、扉を開けることに特に問題はないはずだ。

「こちらです」

掌に力を込め、防音機能の備わった重く分厚いドアをゆっくりと開ける。みのりは、このとき発生するメリメリッという音を聞きながらいつも、見えない層で隔てられている異空間に覚悟を決めて突入していく冒険者のような気持ちになる。

「お足元、お気を付けくださいませ」

女性の足元を小さなライトで照らしながら、みのりは小さな声でそう呟く。他のお客様の邪魔にならないようにできる限り足音を小さくすべく、すり足で移動する。また、少しも視界を遮ることのないよう、限界まで身をかがめる。

あ。

一瞬、立ち止まりかけてしまった。が、女性は何も不審に感じていない、はずだ。みのりは意識的に足を速く動かす。U列41番。客席と客席をブロックごとに分けている通路の左右どちらから案内したほうが最短距離なのか、慣れ親しんだ数式を頭の中で立ち上げる。Uの

41ってことは、右から二番目のブロックの右から五番目、左から七番目。だから右側にご案内。

「こちらでございます」

みのりがブロックの右側からU列41番を指すと、空席を自分のスペースとして利用していたらしい客が迷惑そうに荷物を足元へと移動させた。フロア担当となってすぐのころは、自分が案内した場所が荷物などで埋まっているときは誘導ミスの可能性に狼狽《うろた》えたものだが、フロア長になって四年目となると、自分の誘導ミスを疑わないどころか、空席を勝手に使う人間の傲慢さに苛立ちもしなくなる。

「ありがとうございました」

女性は小声でお礼を言うと、これから前を横切られるだろう四人の客が言外に醸し出す嫌な雰囲気を、その身体で掻き分けていく。

問題なく着席したところまで見届けると、みのりはまた身をかがめ、舞台から放たれる音を振り切るようにR１扉へと向かった。

ふう、と、息を吐く。

往路よりも、前傾の角度は甘い。さっきも特に気分が悪くなったりはしなかったけれど、いずれこの動作も簡単にはできなくなるのだろう。

みのりは、背後のステージから届く若い男の声を聞き取りながら、本人は堂々としているつもりの台詞回しに恥ずかしさを感じる。今回の舞台の主演は、普段はグループの一員として活躍する二十代前半のアイドルだ。さすがに板の上に立つことには慣れているようだが、舞台向きの発声の技術を身につける時間はなかったらしい。台詞のひとつひとつの拡がりが、都内でも最大級のキャパシティを誇る鏡泉ホールという空間に全く追いついていない。

R1扉の取っ手に掌を押し当てる。ぐっと力を込めると、分厚い扉により密閉されていた空間に、みし、と亀裂が生まれる音がする。

ホールに掲げられている〝鏡泉〟は、遡れば江戸時代に呉服店を営んでいたというルーツを持つ企業〝鏡泉ホールディングス〟に由来する。一九〇〇年代初頭に株式会社化された鏡泉ホールディングスは、今は全国で百貨店や駅ビルなど多数の商業施設を経営している大企業だ。商売の特性上、店を構える街全体の活性化を担う役割も期待されており、特に規模の大きな百貨店の近くでは劇場やコンサートホールなどの文化的施設を運営するケースも多い。さらには、百貨店に出店している様々な食品会社と提携したレストランも併せて経営することで、買い物、観劇、食事と、少し古い時代に一般的とされていた休日のスケジュールを丸ごと鏡泉系列の空間で賄える状態を作り出している。みのりの勤め先である鏡泉ホールもその一つで、二階席、三階席も含めて千二百のキャパシティを誇る劇場は、常に向こう一年間は公演スケジュールが埋まっているような状態だ。メインの客層は、平日の昼間にも観劇に駆けつけられる四十代以上の女性。ここ数年は、ミュージカル人気が再燃したことで客層に拡がりが感じられるようになった。人気作は、ジャンルを問わずチケットが即完売となる。

フロアに出て扉を閉めると、まるでサウナから出たような爽快感に包まれた。上演されている作品がどんなものであれ、千二百人分の集中力でいっぱいの劇場に満ちる緊張感は凄まじいものがある。

いま上演されている舞台は、ミュージカルではなくストレートプレイだが、それでも三週間分のチケットが即日完売となった。世界的に活躍する演出家・落合《おちあい》俊一郎《しゅんいちろう》が手掛ける新作であること、すでに多くの客を持つアイドル・御手洗《みたらい》慶《けい》が初めて本格的な舞台に挑戦するということ、別のフィールドで湧き上がった二つの話題性が掛け合わさり、チケットの倍率は四倍以上にもなったと、営業担当の菅田《すだ》が嬉しい悲鳴を上げていた。

倍率が四倍。当たる確率は、四分の一。

四分の一。二十五パーセント。

「鍋倉さん」

振り向くと、世志乃が、きれいに整えられた眉尻を申し訳なさそうに下げていた。

「すみません、できるだけ案内は私たちがって思ってたんですけど」

すみません、と、世志乃が律儀にもう一度謝る。二十九歳という若さで副フロア長を任されるのは、歴史の長い鏡泉ホールの中でも異例のことだ。

「あれですよね、そろそろ前かがみで歩くのとか大変になってくるころですよね。長居さんも体調が悪いのは仕方ないけど、代わりに鍋倉さんが出てくることになる意味、ちょっとは考えてもらいたいですよね」

世志乃の視線が自分の腹回りに注がれていることを、みのりは自覚する。

「もうすぐ六か月でしたっけ？」

世志乃はきっと、妊娠の段階ごとに起こり得る症状について調べてくれたのだろう。途中入場のお客様を誘導する前傾姿勢がそろそろつらいものになるなんて、当事者であるみのりでさえ予想していなかったことだ。

「うん、もうね、胎動もあるよ」

ポコポコ、にょろにょろ、とんとん。言葉にしがたいお腹の感覚を、みのりは心の中で唱える。

「お気遣いありがとね、でも、まだ全然大丈夫」

みのりの微笑みを、世志乃は信じていない。こういうところが、二十代にして副フロア長に任命される所以《ゆえん》なのだろうなと感じる。小さな油断を許さない人が現場にひとりでもいることは、かなりのリスクヘッジになってありがたい。

「まだ大丈夫なんだけど、確かにそろそろスムーズにできなくなる業務も出てくると思うから、支配人と早めに話し合うことにするね。そのときは無理してもらうことになるかもしれないけど、協力よろしく」

「もちろんです」

世志乃は頷くと、念を押すように、

「何でも言ってください」

と言った。

ぱんぱんに張った風船に、そっと、針が添えられたような気がした。

みのりは気をそらすため、一階にいた藤堂のことを思い出す。明らかにこれから途中入場しようとしているお客様を目の前にして、藤堂はラックのチラシの整理をやめなかった。そんな作業はいつでもできるのに。

みのりは小さくため息をつく。本人はバレていないと思っているだろうが、丸わかりだ。多分、彼は、座席表を覚えていないのだ。そして、アルバイトとして働き始めて二か月目に突入する今、座席表を覚えていないということがどれだけ未熟なことなのか、自覚してもいる。だからさっきも、自分以外の誰かが動き出すまでせっせと別の作業に没頭しているフリをして、決してお客様を誘導しようとしなかったのだ。みのりは、藤堂のやけに整った顔立ちを思い出す。面接に来たときは、その清潔感のある出で立ちとサッパリと気持ちの良い振る舞い、そして家電メーカーの人事部に長年勤めている夫、智昭《ともあき》の助言が蘇ったこともあり、採用としてしまった。だけど、やっぱり、

「やっぱり、ダメですね」

他人の声が自分の思考のバトンを繋いだので、みのりは思わず声の主である世志乃の顔を見つめてしまった。

「やっぱり私ダメみたいです、この演出家の舞台」

世志乃がちらりと、扉の向こう側に視線を飛ばす。

「うちでやるってなったとき、また退廃的な感じのやつだったら嫌だなーって思ってたんですけど、案の定そんな感じでしたよね」

抗いようのない仄暗《ほのぐら》い心。圧倒的破滅へと向かう男の一代記――アイドルの顔のアップにそんな言葉が乗っかったポスターは、発表と同時に大きな話題となった。ホールのサイトのページ別ビュー数も圧倒的で、一従業員としては心の昂《たかぶ》りを感じた。

だが、みのりも世志乃も、ミュージカル好きが高じて鏡泉ホールの契約社員の採用試験を受けているような舞台好きだ。おすすめの作品についてよく情報交換をしているし、休日が

重なれば一緒に観劇だって行く。世志乃は、鏡泉ホールを一歩出れば、十歳近く年の離れた友人という、これまでみのりの人生には現れてくれなかった貴重な存在だ。

「ゲネプロ観ただけだけど、言いたいことはわかる」と、みのり。

「落合俊一郎っていつもいつも、人間はこんなにも醜いんだー、どうだ参ったか！　って感じですよね。特にここ最近そんなのばっかりなのに、それを芸術性として評価していいのかって思っちゃいますよ、私」世志乃の口調が少し速くなる。「今回は、それをアイドルの男の子がやるってところにみんな興奮してるみたいですけど、逆にそうじゃなかったらどうなのっていうか。結局いつもの焼き直しじゃないですか。アイドルがこんなのやりますよ、みたいな狙いが透けて見えすぎてて、文脈ありきっていうか、なんかしらけちゃうんですよね」

世志乃がちらりと腕時計を気にする。もう少しで、第一幕が終わる時間だ。そろそろ、と声を掛けかけたとき、

「年齢重ねた男の演出家って、どうしてこう、太宰治っぽい感じのもの創りたがるんですかね」

世志乃はそう言った。

太宰治。

その言葉が、みのりの鼓膜を突き破った。

「人間は、男はこんなにも醜くてどうしようもないんだって曝け出してる風でいて、どこかで、だから仕方ないよね許してね、ここまで曝け出したっていう勇気のほうを評価してねって開き直ってる感じが嫌なんですよ、私」

鼓膜を突き破った言葉の矢は、そのままそこに刺さったままだ。だから、昨夜鼓膜の内側に収めた言葉たちが出て行くことはない。

「ミュージカルの名作って、人間は醜いから仕方ないよね、じゃなくて、そこから歌でも何でも歌いまくって力業でどうにかしてやろうって気概があるじゃないですか。人種差別とか独裁政治とか、そういうひどい環境に生まれた自分を悲観するのははじめのほうだけで、一見外れ籤の運命を一度受け入れてそれでも立ち上がっていく強さがあるっていうか」

外れ籤。

その言葉がまた、みのりの鼓膜に突き刺さる。

「このゲネプロ観て、だから自分はミュージカルが好きなんだって改めて言語化できましたよ。そういう意味では感謝です」

話し続ける世志乃の隣で、みのりは、じんじんと痛む鼓膜から一つずつ言葉の矢を抜いていく。

太宰治。

外れ籤。

智昭の声で生成された、幾つもの見えない矢。

不意に、インカムから、世志乃のそれとは違い少し聞き取りにくい声が流れ込んでくる。

【一階、売店です】

【在庫、機材共に問題ありません。よろしくお願いします】

今回の舞台は、第一幕が七十五分、第二幕が九十分ある。ここまで長丁場だと、間の休憩時間も二十分ほど用意される。【二階、売店です。一階に同じです。よろしくお願いします】その間に、軽食やドリンクを販売している売店が一気に利用されるため、在庫不足や機材の不具合などがないか、朝にも確認するが休憩時間に入る直前にも一応確認をするようになっている。

【はい、よろしくお願いします。間もなく一幕終了です、よろしくお願いいたします】

みのりは全フロアスタッフに対して声を掛ける。「じゃあ、また」と、持ち場へと戻る世志乃の表情に、ピリッとした緊張感が走っている。

第一幕が終わり、劇場が明転したタイミングで、スタッフがそれぞれ担当している扉を外側から開ける。休憩時間のあいだは扉が勝手に閉まることのないよう、ストッパーを設置しておくのだ。

開かれたドアからは、お客様の肉体だけでなく、一人一人のお客様が何十分ものあいだ胸の内に秘めていた感想や感情も一気に放たれる。さながらダムの放水の映像を観ているかのようだ。

「各階の売店ではお飲み物、軽食のご用意がございます。どうぞご利用くださいませ」

「会場の外へ出られるお客様は、チケットの半券をお持ちの上、外出していただきますようお願い申し上げます」

「お手洗いは各階にございます。段差には十分お気を付けくださいませ」

「喫煙所は会場の外にございます。チケットの半券をお忘れにならないよう、お気を付けくださいませ」

それぞれの扉から、様々な文言が聞こえてくる。上気した表情で劇場内外を行き来する人々の横顔を見ていると、みのりは、まるで昨夜の出来事が幻だったかのように思えてくる。

そう思うということは、幻なんかではないということの証なのに。

「ブランケット、ご準備ございますよ。一枚でよろしいでしょうか」

「お子さま用の座布団、不要でございましたか。こちらでお受け取りいたします」

休憩中に溢れ出る要望に対応していると、二十分なんてあっという間に過ぎ去ってしまう。

「あと五分で第二幕が始まります。座席番号をご確認の上、ご着席くださいませ」各扉についているスタッフがそんな決まり文句を発し始めたとき、みのりの視界の隅に、ある光景が入り込んできた。

藤堂に、ひとりの女性客が話しかけている。

鏡泉ホールのような歴史ある劇場、つまりホスピタリティ溢れる極上のおもてなしが求められる劇場のスタッフは、なぜか女性が多い。そのため若い男性スタッフはそれだけで珍しがられ、よくお客様から話しかけられる。特に藤堂は容姿が整っているので、お客様の中には、誰にしたっていい質問を藤堂の姿を見つけるまで後生大事に取っておく人もいる。

みのりは「間もなく第二幕が始まります」と案内しながら、藤堂と女性客を見つめる。

女性客の表情を見る限り、厳しいクレームというわけではなさそうだが、ただ声を掛けられているだけだとは思えない時間が経過している。まあ、休憩時間が終われば共有されるだろう。

みのりが、かつて自分がそう考えていたことを思い出したのは、第二幕が始まって数十分経ち、再び藤堂の姿をピロティで目撃したときだった。

「藤堂君」

みのりが呼びかけると、藤堂の表情を緊張感のようなものが横断したのがわかった。

「第二幕が始まる直前、女性のお客様にしばらく何か話されてなかった？　あれ、どんな話だったの？」

「ああ、はい」

藤堂はすぐに余所《よそ》行きの表情を作り上げたが、心の中で面倒くさいと思っていることが丸わかりだ。藤堂が、自分の思い描く通りに自分をうまく取り繕えていたのは、採用面接のときだけだ。

「第一幕の上演中に大きな帽子を被ったままのお客様をお見掛けしたので、それについて、って感じです」

「帽子？」

お客様から他のお客様へのクレームとして、「前の席の人が前のめりの姿勢で観劇している」と同様に多いのが、「前の席の人が帽子を取らない」というものだ。みのりからすると、帽子を被ったまま舞台を観るなんて頭がむずむずして集中力を妨げられそうだが、今回のようなアイドルが主演を張る種類の作品だと、〝完璧なコーディネートで、一番かわいい私で○○君に会いに行きたい〟という思考の客が一定数存在する。

「あ、でも」みのりの表情の変化を読み取ったのか、藤堂が早口で付け加える。「俺に話しかけてきた人は、その帽子の人の後ろの席とかじゃないんですよ。遠くのほうに帽子を取らない人がいるから気になる、その周りの人がかわいそうだからってことで報告してきたみたいで。でも一幕の途中で帽子取ったみたいですし、一応俺に言ってきただけって感じだったので」

のので、いいでしょう、別に——そう続けたいだろう藤堂の目線が、右目の下に注がれている、ような気がする。

「そっか、なるほどね」

みのりは、心を一度、引き締める。

「ただ」

みのりが放つ逆接の響きを受け止めて、藤堂の眉の角度が微妙に変わる。

「インカムで共有はしてもらわないと。一幕の途中で帽子を取ったからオーケー、じゃなくてね、もしかしたらそのお客様が二幕でまた帽子を被られるかもしれないでしょう。そういうお客様がどの座席にいらっしゃるのかみんなで把握しておくことで、トラブルの種を取り除ける」

「でも」

逆接で打ち返してくる藤堂の目線は、やはり、みのりの右目の下のあたりに注がれている、ような気がする。

だから、藤堂と向かい合うのは嫌なのだ。

「さっき劇場の中見たら、帽子被ったままの人、一人もいなかったです」

だから、そういうことじゃないんだって。

「だから大丈夫かなと思いまして」

早口でそう言ってのける藤堂の前で、みのりは沸き上がる苛立ちをどうにか抑え込む。

この気持ちを、自分は知っている。

「それなら、とりあえず、よかったけど」みのりは思わず、長居静香を恨みそうになる自分の感情に蓋をする。「今後は、そういうことがあったらとにかくいちいち共有してね。これは共有しなくてもいいって判断するのは、あなたじゃなくて私だと思ってて」

本当は出勤しなくてもよかった日に、あんな夜の翌日に、なんでこんな男にイライラする気持ちを大人の態度で飼い慣らさなくてはいけないのか。

「あと」

適当な返事のみでその場を去ろうとする藤堂の襟首に、みのりは少し尖った声を引っかける。

「座席表見ながらでもいいから、途中入場のお客様にはちゃんと対応して。自分からどんどんやっていかないと、覚えられるものも覚えられないから」

二人の間に、一瞬だけ、沈黙が流れる。

藤堂の視線に、右目の下が熱く焦がされていく、ような気がする。

「はあ」

納得していない、という気持ちを隠すことなく呟いた藤堂が、「じゃあ、俺、トイレ当番なんで」と、男子トイレのほうへ消えていく。その後ろ姿を見ながら、みのりは、この様子だときっと掃除をわざと適当に済ませるだろうな、と思う。もしかしたら、客が全員劇場の中にいる今、掃除道具を壁に叩きつけるくらいのことをするかもしれない。

――ハズレだったわ、新しいバイト先。

鏡泉ホールの最寄りの駅、電話口に向かってそう話す藤堂の姿を見かけたことがある。

「もっと芸能人とか見放題なのかと思ってたけど、そういうとこ対応すんの社員ばっかだし、客もババアばっかだし、マジでハズレ」

劇場のフロアスタッフという仕事に何を期待していたのかはわからないが、藤堂はしきりに「ハズレ」という言葉を使っていた。

ハズレ。その言葉を使う人は、これまでも、みのりの周りに数人、いた。そのうちの一人が、夫の智昭だ。

「バイトの採用でハズレを引きたくないんだったら、とりあえず、マクドナルド、コンビニ、居酒屋、そのうちどれかで長期間バイトしたことある人を選べばいいよ。バイト歴としてスタンダードだと思うかもしれないけど、マクドナルドもコンビニも思ったよりやること多いしスピード求められるし、大変なんだ。居酒屋でテキパキ動ける人は大抵どんな仕事もできる。逆に、変に見かけのいいスタートアップとかのオフィスバイトばっかりの人は危ない」

いつか、アルバイトスタッフの採用面接についてみのりが悩んでいたとき、人事部に長く勤めている智昭に相談したことがある。もう何度も誰かに説明したことがあるのだろう、とても明瞭な言葉遣いで智昭は説明してくれた。

「新しい人間を雇うときに重要なポイントは、経験でもスキルでもなくて、プライドのなさだと思うよ。自分の人生がこんなところで終わるはずない、って気持ちが一番厄介だし邪魔になる。そういう人は大抵すぐ辞めるし、それどころか職場の人たちや客をバカにし始めるからタチ悪いんだよね」

履歴書によると藤堂は、コンビニと居酒屋のバイトをそれぞれ一年以上経験していた。就業期間などは少し長めに書いていたのかもしれないが、もともと少ない男性のフロアスタッフが一人辞めてしまったタイミングということもあり、智昭の言葉を信じて採用してしまった。〝感じの良さ〟はそれだけで、他にも多くあるはずの細かな評価項目を勝手に曖昧にしてしまう。

「置かれた場所で咲きなさいじゃないけど、自分はこんなはずじゃないんだ、って思うような人は、経験上、後々大変なことになるかな。俺も何回かそういうこと言い出すハズレ引いたことあるから、わかるよ」

智昭は、頭が良くてやさしい。出会ったころからそうだった。周りの女の子たちは「いい人そうだけど男としての魅力は少ない」なんて言っていたけれど、みのりはそういうところが好きだった。だけど、人事部で役職に就いてから、少し物言いが尊大になった。職場内での立場が強くなったことが彼に何かしらの力を付与しているのなら、みのりは、そんな雄々しさは要らなかった。

「鍋倉さん」

パッと、視界が晴れる。

「大丈夫？　顔色悪いよ」

まずみのりの両目が捉えたのは、支配人、と書かれているバッジだった。俯いたままその場に突っ立っていたみのりの顔を、鏡泉ホールの支配人である川口圭子《かわぐちけいこ》が覗き込んでいる。

「あ、すみません、大丈夫です」

「もう安定期に入ったとはいえ、まだくらっときたりするよね」

川口はそう言いながら目を細める。本当は完全に安定期に入るまで職場の人たちには報告しないつもりでいたが、存外つわりがひどく、川口と世志乃には早めに妊娠の報告をした。二十代のうちに二人の子どもを産んでいる川口は、「スタッフ全員、全力でサポートするからね」と腹帯をプレゼントしてくれた。それは、これまで経験したことのない体調のさなかにいるみのりにとって、本当に心強い一言だった。

「今日の分の休み、どこかでちゃんと取るんだよ。鍋倉さんは頑張りすぎるところがあるから、休みたいときはあなたこそ休みたいって言ってね」

そう言いつつ、今の人員では交代要員が足りないことも、支配人が一番よく知っている。人気公演の当日券の抽選などは、営業担当の男性社員にも列の整理などを手伝ってもらわないとやりおおせられない。まず削られるのは、どんな業界でも、人件費からだ。

「ありがとうございます」

お礼を言いながら、みのりは、たった四歳しか年齢の違わない川口に対して、今度は自分が子どもに戻ったような気持ちになる。上の立場でいなければならない、という気持ちをすっかり解いていい相手と一緒にいるというだけで、こんなにも心は無防備になる。

「気になることがあったら、何でも言ってね」川口が少し、おどけた表情を作る。「一応、先輩ママなので」

何でも。

ぱんぱんに張った風船の表面を、針の先端が、つつつ、となぞる。

「ありがとうございます」

みのりは頭を下げながら、そのまま口から心が丸ごと出てきてしまわないよう、全身に力を込めた。

本当に何でも話してみたら、この人はどうするだろう。話す前になぜか涙がこぼれてしまうような気がするけれど。

「じゃあ、また」

スーツ姿の川口が、ホールを出て行く。劇場の年間ラインアップを決める支配人は、日々、多くの打ち合わせがある。現場を仕切るだけでも大変なのに、現場を含めた劇場全体の運営を仕切る立場を任されている女の後ろ姿に、みのりは途方もない気持ちを抱く。

ミュージカルが多い年間ラインアップの中で、ちょっと毛色の違うものを――今回の作品は、川口が、鏡泉ホールで作品を上演したことのない落合俊一郎に直々にオファーしたという噂だ。分厚い扉の向こう側には、世志乃いわく、〝太宰治っぽい感じ〟の世界が充満している。

みのりは腕時計に視線を落とす。そろそろ、物語は佳境に入る。主人公の男が、恋人の女性に、家族に、自分を信じて色々と助けてくれた周囲の人々に、こっそり抱いていた醜い思いや裏切りの気持ちを全て曝け出すシーンがやってくる。

そして、突然の暗転。よくある手法の演出だが、ここで観客は決まって息を呑む。他に選択肢がないだけなのに、圧倒されたように押し黙るしかなくなる。

【アイドルの偶像とはかけ離れた剝き出しの人間臭さ、役者としての覚悟を感じる迫真の演技。特に後半の怒濤の感情の畳みかけは圧巻だ。誰しもが心の中に持つ暗闇を抉《えぐ》り出される感覚に襲われるが、その誤魔化しのなさ、嘘のなさ、正直さは快感をも生むほど】――新聞の劇評には、そんな言葉が躍っていた。

みのりは思う。

何でも洗いざらい吐露すること、人間が抱く醜さを抉り出すことが〝誤魔化しのなさ〟、〝嘘のなさ〟、快感を生むほどの〝正直さ〟だなんて褒めそやされるのは、暗転がある世界での出来事だからだ。何でも言って、と繰り返し伝えてくれる世志乃や川口だって、いざ、みのりが心ごとぶつかっていけば、困った表情を浮かべるに違いない。

現実は暗転してくれない。

本心を明かすことに多大な覚悟があったとして、その本心がどれだけ誤魔化しのない真実だったとして、その一秒後も、現実はそのまま続く。自分以外の誰かが受け取ってくれるはずという甘えに根差した〝剝き出しの人間臭さ〟は、迫真でも圧巻でも何でもない。

2

妊娠が発覚したとき、それまで長い時間をかけながら自分の輪郭に馴染ませてきたつもりだった〝母親がいない〟という事実が、突然、埋め立て方が甘かった部分からぼこっと顔を出した。身体や精神の変化についていちいち降りかかる不安をひとつひとつすぐに相談できる同性がそばにいないこと、そして周囲の友人たちが口を揃えて「産後、本当に助けてもらった」と語る存在が自分にはいないこと、夫の智昭の両親は四国に住んでおり、特にお義母さんは腰が悪いため子育てを手伝ってもらうのは難しいだろうこと。いくつかの事実から派生する正体のわかりにくい不安は、ふんわりと膨らんだスポンジにたっぷり塗られる生クリームのように、念願の妊娠による巨大な喜びをすっぽりと覆い隠してしまった。

そんな不安から、みのりは、どんな小さな不調も答え合わせをしなければ気が済まない精神状態に陥った。便秘気味なのに頻尿っぽいこの状況は何かがおかしいのではないか、歯や歯茎がこんなにも痛いのは自分だけなのではないか。乳輪にでき始めたぶつぶつは何かしらの異常を示しているのではないか――何でも明確な答えに出合うまでネットで調べることをやめられなくなり、常に地面が柔らかくぐらついているような気持ちになった。

そして、何かを調べるたび視界に入ってくるのは、四十歳に近い年齢での初産にまつわるネガティブな情報だった。きっと、同量の、いやそれ以上のポジティブな情報にも触れていたはずだったのに、みのりの脳に積み重なっていくのはどうしたってネガティブな情報ばかりだった。

苦手な食べ物を避けてきたことが母体の栄養の偏りとして表出し染色体異常などの原因になっていたら。常軌を逸したものに感じられるこの体重増加が妊娠糖尿病によるものだったら。こうして丁寧に心配することがストレスとなり子どもに悪影響を与えていたら。自分の母親の協力なしに育てることが難しいような状態に産んでしまったら——働いているときはフロア長として若いスタッフやアルバイトたちの前で弱みを見せられない分、帰宅してからは精神的に不安定な部分が剝き出しになっていった。さらに暦通りに休日がある智昭とは休みの日程がなかなか重ならず、みのりは家でひとり、パソコン画面の暗がりの奥に自ら駆け込んでいくような状態だった。

智昭が出生前診断を勧めてきたのは、約三週間前のことだ。

色んな不安からどうしても逃れられないみのりの姿を見ているのがつらい。少しでも精神的ストレスを減らした状態で出産に臨めるよう、数値として安心できる材料をひとつでも増やしておくのはどうか——智昭の声は低くて温かくて、確かに安心できるものとして鼓膜から直接心の底に流れ着いた。

みのりは、本人ははっきりとは気づいていないだろう智昭の〝確かさ〟のようなものに惹かれていた。地方都市の偏差値の高い公立高校を卒業し、両親とも親戚とも仲が良く、盆と正月には実家で盛大な宴会が開かれ、野球で鍛えた体格はがっしりとしており、大企業の人事課長として部下に慕われており、機械に強くて地図も読めて車の運転もゴルフもセックスもうまかった。かといってそれを見せびらかすようなぎらついた振る舞いはせず、人によっては「男っぽさが足りない」と言われてしまうくらい、まず頭で物事を考える癖があった。確かさ、のようなものから離れた人生を送ってきた自覚のあるみのりからすると、大きな身体と定かな知性をもって大通りの真ん中を大股で歩くようなその姿は、とても頼もしくありがたかった。

どうしても休みが合わなかったので、検査には一人で行った。母体の採血検査ということで、いくらか説明を聞いたあと、血を抜かれた。もっと様々な検査が行われるのかと思っていたが、作業自体はとてもシンプルなものだった。

これでいい結果が出れば、何もかもが不安に感じちゃう状態からは解放されそうだね――その日の夜遅く帰ってきた智昭は、そう言って笑った。確かさをもうひとつ手に入れられる。夕飯を温めながら、みのりは確かにそう思った。

だが、翌朝から結果が出るまでの間、みのりの視界には常に、抜かれた血の赤さがまぶされていた。検査を受ける前は、結果がどういうものになるのか不安になる自分を想像していたが、いざ検査を終えると、もっと違うことを考えている自分に出会った。ポコポコと、まるでガスが溜まっているかのように感じられる微かな胎動を味わいながら、自分は、あの血から、一体何の数値を割り出してしまうつもりなのだろうかと思った。お腹の中を小さな魚が泳ぎまわっているような、にょろにょろする感覚に神経を研ぎ澄ませながら、あの血が抜かれる前と抜かれた後の自分では何かが決定的に変わってしまった気がした。それは、自分の脳や心や肉体を作り出しているもの、これまでの人生や智昭との日々、そういうものの根にあるはずの確かさを、じくじくと柔らかく腐らせていくような問いだった。

食事をした後、摂取した栄養素にそのまま反応しているかのように、お腹の中の動きは活発になった。みのりの胎内から世界へ向かってノックをしているみたいに、とんとん、と、動いているのがわかった。そのたびみのりは、抜いた血液の赤さを思い出し、なぜだか泣いてしまったりした。

自分は何をしたんだろう。あの診察室で、何を調べようとしてしまったんだろう。

いてもたってもいられないときは、智昭にただただ頭を撫でてもらったり、ゆっくり抱きしめてもらいたかった。だが、智昭とは夜の時間さえ共に過ごすことが難しく、言葉にならない不安を共有するチャンスはなかなか訪れなかった。それに、自分が何に不安を感じているのか、その核となる部分に何かしらの言葉を当てはめてしまうことは、もう戻れない場所に置いてきてしまった何かをはっきりと認識してしまうことのような気がして、怖かった。

智昭は、みのりの表情が暗くなるたび、ネットで調べたらしい様々な数値を引き合いに出し、みのりを安心させようとしてくれた。

——大丈夫だよ、みのり。ほらこれ見て、三十五歳以上の初産で染色体に異常が見つかる確率、二百四十九分の一だって。ここに二百五十個の籤があるとして、ハズレはその中の一つだけって考えたら、そんなの引き当てるわけないって思えるだろ？　パーセントでいうと0・4パーセントだ。な、だから大丈夫だよ。ひとつでもストレスを減らすために受けた検査なんだから、それでそんなに不安がってたら本末転倒だよ。

みのりは確かな数値でパズルを組み立てているような智昭に対して、ありがとうとしか言わなかった。だけど、自分が本当にその手で包んでほしい心の柔らかい部分は、智昭らしさを形成している知性や、ハズレだとか確率だとかパーセントだとか、そういう言葉たちを使うからこそ辿り着けない場所にあるような気がした。

ポコポコ、にょろにょろ、とんとん。検査を受けてから結果が出るまでの日々の中で味わった、いくつかの感覚。その感覚の組み合わせだけが、まるでゲームのキャラクターが使える隠しコマンドのように、みのりの心身を少しずつ漲《みなぎ》らせていった。

昨日、日曜日の夕方、やっと二人の休みを合わせることができた。夫婦で検査結果を聞きに行った。

結果を聞いたのは、真っ白い診察室だった。

陽性です。

検査を行ってくれた先生がそう言ったとき、隣で、智昭の大きな背中がぐにゃりと曲がったような気がした。先生は、パソコンの画面を指しながら、紙に何か書きながら、ゆっくりと丁寧に説明してくれた。

「今回受けていただいたのはＮＩＰＴといって、赤ちゃんの染色体疾患を確定診断する検査ではありません。今回の結果もあくまで非確定的なものです。確定的な診断をしたいということであれば羊水検査など方法はありますが、それは赤ちゃんの体にリスクを伴うものですので、必要であればまた詳しく説明します。今回の検査の場合、陽性的中率は八十二パーセントほどになります。陽性という結果が出ましたが、十八パーセントの確率で的中していない可能性もありますので、そのことも頭に入れておいてください。そして大事なのは、先天性疾患は染色体異常だけが原因ではないということです。他にも様々な影響によって発症するものですので、今回の検査結果だけがすべてだと思わないでください。また」

ポコポコ、にょろにょろ、とんとん。

みのりは、呪文のようにそう唱えながら先生の話を聞いていた。陽性という言葉に大きく揺れる心を感じながら、だけどこれは自分自身が丸ごと大きく揺れているだけで、いま抱いている実感そのものは変わらずそこにある、と思った。

先生は、細やかにみのりの反応を確かめながら話をしてくれた。そのたびみのりは「大丈夫です」「はい」「大丈夫です」と繰り返しながら、ポコポコ、にょろにょろ、とんとん、と唱え続けた。それまで視界にまぶされ続けていた血の赤が消え、一瞬、目の前が真っ暗になった。

それは、智昭と新婚旅行で行ったオーストラリアの夜空だった。

旅行の最終日に見た、宇宙そのもののような夜空。煌々と光る星のひとつひとつが、過去、現在、様々な時間軸に浮かぶ声の記憶を斑《まだら》に照らしていく。

日本に帰ったら、もうちょっと食器を買い足したいんだよね。陽性。何年かに一度はこうして海外旅行に行けたらいいね、そんなの贅沢すぎるかもだけど。21トリソミー。子どもは男の子と女の子、ひとりずつ欲しいなあ。二百四十九分の一。0・4パーセント。

――そんなの引き当てるわけないって思えるだろ？

「ごめん」

帰宅すると、夜になっていた。しばらく続いていた沈黙を破ったのは、智昭だった。

「ごめん」

みのりは、ソファに腰掛けている智昭の顔を見た。真っ白だった。診察室の白さのほうが、もともとの素材が白いという点でまだマシだった。

「ごめん」

それしか言わない智昭の声に耳を傾けながら、みのりは、あの診察室でこの人も、自分と同じように先生の声を聞き取ることができていなかったんだなと悟った。もしかしたら、この人も一緒に、オーストラリアの星空へトリップしていたのかもしれないと思った。

「本当にごめん」

智昭が、本当に、と付け加えたとき、その顔に少し、血液が戻ったように見えた。

「受け入れられない」

そう言ったとき、智昭の顔が完全に、いつもの血色となった。

「0・4パーセントに、何で」

みのりはその声を聞きながら、大通りの真ん中を大股で歩くような智昭の人生は、つまり予想外の事態に対応し慣れていない人生でもあることを悟った。

受け入れられないって、どういう意味だろう。みのりは、掌の下にあるお腹に問いかけるように思った。だって、この中ではもう、人が暮らしている。その人はすでに、この世界に受け入れられた状態で、色んな動きを手に入れている。

「ごめん」

相変わらずそう呟くしかない智昭の声の震えは、それまで彼の全身を覆っていたはずの確かさを払拭するにはじゅうぶんすぎた。

みのりは、検査を受けるまではあんなにも何もかもに対して不安だった自分が、今は不思議と落ち着いていることに気付いた。それは不安が小さくなったとか、ましてやなくなったということではなく、赤ちゃんに対する、そもそも受け入れる、受け入れないの問題ではないのだという実感が、巨大な不安よりさらに圧倒的に巨大だったからだ。

「智昭」

みのりは唇を割る。

「結果を聞いたからって、私たちは、何かを選べるようになったわけじゃないよ」

何かを選べるようになったわけじゃない。

そう言う直前、みのりの目の前には、主語になる言葉が二つ、ぶら下がった。

私たち、と、私。

みのりはそのとき、絶対に、私たち、のほうを手に取るんだ、と思った。そちらの選択肢のほうがずっと遠かったとして、無理やり腕を伸ばしたら肩が脱臼してしまうとして、それでも〝私たち〟を手に取ると決めた。

智昭は最初、優しく口説くように話した。

決して産んで終わりということではなく、一生のことであること。自分たちが死んだあと、障がいを持った子どもは自活していかなければならないこと。辛い思いを強いるとわかっていて産むなんて、ただのエゴではないかと悩んでしまうこと。

智昭は、リビングのソファに座っていた。みのりは、ダイニングテーブルの上で指を組んでいた。数メートルの距離を空けて向き合っている状態だったはずなのに、みのりは耳元で、それどころか耳の内側で智昭に喚かれているような気がした。

だけどみのりは、智昭が丁寧に言葉を尽くしたことこそ、受け入れるか受け入れないかではなく、二人なりに磨き、形を整え、自分たちの人生の線路に嵌《は》め込んでいく事象だと思っていた。想定していなかったけれど降ってきたあらゆる出来事をどう嵌め込めば、線路ごと取り替えずにこの人生をまた歩き出せるようになるのか、そのための言葉や思考を見つける時間が、この夜に流れてくれると信じていた。

ポコポコ、にょろにょろ、とんとん。心の中でそう唱えるだけで決して頷かないみのりに対して、智昭がいよいよ言った。

わせていた。


「ごめん」

その声は、これまでに聞いた三文字と、全く同じ造りなのに、全く異なった響きを持ち合わせていた。

「本当のことを話す」

照明が変わった。

みのりはダイニングテーブルに落ちる自分の指の影を見ながら、ふと、そう思った。

「少しでもみのりの不安を取り除けるようにって、俺、そんな感じで検査勧めたと思うけど、本当はそれが理由じゃない」

照明が、また変わった。

みのりは、濃くなっていく気がする指の影を見ながら思った。

そんなわけはないのに、智昭の声にこれまで隠れていただろう本心が滲んでいくたび、まるで舞台の演出のように、自分を照らす光の強さが変わっていくような気がした。

ポコポコ、にょろにょろ、とんとん。みのりはそう唱えながら、お腹を撫でながら、智昭の話を聞いた。説明を始めた智昭の声は、さっきよりもずっと聞き取りやすかった。

数か月前、会社の同僚に子どもが生まれたこと。絶対に親バカになると言われていたような男だったのに、いざ生まれてみたら不必要そうな残業ばかりに心血を注ぎ始めたこと。最近飲みに誘われ付き合った結果、あっという間に泥酔され、生まれてきた子どもがダウン症だったと明かされたこと。妻の前では絶対にそんなこと言えないが、毎朝目覚めるたび自分の人生が、〝ダウン症の子どもの世話をする人生〟になったという事実をどうしたって受け入れられないことに絶望すること。周りの子どもと違う自分の子どもを、どうしてもかわいく思えないこと。妻は仕事を辞めなければならなくなったこと、かわいく思えない存在に対する想定外の出費に頭が割れそうになるほど苛立つこと、できるだけ家に帰りたくないこと、過去に戻りたいと思いながら毎晩寝付けない夜を過ごすこと。自分の人生が、何もかも変わってしまったように感じられること。

「そいつ、何回も言うんだ。自分の人生こんなはずじゃなかったって」

その同僚の妻は、みのりと同い年であること。三十八歳の初産だったこと。

「いきなり、障がい者の親の人生、になっちゃったって」

みのりは、智昭のきれいな形の鼻を眺めながら、広い肩幅を見ながら、そういえば藤堂も鼻の形がきれいで肩幅が広いな、と思っていた。そして、この人はまだ、大通りの真ん中に立ち続けようとしている、と思った。大通りの真ん中以外の道の歩き方を、知ろうとすることすら拒んでいる。

「俺に出生前診断勧めてきたの、そいつなんだ」

照明は変わらない。それが妥当だよね、と、みのりは思う。ここはまだ、演出的にも、独白者を泳がせておく場面のような気がする。

「絶対やるべきだって……もし陽性だったら、堕ろすことを考えたほうがいいって」

堕ろす、って、まるで主語が自分みたいな言い方だな。脚本家は気にならなかったのかな。

「お茶飲む？」

みのりは立ち上がり、キッチンへ向かった。川口からもらった腹帯が、重くなりつつある腹を支えてくれている。

「それか前、会社から持って帰ってきた、なんだっけ、インドの紅茶？　みたいなやつ淹れてみようか。私はフルーツジュースにしとくけど」

話し続けるみのりに向かって、「みのり」智昭は呼びかけ続ける。

「これ美味しいのかな？　南インドの紅茶だっけ、これなんて読むんだろ、シ、シッキム？」

「みのり」

来た。

みのりは思う。

智昭の声が一段階、大きくなる。

「俺、最低なんだ」

みのりは、アイランドキッチンの前で顔を上げた。ソファに座る智昭の表情を見つめる。

「最低な人間なんだよ」

見たことある、この顔。

現代劇で、男の演出家で、ずっとなんか暗い照明でぼんやりした感じで、〝人間の本質や欲望が抉り出される〟とか、〝剝き出しの生と性が迫ってくる〟やらどうたらこうたら、そんな劇評が出がちの作品で。

「今の俺は、誰かの親になれるような人間じゃない」

何度も何度も何度も、見たことがある。

「恋人がいるんだ」

来た。来た来た来た来た。

後半の、畳みかけるような怒濤の展開ってやつだ。

「本当に、ごめん」

智昭の表情が見えなくなる。ソファに座ったまま項垂《うなだ》れている姿は、まるで自分の股間に向かって話しかけているようだ。

「最低だろ。俺ってそんな人間なんだよ。出生前診断受けさせて、陽性が受け入れられなくて、ましてや不倫。クズなんだ、最低最悪なんだよ」

誤魔化しのなさ。嘘のなさ。正直さ。

やっぱり、褒められたもんじゃないな、そんなの。

みのりは浄水器の蛇口をひねる。

本人が決死の思いをもっての人生最大の告白感を出せば出すほど、これこそが苦手な舞台の典型的な展開だと感じながら。

「昨日、休日出勤って言ったけど、あれも嘘なんだ。不倫相手に会いに行ってた。今日の結果が怖かったから。怖くてたまらなかったから。あいつの前では怖いって言えた。障がい者の子どもをかわいがれないと思うって言えた。ほんとにもうどうしようもないんだよ。俺ってそういう人間なんだよ。父親失格、いや、もう人間失格なんだ」

人間失格って。

こんなときでも、ちょっとかっこつけた言い回しを選ぶんだ。

あーあ、ほんと舞台みたい。嫌いなタイプの。これ弓木さんと一緒に観に行って帰りのファミレスでボロクソ言いたいなあ。

「ごめんな」

知らないよ。

「でもこれが俺なんだ、紛れもなく」

は。

紛れもなく、とか言って。潔さの念押しですか。

みのりは電気ケトルに水をセットし、食器棚からカップとグラスを一つずつ取り出す。

「紅茶淹れてみるね」

返事はない。湯が沸くまで、待つ。

若い子にモテちゃったのかな。役職に就いて、自信もついて。頭いい人が自信を手に入れると、ちょっと尊大な感じになって、それを男らしさと勘違いする人も出てくるからな。いけないことしてる自分にも興奮したりしたのかな。それまで踏み外したことのない道から出てみて、楽しくなったのかな。何にせよ、バカみたいだ。

「二十一週と六日まで」

智昭が再び話し始めたのは、みのりがティーバッグをカップに落としたときだった。

「って言ってたよな、先生」

みのりは、ソーサーとグラスが乗った盆を、そろりそろりと運んでいく。そうしながら、なんだ、診察室での先生の話、ちゃんと聞き取れてたんだ、と思う。

「できたよ」

みのりはダイニングテーブルに盆を置く。

絶対に、暗転させてやらない。

「匂いは結構普通かも」

男が自分の醜い部分を吐露する、それに対して女が強い口調で責め立てる。そんなことをしてしまえば、最後に男が「ごめん」なり「でもこれが俺なんだ」なり、小声で一言絞り出したところで、舞台ならば大抵、暗転する。観客はここで息を呑むと、演出家が信じて疑わない場面だ。

だけど。

「ねえ、飲んでみて感想教えてよ」

私たちの現実だけは、暗転させてやらない。

自分はこんなにも醜いのだ、ということを明かしたところで、本当は何の区切りもつかない。なぜ、吐露した側はそこで悦に入ることができるのだろう。こんなにも醜い部分を曝け出せたという点を、自分の強さ、誠実さだと変換して勘違いできるのはどうしてだろう。そして、さもその一秒後から新たな自分が始まるとでも思っているらしいことも、不思議だ。

イライラする。

こっちはただ、真剣に生き続けているところにいきなり吐瀉物をブチまけられたようなものだ。それでは何の区切りもつけられないし、許さないし、もちろん感銘を受けたりもしない。よく吐けたねなんて背中を摩《さす》ったりしてやらない。曝け出した醜さを少しでも回収すべく足掻《あが》く過程を一秒ずつ全て見せてもらってやっと、どう向き合うかの検討を始めることができる。

「ねえ」

みのりが口を開くと、ぴちゃ、と、唇がフルーツジュースの滴を割る音がした。

「冷めちゃうよ」

――置かれた場所で咲きなさいじゃないけど、自分はこんなはずじゃないんだ、って思うような人は、経験上、後々大変なことになったかな。

かつてこの場所で聞いた智昭の声が、もう一度流れる演出。なかなかいいじゃない。

「ねえ、冷めちゃうって。冷めたらクセ強くなっちゃうよ、多分」

――俺も何回かそういうこと言い出すハズレ引いたことあるから、わかるよ。

この人は今、ハズレを引いたと思っている。自分の人生はこんなはずじゃなかったのにと、運が悪かったと思っている。みのりはまた、フルーツジュースに口をつける。

おみくじはもう、取り替えられないのに。

結局智昭は、紅茶に口をつけなかった。「ごめん」もう一度だけそう呟くと、そのまま家を出て行った。どこに行ったのかは想像したくなかったし、連絡もしなかった。みのりはひとりで風呂に入り、早めにベッドに寝転んだ。一応、携帯電話を枕元に置いていたが、智昭に連絡する気にはなれなかった。

寝転び、お腹に手を置くと、当てはまる適切な言葉が存在しないような動きが、またひとつ伝わってきた。

生きる上で新たな動きを、確かに今このとき、この子は手に入れたのだ。

いつの間にか、涙が出ていた。それはまるで、掌の熱で溶けた心臓の一部が、両目から零れ出てきたようだった。

涙は止まらなかったし、止めるつもりもなかった。なぜならば、万が一のことを考えて、翌日も休みを取っていたからだ。

万が一のこと。

みのりは溶岩のように熱い涙を、拭うこともしない。なんだ、休みを申請したときの自分だって、万が一陽性だったらとか、それなら次の日は働いていられないかもしれないとか、そういうことを考えていたんだ。もしかしたら、智昭と変わらないのかもしれない。

万が一。

0・4パーセント。

なんだ。

万が一、よりは、大きい確率だったんだ。

携帯電話の画面に長居静香の四文字が光ったのは、そんなことを思ったときだった。

3

【終演まであと五分です。各ポジション問題ないですか】

インカムに自分の声を通す。各扉、出口、売店などの担当者から、様々な音色の【問題ありません】が届く。ここまで来れば、昼公演に関してはもうトラブルは起きないはずだ。みのりは全身の神経が緊張感を若干手放したのを感じながら、壁の向こうにある空間に耳を澄ませる。ラストシーンの、主人公の男がたった一人で長台詞を訥々と語る場面が繰り広げられているころだろう。劇評に言わせれば、〝誰しもが心の中に持つ暗闇を抉り出される感覚に襲われる〟場面か。

――抗いようのない仄暗い心。圧倒的破滅へと向かう男の一代記。

ポスターに躍るキャッチコピーを思い出し、みのりは思わず口元を緩めてしまう。主演を務めたアイドルのファンたちが、頭の中で勝手に繰り広げていた偶像と違う姿を見たというだけで「すごい演技力！」と絶賛する様子が容易に想像できる。

主人公の男は、結局全てを捨て、観客に背を向け去っていく。かつて彼を信じ、支えた人々の姿はそこにはない。約三時間分たっぷり積み上げられた感情はそのままそこにあるのに、舞台上に残されるのは沈黙だけだ。

そこで暗転。しばらくして明かりが点くと、出来栄えの割にやりきった顔をしすぎているアイドルが、舞台の真ん中に立っている。

終演。拍手。舞台の上の空気は、完全に切り替わっている。

みのりは昨夜、リビングも寝室も、電気を点けたまま眠ろうとした。結局一睡もできなかったけれど、暗転させてやるものかと思っていた。空気を切り替えてやるものかと思っていた。

昨夜家を出て行ったあと、智昭からの連絡はない。

みのりは、今公演の招待席の名簿を確認しながら二階へ向かう。

関係者挨拶をする予定の人々には、チケットを渡す際、終演後に二階のピロティの東側へ集まるよう伝えてある。平日の昼公演だからそんなに多くはなかったはずだ、すぐに対応も終わるだろう——そんなことを思いながらゆっくり階段を上ると、L1扉で待機している藤堂の姿が目に入った。長い睫毛《まつげ》を上下させて、しきりに腕時計を見つめている。

みのりは思わず、律儀に終演の時刻を気にしているのかなと感心したけれど、すぐに別の可能性に思い至った。藤堂は今日、昼公演で上がりの予定なのだ。終演の時刻よりも退勤へのカウントダウンに余念がないのだろう。そんな藤堂のＢＧＭとして、今朝更衣室でアルバイトスタッフ同士が交わしていた会話が蘇る。

——あ、今日藤堂君と一緒だ。おー、目の保養じゃん、マジで顔はかっこいいよね、制服クッソ似合うし。あ、でも昼公演で上がりみたい。マジで？　あーなんか前言ってなかったっけ、この日彼女の両親がこっち来るからあそこのレストランで待ち合わせしてるみたいな話。言ってたかも、先に店入っててもらってバイト終わり次第ソッコー合流するみたいな謎計画ね。あれだよ、アフタヌーンティーセット頼める時間帯に店に入っといてもらうつもりなんだよ、確か。昼公演終わりだとギリギリ間に合うかどうかだから。ウケる何それ、もしかしてあれ？　鏡泉グループなら使えるアフタヌーンティー割引みたいなやつ狙ってんの？　藤堂君って意外とケチなのな。でもケチっつっても、割引で二千円とかだから。それ彼女と親と自分の分払うとか結構きついでしょ学生だったら。

口を高速で動かしながらも着替えも髪型もメイクもばっちり手本通りに整え切る彼女たちは、いつだって逞しく頼もしい。藤堂は仕事に対する意欲は低いが、その端整な顔立ちから、特に若いアルバイトたちと高齢のお客様からは人気なのだ。

ぷつ、と、苛立つ予感が芽吹く。

藤堂の紅潮した頬を見ながら、みのりは、特にクレームなどもなくスムーズに進んだ第二幕をいつものように喜べない自分に気が付く。フロア長としてあるまじき願望だということはわかっているが、膨らみ始めた感情を抑えることができない。藤堂が共有を怠った客に関する何かしらのトラブルが起きて、それが取り返しのつかないような事態に発展して、その対応で退勤が遅れてしまえばいいのに。そんな風に思う自分を、みのりは止められない。でもそんな事態に陥ったとき、最終的に尻拭いをするのはフロア長である自分だ。こんな日にそんな目に遭うなんて、それはあまりにも運が悪すぎる。

運が悪いことは、今に始まったことではないけれど。

よくない。

やめよう。みのりは自分の妄想を律する。

こういうときは、目の前のやるべきことを数えるのだ。みのりは、このあと待っている作業を頭の中で整理する。まず関係者挨拶をさばいている間にスタッフたちにはお客様を全員退場させる。クロークで預かった荷物が全てはけ、荷物札も全て返ってきていることを確認して、ホール自体の入口にカーテンをかけて中を見えないようにしたら、フロアスタッフ全員で劇場内の清掃。トイレも含めて清掃チェックが済んだら、夜公演の当日券抽選用の整理番号の用意、昼公演分のチケットの半券の整理、入場の際に配布するチラシの確認と——

そのとき、少し、足元がぐらついた気がした。

みのりはとっさに、壁に右手をつき体を支える。安定期に入ってからは体調も落ち着いていたが、赤ちゃんが大きくなる時期だからか、貧血を起こす回数は増えていた。目を閉じ、深呼吸をする。もうすぐお客様が劇場内から出てきてしまう。それまでに、平衡感覚を取り戻さなければ。

違う。

みのりは、壁に向かい合うようにして、両手を壁につけた。それでも、立っていることが難しい。

これ、貧血じゃない。

そう察したとき、ドン、と、地響きのような低音を聞いた気がした。それは、天高くから落ちてきた巨人が、いま自分がいる場所のすぐ隣に着地したような感覚だった。そんなはずはない、と思った途端、そうでもなければ説明がつかないような大きな縦向きの振動が発生した。

地震？

そんな疑問が脳の表面に浮き上がってきたとき、みのりはその場にしゃがみこんでいた。

こんな日にそんな目に遭うなんて、と思う間もなく、現実が紛れもなく暗転した。

4

初めてハズレという言葉を自身に重ねたのは、小学一年生のときに家族全員で行った初詣でのことだった。

色違いのダウンに身を包んだ幼い双子の兄妹は、楽しそうに歩くだけで、すれ違う人たちの視線を次々と搦《から》め捕っていた。普段の通学路でもそうなのだから、新年を迎えた真夜中の神社なんていう場所では余計に周囲を照らす存在となった。みのりと、みのりより一時間だけ早く生まれた兄の健悟《けんご》。眉のはっきりした男顔という特徴をみのりが継いでいたこともあり、このときは男女の双子と思えぬほど顔立ちまでそっくりだった。髪型も、男女どちらでも通用するようなショートカットだったので、全身丸ごとそっくりだった。

みのりと健悟はいつも同じだった。いたずらするときも怒られるときも、買ってもらえるおもちゃも服も文房具も、いつも同じだった。二人セットに見られることを苦に感じる双子も多いと聞くが、みのりは自分がもうひとりいるような感覚が嬉しかった。健悟との違いは性別だけで、それによって異なることなんてないほど、小学一年生の二人は同じ生き物だった。

　初詣の楽しみは、なんと言ってもおみくじだ。みのりは、マジックテープで留めるお財布から健悟と競うようにして百円玉を取り出し、赤い筒をしゃかしゃかと振った。小さな穴からするんと滑り出てくる棒、その先端に書かれている番号を我先にと叫ぶと、白い巫女装束を身につけた女性が小さく折りたたまれた紙を手渡してくれた。

「みーちゃんの今年の運勢は何かな〜」

　母はそう言いながら、手袋をしたままの指でもたもたとおみくじを開くみのりに笑いかけてくれた。

　小吉。みのりの引き当てたおみくじには、そう書かれていた。

「しょうきち」

　読み上げながら、小さい、という文字が、みのりからするとあまり嬉しく感じられなかった。小さい、つまり、よくない。そんなイメージがみのりの心をさっと覆った。

「全然悪いやつじゃないよ？　ほら、いいことばっかり書いてある」

　母は、細かな文字がたくさん並んでいるところを指してそう言ってくれたけれど、みのりはそこに書かれている言葉の意味がよくわからなかったし、何より大吉じゃなかったことが悲しかった。

「こんなのハズレじゃん」

　みのりがそう呟いた瞬間、隣にいる健悟が「げー！」と叫んだ。

「うわ健悟、珍しいの引いたなー、俺実物初めて見たかも」

　ほんとに入ってるんだな、と、感心する父の隣で、「これってヤバイよな？　最悪のやつだよな？」と健悟が狼狽えている。その様子が面白くて、みのりも母もつい噴き出してしまう。

「まだ大凶があるかもしれないけど、まあ、良くはないな」

　慰めるようにそう話す父を無視して、健悟は強風に煽られた風見鶏の如く、ぐりんと顔の方向を変えた。

「みー、交換」

「は!?　絶対いや」

　みのりがおみくじを拳の中に隠す前に、健悟は紙の先端をぐっと摑んだ。

「健悟、ほら、いい加減にしなさいって」

「おれだってこんなのやだもん！」

　止めに入る母のことも無視して、健悟は紙の先端を摑んだ指先を思い切り自分のほうへと引き寄せた。みのりも、指先に全身全霊の力を込め応戦する。こんな小競り合いは日常茶飯事だ。真夜中の外出という状況に乗じて二人とも興奮していることもあり、戦いは長引くかもしれない――

　そんなふうに考えた直後、自分の指の力が健悟のそれにあっさりと負ける瞬間を、みのりは自覚した。

　あまりにもあっさりと、力負けした。

「はい、こっちがみーのね」

「もーやめなさい、みのりに返しなさい健悟！　ほんとにもう……学校でもこんなことしてなきゃいいんだけど」

　呆れた母の声が降りかかる中、みのりは、健悟から代わりに押し付けられたおみくじを開いた。

「凶！　それは確かに初めて見るかも」

　驚く母に、だろ、と父が笑いかけている。相変わらず漢字の意味はよくわからなかったけれど、バツ印が真ん中にあるその漢字を、みのりはとても怖く感じた。

　そんな不安を察したのか、母は声のトーンを柔らかくし、みのりの頭を優しく撫でた。

「これは、うーん、おみくじの中だとハズレみたいなものかな。でも、おみくじは結んじゃえば大丈夫だから。っていうかこれ引いたの健悟だから、みーちゃんは何も気にしないで大丈夫」

ハズレ。

みのりはそのとき、さっき抱いた敗北感に、言葉が当てはめられた気がした。

凶がハズレだということにショックを受けたわけじゃない。そんなことじゃない。同じ顔、同じ体の大きさなのに、おみくじを引っ張り合ったらいとも簡単に奪われる側であること。みのりの抱いた敗北感の正体は、それだった。

「そんなに気にしないで大丈夫だって。ていうか神様がすぐそこにいるのに健悟はあんなことして、バチ当たるねあれは」母が笑いながら頭を撫でてくれる。「ほら、あそこ行こうみーちゃん、悪いおみくじでも、あそこに結んじゃえば大丈夫になるから。ね」

母の声は冬の冷気の中で膨らむあったかいシャボン玉のようだった。だけど、みのりはそれどころではなかった。

これまでは、テレビのリモコンやゲーム機を取り合うたび、二人が同じ顔、同じ大きさの体であることを物語るかのように、勝敗はほぼ五分五分だった。だけど最近は、最終的に健悟の力に組み伏せられることが多くなっていた。

さっきみたいに。

みのりは、くちゃくちゃになったおみくじを見つめる。白い息がかかって、凶という文字が霞む。

自分は、ハズレを引いたのだろうか。

同じ顔、同じ身体、楽しい時も悲しい時もいつも一緒。だけど自分は、力ずくで戦ったとき、奪われてしまうほうの生き物であるということを、いつしか引き当てていたのだろうか。

ゆったりと漂う鐘の残響ごと凍らせてしまうような冷たい夜の中で、みのりは上手におみくじを結ぶことができなかった。

「ほら、ここにこうやって結んでみて。リボンみたいにしてね、神様に渡すプレゼントですよーって。だから見守っててくださいねーって。そうすれば大丈夫だから」

母が手伝ってくれても、みのりはずっと、上手に結ぶことができなかった。

いま思えばあのときは、力ずくで戦うことができる場があった分、まだましだったかもしれない。

小学二年生になり、健悟と一緒に入ろうとした地元のサッカークラブは、男の子しか入団を認めてくれなかった。何でダメなんですか、と泣いたって、男性コーチは「しょうがないんだよね、ごめんね」としか言わなかった。

小学四年生から、大好きなプールをたまに休まなくてはならなくなったけれど、その理由である〝生理〟は健悟や他の男子たちには永遠に訪れないらしかった。

小学六年生になり、眉も目も鼻もはっきりしている健悟は、女子たちからイケメンと言われているらしいことを知った。同じく眉も目も鼻もはっきりしている自分の顔は、男子たちからゴリラと言われているらしいことを知った。

中学一年生になり、生理痛が周囲の人たちより重いことがわかり、たまに授業を休むようになった。痛みが強い期間は勉強に集中することができず、そのせいでテストの点数が下がったりもしたけれど、健悟には「俺もずる休みしてーわ」と言われた。

サッカーが好きだと話していると、中学校のサッカー部のマネージャーにスカウトされた。断った。

骨格が変化し、顔立ちも体つきも差異が大きくなり続けていた。一緒に遊ぶ友達が変わり、制服のデザインも体育の授業も別々になり、健悟と身も心も双子であった時間をみのりはほとんど思い出せなくなっていた。

だけど、自分だけがハズレを引き当て続けているのではないかと思い始めたあの夜の冷たさは、少しも忘れられなかった。

中学二年生の夏休み、学校が主催する芸術鑑賞会で、キャストが全員女性のミュージカルを観た。

その舞台はみのりの目に、ただの演劇として映らなかった。そんなわけはないのに、舞台上にいる人たちがみんな、引き当てたおみくじを持ち寄っては、そこに書かれている文字を消し、自分の好きな文字を書き込んで肩を寄せ合っているように見えた。女役も男役も人間以外の役だって、全部自分を書き換えて成立させているように見えた。

これだ。みのりの心に火が灯った。

芸術鑑賞会後、当時仲良くしていた女友達のうち数人が、みのりと同じように頰を上気させていた。私たちで演劇部を作ろう。帰り道、そんな話で盛り上がった。私たちもあれ、やろう。できるかわからないけど、なんか今、やってみたいってすっごく思ってる！

「ていうか、みのり、絶対演劇向いてるよ！」

メンバーのうちの一人が、「だって」と得意そうに続けた。

「私、遠くから見てもみのりのことはすぐわかるなってずっと思ってたの。舞台映えするよ、みのりのカッコいい顔！」

眉も目も鼻もはっきりしている顔。

兄に似ている顔。

みのりはそのとき初めて、男のほうの顔に似た男女の双子に生まれたことを、嬉しく思えた。

中学二年生の秋、演劇部を発足した。といっても正式に学校に認められるようなものではなく、活動期間は受験勉強が本格化するまで、最終目標は空き教室での発表会といった演劇部〝もどき〟だった。だが、それでもみのりは、集まったメンバーと一緒にいるとき、体がぽかぽかと温かくなるような感覚を抱いた。

あの夜の冷たさを忘れてしまうくらいに。

一度、皆でお小遣いをはたいてミュージカルを観に行ったことがあった。そのときみのりは、劇場に向かう電車の中、コンビニで発券した長方形のチケットを大切に握り締めながら、ふと、今ならば上手に枝に結びつけることができるかもしれない、と思った。あのおみくじでは長さが足りなかったけれど、いま手にしているチケットならば、きっと神社の枝にきれいに結べる。

みんなで観に行ったミュージカルは、とてもとても面白かった。帰り道、みんなで歌と踊りを真似した。

中学二年生から三年生となる春、母が倒れた。

5

震源地の震度は7、震源の深さは11㎞、マグニチュードは6・7。

気象庁が発表した数字を見たときは、言葉にできない巨大な恐怖にやっと見知った数値が当てはめられたことで、安心感すら抱いた。ただ、震源地周辺の地域に今まさに降りかかっている、想像を絶する規模の被害を知るたび、みのりは、酷かったたつわりがぶり返すような気持ちになった。ネガティブな心情に呑み込まれそうになると、腹帯にそっと手を添えた。

「お客様、キャスト、スタッフ含め、怪我人はいません」

揺れが発生してしばらくしてから共有された川口支配人からの報告に、スタッフは全員心から胸を撫でおろした。今回は、古典的なミュージカルのように舞台美術が多く使われていなかったことが不幸中の幸いだったようだ。観客席にいたお客様はもちろん、ステージ上にいた人間全員、大道具の担当者なども含めて無事だった。怪我人が出なかった、その事実だけで、緊張感で膨張していたホール全体の空気が、少し緩んだ気がした。

ただ、震度5強を観測した東京の公共交通機関は完全にストップしていた。劇場は一瞬停電状態となったものの、すぐに予備電源が作動してくれた。そのため、ひとまず視覚的には大きな変化があるわけではなく、そのことが心に安定をもたらしてくれてはいるが、携帯電話は通じないので、移動手段を奪われ、徒歩で移動できる範囲に行き場のない人たちはそのまま劇場で待機することとなった。

「地方から来ているお客様も多いので、朝まで対応することになる可能性も高いです。もしかしたら震源地に近いところからいらっしゃった方もいるかもしれません、これからもっと大きな揺れが来るかもしれません。私たちも同じように不安ですが、とにかくスタッフ全員で力を合わせて、今日来た場所が鏡泉ホールでよかったと思っていただけるよう、このトラブルを乗り切りましょう」

動揺するスタッフをまとめ、的確に指示を出す川口は、いつも以上にゆっくりと、そして笑顔を絶やさず話し続けた。その様子によって気持ちを落ち着かせることができた若いスタッフは多く、みのりは、川口にとってもこんな事態は初めてのはずなのに、と、ひどく感心した。ついさっきまでお客様と同じく動揺と不安を漲らせていたのに、アルバイトを含めたスタッフ一人一人の表情が、〝震度5強の地震に遭った者〟から〝震度5強の地震に遭った人たちをケアする者〟のそれに変わっていく。

「大丈夫、私たちならできます」

川口や営業部の社員たちには、キャストや舞台に関わるスタッフの安全確保、チケットの払い戻しや今後のスケジュール調整など、本社と連携して行わなければならない業務が山積していた。そのため、もちろん協力はしつつも、お客様の対応はみのりをはじめとするフロアスタッフを中心に行うこととなった。緊急事態への不安、そして緊急事態のさなかにいることへの若干の興奮、相反する気持ちがないまぜになり少々浮足立っているような若いスタッフが多い中、いつにも増して引き締まった表情をしている世志乃の存在はものすごく心強かった。

「鏡泉ホールに入ってから出て行くまで、お客様が快適に過ごせるように尽力する。いつだって、それが私たちの仕事です。何が起きてもそれは変わりません」

みのりは、フロアスタッフ一人一人の顔を見渡しながら、川口のように丁寧に話すことを心掛けた。そうすることで自分自身も、自らの不安を鎮めるだけでなく、他人の不安をも鎮められるような人間にトランスフォームしていく感覚があった。

お腹に手を当てる。大丈夫。大丈夫。

幸運なことに鏡泉ホールは電気も水も使える状態だったので、特別な対応が求められているわけではなかった。それよりも、お客様の心が名もなき不安に侵食されてしまわないよう、精神面のケアを徹底するという意識をスタッフ間で共有した。もちろん、腰が痛むお客様にはクッションを、寒気を訴えるお客様にはブランケットを、物理的にケアできる部分には細やかな対応をするように、とも伝えつつ、その代わり、こまめにスタッフ同士で交代できるスケジュールを今からすぐに組むことを約束した。

「大切なのは、お客様の前では絶対に笑顔を絶やさないこと。結局は、いつもと同じです。最後までお客様が快適に過ごせるよう努めてください。ただ、みんなの中にも、震源地に近いところに親戚や友達がいるとか、不安でたまらない人もいるかと思います。だけどそういうときは、裏でこっそり私か弓木さんに伝えるようにしてね。劇場にいるお客様にとっては、私たちが頼みの綱だから。劇場内では精一杯お客様をケアして、裏ではお互いにケアしあいましょう」

一人一人の表情から、いよいよお客様の前に出られるくらい不安も興奮も消え去ってきたと感じられたとき、みのりは、自分から最も遠い位置にいる藤堂の表情だけが、他のスタッフに重なって見えないことに気が付いた。

藤堂君、と思わず声を掛けようとしたとき、

「みんな」

世志乃が小さく手を挙げた。

「みんなも大変だと思うけど、フロア長の体調も気遣って、協力しあっていきましょう。鍋倉さん、絶対に無理はしないで」

それこそ舞台役者のように真剣なまなざしを向けてくる世志乃に、みのりは心から感謝する。その一言があってやっと、自分も、ケアする側とケアされる側を行き来できるようになったと感じた。

お客様からすると頼みの綱。スタッフたちからすると緊急時のリーダー。劇場を一歩出れば帰宅難民、そして、妊婦。時と場合によって支える側、支えられる側がくるくる入れ替わ

させてくれた。

ることを、言葉にせずとも共有できている仲間がいることは、何よりもみのりの精神を安定させてくれた。

お客様の中には、パニックに陥っている人がちらほらと存在した。

震源地に住んでいる親戚にどうにかして連絡を取りたいとスタッフに泣きつく者、SNSに流布する情報ひとつひとつに過度に反応してしまう者、「あと十分後に本震がくるって！さっきのより大きいんだって！」と騒ぎ出す者、それを聞いて過呼吸になる者——劇場のフロアスタッフがイコール緊急事態対策に長けた人材ではないということ、医療のプロというわけでもないこと、みんな頭ではわかっているのだが、だからといって氾濫しそうになる心を抑えられるというわけではないのだ。みのりは、背中を撫でたり、手を繋いだり、今わかっている情報を的確に伝えることしかできない自分が、ひどくもどかしかった。

日が暮れ始める午後六時ごろになっても、公共交通機関が復旧する目途は立っていなかった。ただ、携帯電話が繋がり始めたことで、徒歩で移動できる場所に向かうため劇場を離れる人が続々と現れ始めた。ホールの出口まで見送ると、街がいつもの様子とは全く違うことがよくわかった。劇場前の大通りは、徒歩で帰宅や移動を試みる人たちで溢れ返っているのに街灯が点いておらず、賑やかさと仄暗さが同居している不気味な空間と化していた。見慣れぬ光景から生じてしまった動揺を隠すべく、みのりが深く頭を下げると、「本当に本当にありがとうございました」と、お客様にもっと深く頭を下げられた。

「鍋倉さん、いい加減休憩してください」

やがて世志乃に「こちらは私たちで大丈夫ですから」と、追い出されるように休憩を取らされた。お客様の視線が届かない場所に移ったとき、脳がやっと、この身体はとても疲れているということを認めたのがわかった。

これからどうなるのだろう。

みのりは、視覚的には何も変わっていない狭い部屋の中で、ふと思った。

休憩室のドアを閉める。お客様に伝えるため色々な方法で収集した情報が、頭の中を駆け巡る。嘘か本当かもわからない、人の不安を煽るだけのような情報も多く、気分が悪くなる予感がしたみのりは、情報の精査をあるときから世志乃に一任した。

ポコポコ、にょろにょろ、とんとん。

みのりはお腹に手を当て、心の中でそう唱える。大丈夫、大丈夫、大丈夫。そう言い聞かせている気持ちは、不思議と、子に通じているような気がした。

みのりは休憩室の椅子に腰かけ、時計を見る。

あと四分で、二十時。

何か、温かいものを飲みたい。今日は、たくさん摂ったほうがいいと言われている水分を、まだ全然摂れていない。

そう思ったとき、鼻腔に、インドの紅茶の香りがうっすらと蘇った。

そうか。みのりは休憩室のテーブルの上で、指を組む。

昨日のちょうど、このくらいの時間だった。

休憩室が一瞬、真っ白い診察室に見える。

これから、どうなってしまうのだろう。

昨日までとは、自分の内側の世界も、外側の世界も、がらりと変わってしまったような気がする。

どうなったとしても、やるしかないのだけれど。

「休めてる?」

声のしたほうを見ると、川口が休憩室のドアに背を委ねて立っていた。シルエットだけ見るとリラックスしているようだが、その表情にはさすがに疲労が滲んでいる。

「なんか、思ったより大きな地震みたい。本社がもうバッタバタ」川口は、降参といったような表情でため息をついた。「百貨店も劇場も、地域によってはしばらく営業できないところもあるみたい」

「そんな状態なんですね」

まいったよね、となけなしの微笑みを見せる川口は、みのりが隣の椅子を引いたとて首を横に振るだけだ。座ってしまい、張っていた気が緩むのが怖いのだろう。

「ほんとに、とんだ外れ籤引いちゃったよね、鍋倉さん」

「え？」

予想していなかった言葉に、みのりは思わず声を漏らす。

「だって今日、もともと休みだったでしょ？　長居さんの代わりだよね」

川口がちらりと時計を見る。

「身体も大変なときに、ほんとごめんね」

「いえ」外れ籤。その音が耳にこびり付く。「支配人が謝ることじゃないですよ、やめてください」

「よりによって……なかなかない確率だよ、こんな不運」

不運。確率。

二分の一。

昨夜、携帯電話の画面に〝長居静香〟の文字が光ったとき、みのりの頭の中にはそんな文字が思い浮かんだ。

休みの連絡か、それ以外の連絡か。

確率が五十パーセントの籤引き。

果たして、本当の外れはどちらだったのだろうか。

「支配人」

休憩室に、世志乃ともうひとりのスタッフが現れる。「あ、鍋倉さん」ちょうどよかった、という、声ならぬ声が聞こえてくる。

「平日ですし、都内近郊のお客様が多かったみたいなんですけど、このまま公共交通機関が動かないとなると、六百名弱のお客様が劇場で朝を迎えることになりそうです」

「六百名」

今いるスタッフだけで朝まで対応できるのか――想像しただけで、みのりは椅子の座面が抜け落ちたような気持ちになった。当然、全員が横になれる場所などない。お客様には席に座ったまま夜を明かしてもらうことになるが、ブランケットも足りなければ、何より、

「何か軽食が必要ね」

そう言う川口に向かって、みのりは頷く。

「ニュースでも報道されている通り、都内のコンビニやスーパーは大人数に対応する買い物ができる状態じゃないです。売店の在庫を開放したとしても六百名分の軽食には足りません」

「せめてミネラルウォーターの一本くらい、配りたいです」

そう訴えるもうひとりのスタッフが、漫画のようなタイミングでぐうと腹を鳴らす。スタッフの体力もかなり削られている。

「さっき総務に確認したんだけど、災害時用の備蓄食料は品川にある本社の倉庫で管理してるんだよね。だけど電車が動いてない、道路も渋滞ってことになると、そこまで行くこともできない……」

備蓄食料とはあくまで本社に閉じ込められてしまった社員用ということだ。こういうとき、自分は鏡泉ホールディングスの正社員ではなくあくまで鏡泉ホールの契約社員だということを思い知る。

「あの」

少しの沈黙のあと、さきほど腹を鳴らしたスタッフが遠慮がちに手を挙げた。

「この辺りにある百貨店とかレストランって、鏡泉のグループ会社、が経営してるんですよね？」

グループ会社、という言葉を、正確な意味がわからないまま音として発話したことがよくわかる言い方だった。

「そこにもし災害時用の食料とかがあったら、分けてもらったりできないんでしょうか。特にレストランとか、協力してもらえたらありがたいっていうか」

　自信なさそうに声を萎ませるスタッフを前にして、みのりは、一度沈みかけた気持ちがぐんと急上昇するのを感じた。このあたりは、鏡泉ホールディングスが経営する施設で余暇の一日を丸ごと過ごしてもらおうと開発された地域だ。百貨店もレストランも、どちらも徒歩ですぐに移動できる場所にある。

「それ、いける気がする」

　川口がそう呟いたとき、休憩室の空気が、電波のいい場所で読み込む画像のようにさっと鮮明になった気がした。

「それぞれ担当者に連絡してみるね。確か、百貨店のほうはカンパンとかも保存してたはず」

「お願いします、ありがとうございます」

　浮足立ちそうな空気の中、世志乃は「オーケーだとしてどうやって運ぶかですよね、六百人分の物資を」あっという間に次の課題に臨んでいる。

「そうだね、劇場にある台車総出で往復しまくるしかないかも」

「だったら、男手があったほうがいいですよね」と、世志乃。

「営業の菅田さんとか」みのりが川口を見る。

「申し訳ないんだけど」川口が眉を下げる。「菅田君、今、夜公演の払い戻し対応と、今後の損益の算出とか全部やってもらってるから、動かせないかな。そうなると」

「藤堂君は？」

誰かがそう言った。自分だったかもしれない。

そのとき、みのりは、久しく藤堂の姿を見ていないことに気づいた。

「確かに、他の唯一の男手ですよね」

そう同意する世志乃の声も、心なしか揺れている。きっと、みのりと同じ疑念の中にいるのだろう。

みのりは、記憶にある藤堂の姿のうち、最新のものを思い出そうとする。地震発生直後、フロアスタッフを集めて話をしたときかと思うが、いや違うと訂正する。だってあのとき、藤堂はひとりだけ人影に隠れていて、その表情はよく見えなかった。

みのりは思い出す。地震が起きる直前、時刻を確認していた藤堂の姿を。

退勤までの残り時間を、嬉しそうに確認していた横顔を。

「あの」

今度こそ、みのりは、自分の意志で声を発した。

「二人には、百貨店のほうに頼んでもいいかな。私、レストランのほうに行ってくるから」

「何言ってるんですか、鍋倉さんは休んでてください」

他のスタッフに行かせますから、と言う世志乃を、「ううん、行かせて。大丈夫だから」みのりは遮る。

「行けば、私、大丈夫になるから」

みのりは腰を上げ、台車が仕舞われている倉庫へと向かう。

6

急性心筋梗塞だった。

母が倒れてから亡くなるまでは、明確な記憶がないほどあっという間だった。救急車、入院、心肺停止、通夜、葬式。名前の違う時間が次々と降りかかってきたのに、心はずっと涙に浸かっていた。四季が同時に降ってきたような、これからの人生で経験するだろうとうっすら想像していた一生分の感情が一気になだれ込んできたような数日間だった。心も体も頭も、いつまで経っても元々この家の中のどこに収めていたのか、それぞれの置き場所が見つからなかった。すべては中学二年生から三年生となる春休みの間の出来事で、こんなにたくさんのことがあったのに、着る服も街の景色もコンビニのフェアも何も変わっていないことが気持ち悪かった。

突然の病気に、お母さんを奪われる。それは、おみくじに凶が入っていることに比べて、どれくらい確率が低いことなのだろうか。みのりは、お腹が空いているのか眠たいのかもよくわからない日々の中、ふとそんなことを考えるときがあった。

今度は一体、何を引き当ててしまったのだろう。おみくじを奪われる側の身体を引き当てただけでは、終わらなかったのだろうか。

答えが見つからない中、あまりにも眠れない時間が続くときは冷蔵庫の中にあるものを何でもいいので口にした。そうすると、少しうとうとすることができた。父も兄も、どこにいるのかよくわからず、母が生きていたころのように、朝、昼、夜、と決まった時間に食事を摂るという習慣はあっという間に消え去っていた。

暮らしのスイッチが切られてしまった。みのりは、ひとが一人いなくなったのにとても窮屈に感じられる家の中で、そう思った。そんなに広いわけではないこの家を、これまで特に狭いと思わなかったのは、母があらゆるものをあるべきところに収めてくれていたからだと痛感した。衣服が入りきらない洗濯機、食器が溢れているシンク、底にバネがついているかのように新参者を中から押し戻しにかかるゴミ箱、心と体と頭以外にも居場所をなくした様々なものたちが、家の中を自由に転がっていた。

特別なことはせずただ暮らしていこうとするだけで、数えきれない事々物々が空間を行き来しているのだ。その指揮者がいなくなった途端、和音のすべては乱れる。

あるとき、父が、スーパーで弁当を三つ買って帰ってきた日があった。きっとそれまでも何度かそうしてくれていたのだろうが、久しぶりに父と兄とダイニングテーブルで顔を合わせたということもあり、みのりはそのとき、お母さんがいなくなってから初めてのご飯だ、と思った。

弁当はすべて同じものだった。色んなおかずが入っているやつが三つ。みのりはコロッケを一口齧《かじ》った。冷たくてべちゃべちゃしていて不味《まず》かった。

温めよう。

そう思った自分に、みのりはとても驚いた。母がいなくなってから初めて、食べるものを美味しくしよう、という意識が働いた瞬間だった。母は仕事が長引いて時間がないとき、ご飯と味噌汁は家で準備しておき、スーパーでコロッケなどの惣菜を買ってきてくれることがあった。そのたび、「ちょっと温めるから待ってて」とおあずけを食らう時間が、みのりは好きだった。その時間で、コロッケは必ず美味しくなって戻ってくる。あつあつで、衣はカリカリで、まるで作りたて、揚げたてのようになって戻ってくるのだ。

弁当を持って立ち上がると、よりよい味わいを獲得するために動き出した身体を支えるふくらはぎや太ももの筋肉が、豊かに伸縮した気がした。その動きは、排泄をするためにトイレに向かったり、横になるために布団に潜り込んだりするときとは似て非なるものに感じられた。

「俺のも」

健悟が、自分の分の弁当も差し出してくる。みのりは無言で受け取ると、一人で台所に立った。

お母さんが何かを温め直してくれるときは、確か、冷蔵庫の向かい側にある機械のどちらかを使っていたはずだ。みのりはそう思いながら、電子レンジのほうの扉を開けると、弁当を並べて二つ置いた。一分くらいだろうか、強がいいのか弱がいいのかよくわからなかったが、時間を設定し、スタート、を押した。

一分間、誰も話さなかった。

湯気を立ち昇らせた弁当をテーブルに持ち帰り、箸を握る。そのとき確かに、みのりの腹がぐうと鳴った。弁当の容器の温かい感触、さっきよりも濃厚な惣菜たちの匂いに、涎《よだれ》がじんわりと誘われた。みのりは、身体中の機能がひとつずつ復活し始めたような気がした。

コロッケを一口、齧る。

確かに、温かかった。

だけど、べちゃべちゃして不味いことには変わらなかった。

期待に満ちていたはずの涎が、泥のような物体と混ざり合う。惰性で咀嚼しながら、みのりは、復活しかけていた全身の機能のスイッチが、また切られていく音を聞いていた。お母さんが使っていた機械を使ったのに、ダメだった。カチ。お母さんが設定していたのと同じくらいの秒数で温めたのに、ダメだった。カチ。お母さんと同じようにやったのに、同じように美味しくならなかった。カチ。

お母さんがいたときの生活は、もう本当に、戻ってこない。

カチ。

みのりの向かい側に座る父が、ボールペンを一度、ノックした。

「三人で分担しよう。これまでお母さんがやってくれてたこと」

いつの間にか用意されていた紙に、父がペンを走らせていく。

横軸は、月曜日から日曜日までの曜日。縦軸は、食事、洗濯、風呂掃除、トイレ掃除、部屋の掃除など、生活を回していくための様々な事柄。それぞれを線で区切っていけば、大きな表が完成する。

「食べ終えたら、話し合おう」

これを三人で埋めるんだ。そう思ったとき、みのりは、自分がれっきとした一人分の馬力として数えられていることに緊張した。自分はこの家において、これまでのように、子どものうちの一人じゃなくなったんだと感じた。お父さんとお母さん、私と健悟。これまでは当然のようにそう思っていたけれど、もう違う。どちらの祖父母も遠方に住んでいて手伝いを望むことができないという事実も、この表をこの三人で埋めるというプレッシャーに拍車をかけていた。

箸を最後に置いたのはみのりだった。父も健悟も、みのりより早く、弁当を完食していた。みのりはおかずもご飯も半分ほど残した。

「まず飯関連は、みのりだろ」

当たり前のように健悟がそう言ったので、当たり前のようにみのりは「え？」と声を漏らした。

「何で？」

「何でって、俺料理できないし、部活あるし」

親父も帰り遅いし、と、相変わらず健悟は表情を変えずに言う。

「私だってできないよ」お母さんと同じように温めたはずのコロッケだってあんなにも不味かった。健悟だってさっきそれを食べたのに。「それに私だって部活あるもん、そんな時間ない」

「演劇同好会みたいなやつ？　遊びじゃん、あんなの」

いつかの自分の分身が、骨格も声も何もかも変わってしまった姿でこちらを見つめている。

「俺は、高校の推薦かかってんだよ。練習も休めないし、やめるなんて絶対できない」

そんなの私だって。

放ちかけた言葉が、健悟の視線に押し戻され、身体の中で死んでいく。

演劇部は確かに部として認められてないけど、頑張れば高校に推薦してもらえるとかがあるわけじゃないけど、でも夏までに一回だけでも発表会をやって、それで受験勉強がんばろうって、そうやってみんなで話し合ってるんだよ。高校行ったらバイトしてお金貯めてみんなで好きなミュージカル観に行こうって、そういう計画もしてたんだよ。

「私だけ変えなきゃいけないの？」

お母さんがいなくなった世界。

「どうして私だけ全部受け入れて、これから計画してたことも全部変えなきゃいけないの？」

今までと全く同じようにいかないのは、誰だって同じはずなのに。

「俺だって、何で高校推薦かかってんのに、サッカーやめなきゃいけねえんだよ。いきなりメシ作る人生に変えられるとか、絶対嫌だし」

健悟が、教科書の本文でも読み上げるように、当然そうであることを喧伝する顔で言う。

「親父だって、仕事辞めるわけにはいかねえし」

父は、何も言わない。

「しょうがねえじゃん」

——しょうがないんだよね。

地元のサッカークラブに入れなかった理由も、それだった。

みのりは、棺の中の母の死体のように冷たくなっていくコロッケを見下ろしながら、時計の針の音を聞いた。

この世の中には、二種類の人間がいる。生きる世界が変わってしまったとき、自分を変えなくていい人。その人のせいで、自分を変えなければならなくなる人。そしてそれはきっと、知らないうちに知らないところで、決められてしまっている。

二分の一。確率は五十パーセント。生まれる前に行われる籤引き。

それからというもの、自然に、料理以外の家事もみのりが担当するようになっていった。やらなければならないことが増えていくたび、みのりは、一応冷蔵庫に貼られている、もう何の機能も果たしていない分担表を見た。そうすると、凶のおみくじを押し付けられた夜の冷たさが、五感を壊すほどに鮮明に蘇るのだった。お風呂掃除、の欄にあるのは〝健悟〟の文字なのに、それはもう自分の名前に書き換えられているも同然だった。

授業が終わり、すぐに帰宅し夕飯の支度をしているとき、ふと時計が目に入っては、自分がまだ学校にいる世界線を妄想した。今まさに、演劇部もどきを立ち上げたみんなと、空き教室であれやこれやと話し合っている自分の姿。

みんな、頑張ってるかな。

演劇部もどきを立ち上げた友達とは、中学三年生になり、クラスが離れた。噂話か何かが広まったのか、新学期になると、みのりが母を亡くしたことはなんとなく生徒たちの間に知れ渡っていた。授業が終わった途端帰路に就くみのりに対し、誰も何も言ってこなかった。

フライパンに、ラップに包んであった豚肉を放った。解凍時間が少し足りなかったかもしれない、肉にくっついてしまっているラップを離れさせるため、ラップの先端を摘まんだまま、少し振った。

夏にやろうと言っていた発表会は、どうなったのだろう。やるなら教えてほしいな。観に行けないかもしれないけど、いざとなったら悔しくて観に行きたくなくなるかもしれないけど。

そのとき、パチンッ、と、音がした。豚肉の油や解凍ゆえの水分が、フライパンの上で弾けたのだ。

「痛ッ！」

みのりは思わず菜箸を手放し、両目を閉じると手探りでコンロを捻《ひね》った。右目のあたりが熱くて痛くて、怖かった。慌てて洗面所に行き、冷たい水で顔を洗うと、鏡で顔面を確認した。

右目の下に、シミのような跡がある。擦っても擦っても、それは取れない。

跳ねた油がここに付いたんだ。そう思ったとき、鏡に映る壁掛け時計が目に入った。

午後三時四十七分。

みんなは放課後。

――みのり、絶対演劇向いてるよ！

みんなは、放課後。

――私、遠くから見てもみのりのことはすぐわかるなってずっと思ってたの。舞台映えするよ、みのりのカッコいい顔！

かつての友人がそう言ってくれた記憶を、右目の下を擦り続ける自分の指先が、こりこりとこそぎ落としていく。

健悟はサッカー部を引退まで続けた。結局、サッカー推薦で高校に入学した。みのりは家事を一手に引き受け、勉強する時間を確保できなかった。志望校のレベルを落とさざるを得なかった。学校で誰かと話すとき、みんな、右目の下のシミを見ているような気がした。どんどん、顔が俯いていった。

　みのりは今でも思う。

　おみくじで百回大吉を引いたって、お母さんが今でも元気でいたって、あの表のどこに名前を書かれたって、結局自分は、こうして顔に火傷を負っていた気がする。

　演劇部の最初で最後の発表会。みのりは、観に行かなかった。

7

「私は、怒ってるわけじゃないの」

　一向に目を合わせない藤堂に向かって、みのりはまだ見ぬ我が子をあやすように言う。

「何も言わずに出て行ったら、みんな心配するでしょう。こんな大変なときなんだから、何かあったのかなって思っちゃう」

　俯いたままの藤堂は、何も言わない。みのりは、ミネラルウォーターでいっぱいの段ボール五箱の重さを信じて、台車の持ち手の部分に体を委ねる。五百ミリリットルのペットボトルが十二本入っているので、一人一本配るとして、これだけで六十人分だ。

　レストランの外、入口のすぐ横。相変わらず街灯の点いていない仄暗い通りを、帰宅難民となった人たちがまるで行進でもしているかのように列を成して歩いている。見知った街がすっかりその色彩を変えている様子は、母が突然いなくなってしまったときの家の中に似ていた。

まず川口が、鏡泉ホールディングス経営のレストランと百貨店に連絡を取ってくれた。どちらも備蓄食料に余裕があり、劇場に泊まるお客様のために分けてもらえることになった。

みのりは、レストランへ行くと立候補した。まだ軽い台車を押しながらレストランへと歩いているとき、頭の中ではとても久しぶりに智昭の声が鳴っていた。

「置かれた場所で咲きなさいじゃないけど、自分はこんなはずじゃないんだ、って思うような人は、経験上、後々大変なことになったかな」

みのりは、ある確信を持って、一人でレストランへと出向いた。そして、川口が繋いでくれた担当者を待っている間、店の中を勝手に周回した。すると、あるテーブルに藤堂の姿があった。

やっぱり。みのりはもうガッツポーズをしかけていた。「藤堂君」声を掛けると、藤堂は幽霊でも見るかのような表情でこちらに振り返った。みのりの頭の中にある最新の藤堂の表情が、退勤への期待に満ちたそれから一気に更新された瞬間だった。

――彼女の両親がこっち来るからあそこのレストランで待ち合わせしてるみたいな話。言ってたかも、先に店入っててもらってバイト終わり次第ソッコー合流するみたいな謎計画ね。

「彼女さんが心配だったならそう言ってくれればよかったのに。彼女さんのご両親も来てるんだもんね、連絡取れなかったら会いに行きたいよね。気持ちはわかるよ」

キレイな顔だな。

みのりは、レストランの入口から漏れる予備電源の光を頼りに、俯いたままの藤堂の外見を観察する。

少しだけ出っ張った額。長い睫毛。す、と通った鼻、でこぼこの喉。明かりの足りない夜の中だと、ひとつひとつの陰影がよりはっきりと見え、いつもより一層美しく感じられる。そして、いつどこで制服から着替えたのだろうか、いい生地を使ったシャツとジャケットをしっかり着こなしている、引き締まった身体。

思えば、健悟も智昭も、外見はキレイだったな。

「もし、どうしても彼女さんたちの顔を見たかったんだったら、相談してほしかった。ここならすぐ戻ってこられる距離だしさ、五分だけ顔見て戻ってくるとか」

自分はとても意地悪な人間だ。

優しい声を出せば出すほど、みのりは、自分の心の奥底がぶくぶくと音を立てて沸騰するのを感じた。

自分は、とても意地悪な人間。

だけど、置かれた場所どころか、投げ捨てられた場所でだって咲いてやるためには、こんなやり方ででも根に栄養を送るしかなかった。

「彼女さんたちの顔見られて、安心した？　だったら、この台車、劇場まで運ぶの手伝ってくれない？　お客様全員に軽食配ろうと思ったら何回か往復しなきゃいけなくて、結構たいへん」

「俺、今日、十六時半に退勤だったんですよ」

来た。

みのりの足の裏から頭の頂上までを、甘い震えが貫いていく。

「てことは、あとちょっと地震起きるのが遅かったら、俺、退勤してたんですよ」

遠くから、警察が交通整理を行っている声が届く。暗い街並みの中で、光を放つ警棒はよく目立つ。

「そしたら俺、ここに来てたんですよ、客として。そしたら今みたいに、電車が動くまで待機させてもらう側になってたんですよ。椅子に座って、大丈夫ですか大丈夫ですかって大切にされる側になってたんです」

客として、の部分のはっきりとした発音が、交通整理の声を簡単に退けさせる。

「おかしくないですか。ほんの数十分の差でもてなす側ともてなされる側がこんなにはっきり分かれるのって。階級社会でもないのに」

階級社会でもないのに。

藤堂はそう言った。確かに。

「お客様お客様って、どうして俺たちがそこまでしなきゃいけないんですかね。舞台が中止になったんなら、その時点でお客様はお客様じゃなくなるはずじゃないですか。なのにどうして俺たちがずっと面倒看なきゃいけないんですか」

藤堂が顔を上げる。

「俺たちだって帰れないし、腹減るし、大変なわけじゃないですか。だけど今日シフトに入ってたってだけで、朝まで奴隷みたいに奉仕する側にいなきゃいけないのっておかしくないですか。それに、同じスタッフなのに、今日シフト入ってなかった人は、たとえば長居さんとか、そういう人たちは免れてるのとか、それも腑に落ちないっていうか」

みのりはいつも、藤堂と話しているとき、右目の下を見られている気がする。

「そうやって考えたら、なんか、収まりつかなくなっちゃって」

火傷した日、部活を終えて帰ってきた健悟にそうされたように、中学や高校の同級生たちにそうされ続けたように、執拗に右目の下に視線を注がれている気がする。

だけど、藤堂に限ってそんなわけはない。みのりはそっと、右目の下に指先を添える。

だって、消えない火傷の跡を隠すために、化粧品やメイクにとても詳しくなったのだから。

それがのちのち、大学で入った劇団の活動で、とても役立ったのだから。

「フロア長なんて、妊娠してるじゃないですか。しかもあれですよね、今日、長居さんの代わりに出てきたんですよね、珍しく連休だったのに」

みのりは藤堂の顔を見つめる。藤堂の視線は別にこれまでも、自分の右目の下に注がれていなかったことを静かに確認する。

「絶対、こんなとき、面倒看られる側じゃないですか。誰よりもケアされる側じゃないですか」

藤堂の両側に、二人の男の影が並ぶ。

「何で、こんな状況、受け入れられるんですか」

智昭。

健悟。

藤堂君。

この世界で、これまで、外れ籤を引かされたことのない人たち。

自分とは関係のないところで生まれた暗闇に、放たれたことのない人たち。

明転したのだ。
私の立つ舞台。
私の人生。

解説

万城目学

突然であるが、最近、山田風太郎の『八犬伝』を読んだ。

この作品はタイトルのとおり、有名な『南総里見八犬伝』の物語をベースに描かれているのだが、構成として風変わりなのは、主題である八犬士の物語と、作者である滝沢（曲亭）馬琴の八犬伝執筆時のエピソードが交互に展開される点である。

その作者パートのなかで、彼が友人である葛飾北斎と江戸の芝居小屋に出かけるシーンがある。そこで『東海道四谷怪談』を観劇したのち、作者である鶴屋南北と創作について意見を交わすのだ。

山田風太郎『八犬伝』は全編を通じ、「虚」と「実」の対比が大きなテーマなのだが、鶴

屋南北は馬琴に向かって、

「あなたの『八犬伝』は虚である。だが、私の『四谷怪談』は実である」

といったことを言う。

ご存じのとおり、四谷怪談はお岩さんの物語だ。八犬伝同様、現実の出来事ではないし、何より怪談である。十人に訊けば十人が「虚」の作品と言うだろう。

されど、鶴屋南北はこう主張する。

「あたしは、この浮世は善因悪果、悪因善果の、まるでツジツマの合わない、怪談だらけの世の中だ、と思っておりますんで。――」

つまり、現実には起こるはずのない大団円を描き、見事にツジツマが合う八犬伝は、自分からしてみれば「虚」の物語である。自分はそんなもの書かない、なぜなら、ハッピーエンドは現実では起こり得ないし、ツジツマの合わないのが人生だから。ゆえに、自分の書く話は「実」だ、と鶴屋南北は言うのである。

このくだりを読んだとき、私は「ごーん」と心の鐘を大きく叩かれたような気がした。自分は徹頭徹尾「虚」を書く作家なのだ、とその余韻を聞きながら、己の正体を知らされたように感じた。

私は物語のツジツマが合うよう、日々、頭を悩ませながら原稿に向かっている。小さなツジツマではなく、原稿用紙何百枚ものボリュームを横断するツジツマを破綻なく組み上げるのは苦しいし、難しい作業だ。されど、どれほど苦心の末にツジツマの城を築き上げても、「ご都合主義的な展開だ」と読者から批判的感想をいただくことがある。

そんなご無体な、その展開こそが自分の描きたい大きなウソなのに——、とこれまでいまいち咀嚼できず心に留まっていた指摘が、このくだりに出会ったとき、スッと流れていった。

何が何でも「虚」を書くと決めた私に対し、読者はそこに「実」を求めた。ゆえに生じたミスマッチだと、その正体が明らかになったからである。

さて、前段が長くなってしまったが、『どうしても生きてる』を読み、真っ先に感じたのが、

「これは『実』だ。どうしようもなく、『実』の物語だ」

ということだった。

もちろん、本書に収められた六編はフィクション、すなわち「虚」である。しかし、各編のなかに生きる男女が対峙する世界はとことん現実だ。ご都合主義なことは決して起こらない。夢を自ら捨てた男に、救済の手はどこからも差し伸べられないし、深刻な検査結果が「誤診でした」と覆ることもない。どうにもならぬ日常は、依然としてままならぬまま。突然、世界が反転して、ハッピーエンドが訪れることはない。

解説を依頼された身でありながら、本書を読み終えたとき、「この本には、そもそも解説など要らないのではないか？」としばし考えこんでしまったのも、致し方のないところだった。

なぜなら、私たちはこれが世の中の現実であると、とうに承知しているからだ。読者のなかには、これは私の物語だ！　と心を撃ち抜かれた人もいるだろう。一方で、これまでの人生における不作為をなじられたようで後ろめたい気分になった人や、世間や家庭に潜む問題に無関心だったことをわけもなく糾弾されたようで、不快な感情を抱いた人もいるかもしれない。だが、どのような感想を抱こうとも、誰もが、世界にはもっとひどいこと、暗いこと、悲しいことがあふれている——、という事実を肌で感じ取り、すでに知っている。

そこまで誰もが理解しているところへ、拙い解説を重ねる必要はあるのか。完成された名画に無粋な一筆を添えるだけではないか、という怖れがあった。いや、こうして書いている今この瞬間にもある。

ひとつ、思い出ばなしを披露したい。

五年前のことだ。

新刊を出した都合でとある書店を訪問したとき、「開店二十周年の記念パネルを作成した。

つきましては、書店訪問してくれた作家に一筆したためてもらっているので、万城目さんもいかが」なる趣旨で、店の人からマーカーペンを渡された。

目の前に登場した大きなパネルには、すでにあちこちにお祝いの言葉や、イラストや、ひとことコメントが書きこまれていた。

ひときわ目立つ場所に、あの百田尚樹氏が、

「私の作品だけが売れますように！」

と書きこんでいた。（パネルの真ん中に、「このみなさんの著作をよろしく！」といったようなことが書かれていた）

相変わらず無用に攻撃的やなあ、と苦笑しつつ、でも、偽悪者ぶるのはこの方の芸でもあるし、と隣に視線を移すと、開店二十周年を祝うコメントとともに、

「私の作品以外も売れますように！」

という書きこみを見つけた。

朝井リョウ氏だった。

おそらく、このパネルに向き合ったすべての作家が、先述の書きこみを見て、心の眉をひそめたはずだ。だが、誰もそれについて言及しようとはしなかった。私もいかにもわかったふりをしてスルーしようとした。ただ朝井氏だけが「それ、おかしいでしょう」と声を上げ

た。（まさにこの構図、本書でも何度見かけたことか！）

　何だか、まぶしかった。

　私は朝井リョウ氏に会ったことはない。

　解説が要らない作品では、と内心疑いつつ、結局こうして書いているのは、あのときの朝井氏のちょっとした勇気にいつか応えなくては、と心のどこかで宿題のように抱えていたから、という気もする。（ちなみに、私が訪問した二週間後、書店の閉店が急遽発表されたので、二十周年を祝うことなく、パネルはお蔵入りになったはず）

　ともに目にしている「今」の世界は同じでも、小説へのアプローチは、私と朝井氏とではまったくと言っていいほど違う。

　私は徹頭徹尾、「虚」の作家だ。

　先に紹介した、山田風太郎『八犬伝』のなかでの馬琴のセリフ、

「ツジツマの合わん浮世だからこそ、ツジツマの合う世界を見せてやるのだ」

は私の主張をおよそ網羅している。

　一方、朝井氏はときに「虚」の物語も織りこみつつ、「実」の世界を、底へ、さらに底へとひとり掘り続けている。穴のへりからのぞきこんだとき、もはやその頭がわずかに確認で

きるか否かくらいまで暗闇に浸りながら、さらに沈降せんと決意しているように映る。（この原稿執筆時における最新刊『正欲』を読み、この思いはより強まった）

されど、それはとても厳しい作業だ。

なぞなぞではないが、

「『虚』の物語にはあまり求められず、『実』の物語には必要以上に求められるもの」とは、「今」という時間の厳密な使い方、ではなかろうか。

本書が「小説幻冬」に掲載された同時期に、私は長編『ヒトコブラクダ層ぜっと』を同雑誌に連載中だった。二〇一八年三月号のページをめくるさなか、偶然「七分二十四秒めへ」を見つけて読んだ。本書では三編目に登場するが、掲載順はこれが最初だったのだ。魂《たまげ》消てしまった。

それはYouTubeの使い方に関してであり、生きにくさを感じている若者の日常とユーチューバーをからめ、こんな余韻を残す短編が書けるなんて夢にも思っていなかったからである。

三年前の時点では、ユーチューバーへの世間の視線はまだ懐疑的なものがあり、存在感も現在に比べたら三十分の一程度だった。それをいち早く創作に取り入れる姿勢に、「敵《かな》わないな」と素直に脱帽したものである。

しかし、今はどうだろう。

たった三年で、ユーチューバーを物語の小道具に使うことは何ら目新しくない方法になった。かくいう私も連載中の作品に、ユーチューバーという単語をしれっと登場させている。どれだけアンテナを張って見事に先手を打っても、言い方はきついが陳腐化するのは早い。しかも雑誌掲載、単行本と発表媒体を経て、最終的に文庫に姿を変え書店に並ぶのは、著者がその文章を書いてから三年後、四年後である。

どれほど「今」を切り取って書き上げても、文庫として多くの人の手に渡るとき、その鮮度は確実に落ちている。

この難しさ、過酷さを目の当たりにして、「割に合わない戦いだな」などと「虚」の作家は身勝手にも思ってしまう。

されど、朝井氏はこれからも挑戦するはずだ。いくら分が悪くても、ひとり黙々と「実」の穴を掘り続けるはずだ。なぜなら、彼は本物であり、本物だけがこの熾烈《しれつ》な道に挑むことを許されるからである。

長く続くであろう氏の孤独な戦いを、私は心の底から応援し続けたい。

――作家

この作品は二〇一九年十月小社より刊行されたものです。

どうしても生《い》きてる

朝井《あさい》リョウ

令和3年12月10日　初版発行

発行人――石原正康
編集人――高部真人
発行所――株式会社幻冬舎
〒151-0051東京都渋谷区千駄ヶ谷4-9-7
電話　03(5411)6222(営業)
　　　03(5411)6211(編集)
振替00120-8-767643

印刷・製本―中央精版印刷株式会社

装丁者――高橋雅之

幻冬舎文庫

ISBN978-4-344-43141-6　C0193　　あ-49-2

幻冬舎ホームページアドレス　https://www.gentosha.co.jp/
この本に関するご意見・ご感想をメールでお寄せいただく場合は、
comment@gentosha.co.jpまで。